Coup de poker

De la même auteure aux Éditions Rouge

Sang pour sang, 2010

Mordue au jeu, 2011

Quitte ou double, 2011

Luxure et rédemption, 2010

Plaisir et déchéance, 2011

Désir et sortilège, 2012

Coup de poker

Traduit de l'américain
par Sophie Pertus

éditions
Rouge

L'édition originale de cet ouvrage est parue chez Penguin Group
sous le titre *Sucker Bet*

Publié par Éditions Rouge, une division de
LES PUBLICATIONS MODUS VIVENDI INC.
55, rue Jean-Talon Ouest, 2e étage
Montréal (Québec) H2R 2W8
CANADA
www.groupemodus.com

Éditeur : Marc Alain
Révision : Sophie Leray

ISBN 978-2-92385-503-5

Dépôt légal – Bibliothèque et Archives nationales du Québec, 2012
Dépôt légal – Bibliothèque et Archives Canada, 2012

Cet ouvrage est une œuvre de fiction. Toute ressemblance avec des personnes ou des faits réels n'est que pure coïncidence.

Nous reconnaissons l'aide financière du gouvernement du Canada par l'entremise du Fonds du livre du Canada pour nos activités d'édition.

Gouvernement du Québec – Programme de crédit d'impôt pour l'édition de livres – Gestion SODEC

Imprimé au Canada

Un

À : Slash87@gmail.com
De : QueenieG@aol.com
Sujet : Privé – forum chasse vamp'

Salut Slash,

À propos de ce que dit Vixen… si les membres du forum veulent se réunir quelque part, j'y serai. J'ai envie d'apprendre à manier le pieu avec des gens plus expérimentés et il FAUT que je te rencontre. Est-ce que la réunion aura lieu à Vegas ? C'est là que j'habite alors ce serait génial.

Bizzzz

Queenie

Gwenna Carrick cliqua sur le bouton « Envoyer » en se retenant de rire. Bizzzz ? Dieu du ciel ! Être convaincante, ce n'était pas son truc. Pas plus que flirter. Surtout en ligne. Slash ne devait même pas se douter qu'elle cherchait à le draguer ! Elle aurait dû le regretter, sans doute, mais elle n'y parvenait pas. Si elle arrivait à gagner sa confiance sans payer de sa personne, tant mieux. Parce que son expérience des hommes se limitait à son frère et à son ex-mari.

C'était encore pire qu'il n'y paraissait, dans la mesure où il s'agissait dans les deux cas de vampires âgés, millénaires, égoïstes et tyranniques à souhait.

Était-ce aussi pour cela qu'elle aimait tant son avatar, QueenieG, qui disait d'entrée de jeu ce qu'elle voulait et devenait légèrement autoritaire quand elle avait l'impression qu'on l'ignorait ? L'anonymat que permettait le forum des chasseurs de vampires avait quelque chose de merveilleusement libérateur. Pour une fois, elle ne se sentait pas alourdie par le fardeau de toute une vie. Gwenna adorait le sentiment de pouvoir grisant qui l'envahissait quand elle postait un message sur le forum.

Et puis être un vampire au milieu de tous ces gens qui ne demandaient qu'à tuer des morts-vivants avait quelque chose de très amusant. Il ne lui arrivait pas si souvent que cela d'être la plus rusée, la plus maligne; pour une fois, elle en profitait. Tellement qu'elle allait devenir accro si cela continuait.

Son mobile tout neuf sonna sur le bureau, à côté d'elle.

— Oui ?

En consultant l'affichage du numéro – géniale invention –, elle vit que c'était Ethan, actuel président de la Nation vampire. Et, accessoirement, son grand frère, un peu trop protecteur mais adorable tout de même.

— Salut, Gwen. Brittany a accouché ce soir. C'est une magnifique petite fille. Tout le monde va bien.

Gwenna sourit, soulagée et enchantée d'apprendre que la belle-sœur d'Ethan avait eu son bébé. Brittany Corbin et elle s'étaient rapprochées ces derniers mois, d'autant qu'elles avaient un point commun : elles étaient les deux seules Impures à avoir conçu un enfant avec un vampire.

— Reçoit-elle des visites ? J'aimerais beaucoup aller la voir.

— Je crois qu'elle serait déçue si tu ne passais pas.

— J'arrive.

Gwenna dit au revoir à son frère avant de se retourner vers l'écran pour éteindre son ordinateur.

Cent dix-sept nouveaux messages avaient été postés sur le forum des chasseurs de vampires ces dernières vingt-quatre heures. La plupart étaient rédigés dans ce qui lui semblait être un langage codé. Il était question d'une réunion. Des conséquences d'une attaque de vampires.

Quelque chose se tramait, à l'évidence. Elle voulait savoir de quoi il s'agissait et pour quand c'était prévu.

Avant de se rendre à l'hôpital, elle essaya d'envoyer un courriel à FoxyKyle, qui, malgré son nom ridicule, était la présidente incontestée du forum des chasseurs de vampires, tandis que Slash87 en était en quelque sorte le vice-président.

La boîte de FoxyKyle n'était pas accessible. En revanche, Slash venait de lui envoyer un message instantané.

Queenie, suis aussi à Vegas… tu veux qu'on se voie ?

S

Slash était à Vegas ? Comment cela ? Ce qu'elle n'arrivait pas à savoir, c'était si, dans l'ensemble, les membres du forum se faisaient un film ou s'ils tuaient vraiment des vampires. Son instinct lui soufflait qu'il n'y avait qu'une poignée de tueurs véritables, qui avaient effectivement tué un vampire ou s'apprêtaient à le faire et que Slash et FoxyKyle étaient de ceux-là.

Elle cliqua sur « Répondre ».

Et comment ! Où et quand ?

Il répondit aussitôt.

Ce soir. 22 heures, à la gare de monorail de Harrah's. Près du distributeur de billets.

Gwenna n'était pas tombée de la dernière pluie, loin s'en fallait. Un rendez-vous dans une gare, la nuit, ce n'était pas très orthodoxe. Cela dit, Slash était un tueur de vampires ou aspirait à le devenir. Il devait aimer les intrigues et les stratagèmes. Forcément, un banal rendez-vous chez Starbucks n'avait pas la même allure.

O.K. À plus.

Elle allait passer voir Slash, se rendre compte de la tête qu'il avait dans la vraie vie et pas seulement sur un écran, puis filer à l'hôpital pour rendre visite à Brittany et son bébé. Elle éteignit son ordinateur et se leva. Pourquoi Slash voulait-il la rencontrer ? Elle savait ce qui la poussait, elle, mais lui ? FoxyKyle et lui se connaissaient-ils avant de rejoindre le forum ? Il faudrait qu'elle trouve un moyen de se renseigner sur FoxyKyle plus tard. Cela ne devrait pas être trop difficile, d'ailleurs. Elle maîtrisait parfaitement l'outil informatique. Il faut dire qu'elle n'avait pas eu grand-chose d'autre à faire que d'apprendre, à York, où elle s'était retirée depuis trois cents ans. Ces dix dernières années, notamment, Internet lui avait sauvé la vie, alors qu'elle vivait entièrement seule au château.

Mais tout cela était fini. Elle était revenue dans le monde réel. Le passé était mort et enterré.

Non, corrigea-t-elle en grognant intérieurement, il frappe à la porte ! Avant même d'entendre la sonnette, elle avait senti que son ex-mari, Roberto Donatelli, se tenait derrière la porte de sa suite. Son odorat très développé lui permettait de percevoir son odeur caractéristique de parfum de luxe et d'alcool. Du reste, même si ce n'était pas très malin, elle ne l'oubliait jamais tout à fait – un peu comme une rage de dents.

— Zut ! maugréa-t-elle en tirant la langue.

Même s'il ne la voyait pas, cela la soulageait. Elle ajouta donc une série de grimaces et un geste obscène ou deux pour faire bonne mesure. Une fois calmée, elle traversa le salon et se força à afficher un sourire poli avant d'actionner la poignée.

— Bonsoir, Roberto. Qu'est-ce qui t'amène ? fit-elle sans ouvrir tout à fait dans l'espoir de lui faire comprendre qu'il n'était pas le bienvenu – mais bien consciente que cela ne marcherait pas.

— Bonjour, ma belle épouse, répondit-il avec son sourire le plus charmeur en se penchant pour l'embrasser sur la joue. Ton joli visage me manquait.

Elle dut faire un effort pour ne pas le reprendre sur l'emploi du terme *épouse*. Cela faisait tout de même trois siècles qu'ils étaient divorcés. Mais il l'avait fait exprès pour l'agacer, elle le savait, et elle refusait de lui donner cette satisfaction. Elle se laissa embrasser avant de répliquer avec désinvolture :

— Eh bien, maintenant que tu l'as vu, tu peux repartir.

Son sourire s'effaça et des lignes de contrariété barrèrent son front lisse.

— Qu'est-ce que c'est que ce ton ? La ville a une très mauvaise influence sur toi. Depuis que tu vis à Vegas, tu deviens…

— Un peu plus ferme ? le coupa-t-elle pince-sans-rire.

Dieu sait que cela devait lui déplaire. Tout le temps qu'avait duré leur mariage, il l'avait dominée.

— Non, corrigea-t-il. Méchante. Et impolie.

Elle leva les yeux au ciel.

— Tu vois ? souligna-t-il. C'est exactement ce que je veux dire. Cela ne te ressemble pas, Gwenna.

Tout le monde croyait la connaître. Tout le monde s'attendait à ce qu'elle soit sage et qu'elle se taise. C'était d'ailleurs ce qu'elle avait fait presque toute sa vie. Mais c'était fini. Elle ne voulait pas cesser d'être compatissante; en revanche, elle ne voulait plus être la version vampire d'une carpette.

— Et si j'avais changé ? contra-t-elle.

— Sache que cela ne me plaît pas du tout.

Gwenna perdit patience.

— Bon, qu'est-ce que tu fais là ? Comment as-tu réussi à entrer dans le casino, d'ailleurs ?

— Je suis vice-président de la Nation vampire. Nous avons eu des réunions du Cabinet dans les bureaux de ton frère.

— Tu n'es pas censé monter à cet étage.

Elle regretta aussitôt ce mouvement d'humeur qui lui donnait des airs de gamine capricieuse.

— Ah ! et pourquoi cela ?

Il se pencha vers elle, plus mielleux et sophistiqué que jamais dans son pardessus anthracite, avec ses cheveux légèrement argentés coupés à la perfection.

— Aurais-tu peur de moi, ma chère ? Tu sais pourtant que je ne veux que ton bien. Je t'aime, ajouta-t-il en écartant doucement une mèche qui barrait la joue de Gwenna.

Elle avait horreur qu'il agisse comme cela. À l'époque où elle était mortelle, son charme la faisait fondre, au point qu'elle lui avait cédé sa virginité. Désormais, il lui tapait sur les nerfs. Elle en venait à regretter de ne pas avoir la dextérité de Slash dans le maniement du pieu.

— Très bien. Tu m'aimes. Tu as autre chose à me dire avant de t'en aller ?

Il laissa retomber sa main – et son masque de charmeur.

— As-tu des nouvelles de ma fille ? lui demanda-t-il. Est-ce que le bébé de Brittany est né ?

Au moment où elle croyait avoir le dessus, il retournait la situation. Elle souffrait encore terriblement de savoir qu'il avait une fille, conçue par hasard lors d'un moment de plaisir égoïste dans un club de strip-tease des années soixante-dix, alors que Gwenna, elle, ne serait plus jamais mère.

— Je n'ai pas le droit de parler de Brittany ni de son bébé avec toi.

Roberto fronça les sourcils.

— Dis-moi seulement si elle va bien.

— Elle va bien.

— La date du terme est prévue pour vendredi prochain, c'est ça ?

— Oui.

C'était la vérité, après tout. Inutile de lui révéler qu'elle avait déjà accouché.

— Tu ne m'invites pas à entrer ? demanda-t-il en faisant un geste vers sa suite.

— Non.

— Gwenna, lâcha-t-il d'un ton exaspéré.

— Quoi ?

Oh, ce qu'il pouvait l'agacer ! Que lui voulait-il, encore ? Il avait déjà eu les trois cents plus belles années de sa vie. Maintenant, c'était fini. Elle n'était pas masochiste.

— Nous étions heureux, ensemble…

Seigneur… Voilà sur quel terrain il voulait l'entraîner. Elle soupira et s'appuya au chambranle.

— Parfois, oui. Parfois, non. Maintenant, tu veux bien t'en aller ? Je ne suis pas d'humeur à jouer à ce jeu-là ce soir.

— Ce n'est pas un jeu. Je t'aime.

Il lui caressa de nouveau le visage et elle frissonna, ce qu'il prit, à tort, pour un signe de passion. Quand il se rapprocha, Gwenna fit appel à tout son courage. Il fut un temps où elle l'aurait laissé faire, parce que c'était plus facile. À vrai dire, le plus facile avait même été de vivre en recluse à York pour ne plus jamais avoir affaire à lui. Mais, désormais, elle refusait de le laisser la contrôler ainsi.

Roberto sortit ses crocs en se penchant vers elle mais elle lui plaqua une main sur la bouche pour l'empêcher de la mordre dans le cou.

— Nous sommes divorcés, Roberto, lui rappela-t-elle. Et je n'ai pas besoin d'un pote de baise.

Sur quoi elle rentra dans sa suite en lui claquant la porte au nez, non sans avoir eu le temps de voir sa mine horrifiée. Les mains un peu tremblantes, elle l'écouta crier son prénom d'un ton scandalisé. Jamais elle ne disait de mots grossiers, autrefois. Il lui arrivait parfois d'en penser, mais jamais de les prononcer. Et voilà qu'elle venait de le faire, sans même bredouiller. C'était fou ce que c'était libérateur. Elle sentit comme une montée d'adrénaline.

— Je ne peux pas croire que tu aies dit cela... Gwenna Donatelli ! Ouvre cette porte.

Il criait et tambourinait si fort que le battant en tremblait.

— Je m'appelle Gwenna Carrick, bon sang ! répondit-elle sur le même ton.

Elle qui ne criait jamais. Jamais. Le silence complet qui se fit de l'autre côté de la porte lui confirma que, pour la première fois depuis près de mille ans, elle avait réussi à choquer Roberto au point de lui clouer le bec.

Il ne fallait plus songer au passé, décida-t-elle. Elle était prête pour un nouveau millénaire.

Nate Thomas se concentrait sur la femme devant lui en s'interdisant de songer à des blagues de blondes. Il ne se préoccupait pas de l'équipe de la police scientifique qui s'affairait autour du corps. Soit il manquait vraiment de sommeil, soit il avait affaire à une idiote; mais cela faisait dix minutes qu'ils parlaient et il n'avait toujours pas compris comment elle avait pu tomber par hasard sur un homme assassiné derrière une borne de vente de billets de monorail.

— Donc, vous êtes venue ici du casino, l'Ava ? vérifia-t-il.

— Oui.

— Pourquoi ? Où alliez-vous ?

— Ici, répondit-elle en repliant ses bras fins autour d'elle.

— À Harrah's ?

Elle secoua la tête.

— Non. Ici même. À cet endroit.

— Ici. Dans la gare. C'était votre destination ?

Il ne connaissait pas beaucoup de femmes qui auraient choisi de traîner dans cette gare un jeudi soir, mais que savait-il du sexe opposé, au fond ? À peu près rien.

Une rapide évaluation de cette femme lui permit de conclure qu'elle devait faire un mètre soixante pour cinquante kilos à peine, qu'elle avait la peau claire, les yeux bleus, les traits fins et les ongles courts vernis en rouge vif. Elle portait un jean un peu large – plus large, en tout cas, que la mode actuelle –, un T-shirt rouge moulant et des sandales de cuir marron. Pas de boucles d'oreilles ni de maquillage, à part un peu de brillant à lèvres, pas de montre. Pour tout bijou, elle portait à la main droite une grosse bague dorée très ornée. Ce n'était certainement pas une prostituée. Hormis cela, il lui aurait été difficile de dire à qui il avait affaire.

Elle jetait des coups d'œil nerveux de droite et de gauche, sans oser le regarder en face.

— Oui, confirma-t-elle. J'avais rendez-vous avec quelqu'un.

Ah ! on avançait un peu.

— Qui ?

— Euh… un mec.

Ben voyons. Nate n'en pouvait plus. Cela faisait soixante-douze heures au moins qu'il était debout et sa tête menaçait d'éclater. Il n'aurait même pas dû répondre à cet appel, sauf que c'était lui le plus expérimenté et que plusieurs autres officiers avaient pris des jours de congé pour les vacances de printemps.

Coup de poker

L'ennui, c'est qu'il avait le cerveau complètement embrumé, qu'il était à bout de patience et que son témoin ne coopérait pas beaucoup – ou n'était pas une lumière.

— Un mec, c'est-à-dire ? Un ami ? Un petit ami ?

— Hm… pas vraiment un ami. Encore moins mon petit ami. Plutôt une connaissance.

— Comment s'appelle-t-il ?

— Je ne connais pas son vrai nom.

Nate la fixa d'un regard dur. Une toxico ? Qui avait rendez-vous avec son dealer ? Cela pouvait expliquer sa maigreur et son teint translucide, et surtout ses manières plus qu'évasives.

— Écoutez, si vous étiez là pour acheter de la drogue, je m'en fiche, d'accord ? Ce que je veux découvrir, c'est qui a fait ça…

Du pouce, il désigna la scène de crime, dont un photographe de la police était en train de prendre des clichés. La victime était un homme d'une vingtaine d'années dont le corps était vidé de tout fluide organique.

— Je ne cherche pas à savoir qui vous vend votre saloperie. Tout ce qui m'intéresse, c'est ce que vous savez, ce que vous avez entendu, ce que vous avez vu : toute la vérité. C'est compris ?

Pour la première fois depuis qu'on l'avait orienté vers elle lors de son arrivée sur le lieu du crime, elle perdit son apparente nervosité.

— Je ne suis pas venue acheter de la drogue ! s'indigna-t-elle.

— Alors que faites-vous ici ? Votre rencard est marié ?

Peut-être avait-elle une liaison avec un homme marié – ou couchait-elle avec des inconnus par fantasme. Ce ne semblait pas être son genre – mais Nate savait que c'était rarement le cas.

— Ah ! je ne sais pas. Vous croyez qu'il est marié ?

Elle semblait complètement démontée par sa question.

Nate se retint de soupirer.

— Je ne sais pas. Dites-moi comment vous avez fait sa connaissance et pourquoi vous aviez rendez-vous. Avec un peu de chance, je trouverai s'il a un rapport avec le malheureux qu'on a retrouvé essoré derrière la borne. Vous, je ne sais pas, mais, moi, j'aimerais attraper le meurtrier.

Elle fit la grimace et se frotta les bras d'un air absent.

— C'est horrible, hein, dit-elle. Pauvre bougre. Savez-vous qui c'est ?

Ce petit problème de concentration qu'elle semblait avoir lui tapait sur les nerfs.

— Avec qui aviez-vous rendez-vous ? insista-t-il en consultant son calepin.

Selon le policier en uniforme arrivé le premier sur les lieux, elle s'appelait Gwenna Carrick.

— Écoutez, Gwenna, reprit-il, dites-moi simplement ce que vous savez sur l'homme avec qui vous aviez rendez-vous.

— Je ne connais que son pseudonyme. C'est Slash87.

— Son pseudonyme ? En ligne ?

— Oui, avoua-t-elle en rougissant un peu.

— Vous aviez rendez-vous avec un homme que vous avez rencontré sur Internet ?

Elle hocha la tête.

Seigneur. Les gens étaient fous. Qu'est-ce qui leur prenait de donner rendez-vous dans des endroits aussi peu sûrs à des inconnus rencontrés sur le Net et dont ils ne savaient rien si ce n'est qu'ils émaillaient leurs messages d'adorables émoticônes ? Là, c'était officiel; la patience de Nate était à bout.

— Bon. Donc vous ne savez pas son vrai nom ?

— Non.

— L'avez-vous déjà rencontré en personne ?

— Non.

— Où avez-vous fait sa connaissance, en ligne ?

— Sur un site spécialisé. Nous avions rendez-vous à vingt-deux heures.

— Qui l'a suggéré ?

— C'est moi qui ai proposé que l'on se rencontre. C'est lui qui a choisi ce lieu.

Quel genre de type proposait un rendez-vous dans une gare quand il y avait des dizaines de bars, de restaurants et de casinos dans les alentours ? Forcément quelqu'un qui ne mijotait rien de bon. Et la blonde devait être aussi nunuche que le voulait le stéréotype pour avoir accepté une proposition aussi dangereuse.

— Et vous ne l'avez pas vu en descendant du train ? l'interrogea-t-il.

— Je ne crois pas. Mais comment voulez-vous que je le sache ? Je ne sais pas quelle tête il a.

Nate poussa un profond soupir.

— Je veux dire, vous avez eu des contacts avec lui ?

— Ah ! non.

— Alors comment savez-vous que Slash87 n'est pas le malheureux qui s'est fait tirer le portrait une dernière fois ? fit valoir Nate en désignant le corps.

Elle pâlit.

— Mon Dieu ! Je ne sais pas. Cela ne m'est pas venu à l'esprit. Vous croyez que cela pourrait être Slash ? Mais c'est horrible !

Nate étudia son expression. Elle semblait sincèrement horrifiée. N'empêche que quelque chose clochait chez cette femme.

— Vous aviez prévu de sortir ensemble ? Que prévoyiez-vous de faire après vous être retrouvés ici ?

— Nous n'avions rien prévu de précis. Il m'a dit qu'il serait à Vegas et je lui ai proposé que nous nous rencontrions pour discuter un peu. Il m'a indiqué l'heure et le lieu. Sans doute me suis-je dit que nous irions boire un café…

La nature humaine était épuisante. Il foudroya la blonde du regard en espérant qu'elle comprendrait la gravité de son acte.

— Vous voulez bien me faire plaisir ? N'acceptez plus jamais de rencontrer des hommes que vous ne connaissez ni d'Ève ni d'Adam toute seule dans une gare, c'est compris ? C'est une mauvaise idée, en toute circonstance.

— Je n'ai pas pensé…

Elle fronça un peu les sourcils avant d'ajouter :

— Franchement, vous savez, en temps normal, je suis assez prudente.

— Ça se voit ! répliqua Nate en levant les yeux au ciel. Et si vous étiez arrivée quelques minutes en avance ? Ce serait peut-être vous qui seriez morte à côté de la borne.

Elle releva le menton comme s'il l'avait vexée.

— Je ne crois pas, non, dit-elle.

— C'est ça. Si vous voulez. Vous avez beaucoup de chance, Gwenna Carrick, d'être là à faire la maligne – et pas à la morgue.

La voir si têtue, si stupide, le rendait fou. Elle avait l'air à peu près aussi forte que sa grand-mère – une cible facile, autrement dit – et pourtant, elle se mettait en danger avec une nonchalance ahurissante. Ne comprenait-elle pas qu'on ne pouvait pas jouer avec sa vie de la sorte ? Qu'on pouvait la perdre en un instant, par la faute d'une seule petite erreur ?

Ces gens qui se croyaient invincibles et prenaient des risques inconsidérés sans raison n'étaient que des égoïstes.

— Ne vous en faites pas, tout va bien.

Il s'étrangla de rire.

— Alors, qu'est-ce que c'est que ce forum spécialisé sur lequel vous avez connu Splash ?

— Slash. C'est un groupe paranormal.

— C'est-à-dire ? Vous croyez aux fantômes et à ce genre d'âneries ?

— Pas exactement. Plutôt aux...

Elle jeta des coups d'œil de droite et de gauche avant d'achever sa phrase.

— Aux vampires.

— Pardon ?

Il l'avait entendue. Il espérait seulement se tromper.

— C'est un groupe de gens qui croient aux vampires. Et qui... enfin qui aiment jouer aux tueurs de vampires.

— Sympa. Et, donc, Slash et vous jouez aux tueurs de vampires ? Vous aviez rendez-vous pour enfoncer un pieu dans le cœur de quelqu'un ?

Plus probablement, Slash avait l'intention d'enfoncer son pieu personnel ailleurs que dans le cœur de Gwenna... Un type qui passait sa vie en ligne à se faire passer pour un Buffy masculin ne devait pas avoir beaucoup d'occasions de conclure.

— Nous avions rendez-vous parce que les tueurs de vampires vont se réunir à Vegas et que je voulais aider Slash à organiser la rencontre.

— Ah ! Une sorte de convention, en somme ? Très marrant. Donc, vous faites partie du comité organisateur; vous vous occupez de la décoration florale ?

— Vous n'avez pas à vous moquer de moi, protesta-t-elle en recommençant à se frotter les bras et en regardant par-dessus l'épaule de Nate. Et si jamais c'est Slash qui a été tué, je trouve un peu indécent de se moquer de ce qui n'était pour lui qu'un loisir inoffensif.

— Vous avez raison. Excusez-moi.

Il continuait de penser que c'était n'importe quoi. Cependant, il ne devait pas oublier qu'elle n'était pas exposée autant que lui à la violence. Il était capable de compartimenter, de se dissocier de la victime; pour elle, ce n'était pas la même chose. Ce type, elle avait discuté avec lui, elle s'était senti des affinités avec lui.

— Nous allons nous efforcer de l'identifier au plus vite, promit-il, et nous vous tiendrons au courant de ce que nous trouverons. J'aimerais que vous me procuriez un maximum d'informations sur ce forum.

— Bien, répondit-elle le visage fermé.

Le téléphone de Nate sonna dans sa poche. Il vérifia le numéro avant de décrocher. C'était l'hôpital.

— Excusez-moi, dit-il, il faut que je prenne cet appel.

Il se détourna.

— Je peux rentrer chez moi ? demanda-t-elle pleine d'espoir.

— Oui, mais j'aimerais que vous passiez au poste de police demain pour répondre à d'autres questions.

Au moment d'appuyer sur le bouton de son téléphone, il aperçut Gwenna Carrick. Elle faisait une grimace ridicule en tirant la langue – sans doute sa façon d'exprimer combien elle était ravie de devoir se présenter le lendemain au commissariat.

En temps normal, il aurait sans doute ri de voir une femme adulte et aussi jolie recourir à ce mécanisme enfantin. Sauf que la voix à l'autre bout du fil lui disait précisément ce qu'il ne voulait surtout pas entendre. Sans doute ne rirait-il pas avant longtemps.

Deux

Gwenna aurait mieux fait de ne pas aller à l'hôpital.

Trouver ce corps avait été à la fois troublant et surréaliste. Il lui semblait avoir encore l'odeur de la mort dans les narines. Bref, ce n'était pas l'idéal pour rendre visite à une jeune accouchée.

Sauf qu'une autre partie d'elle s'était dit que voir quelque chose d'aussi normal et d'aussi joyeux que Brittany et son bébé l'apaiserait. Elle n'était donc pas préparée aux sentiments contradictoires qui l'assaillirent quand elle les vit. Les neuf cents ans qui s'étaient écoulés avaient émoussé la douleur de la mort de sa fille. Désormais, ce deuil, ce chagrin faisaient partie de Gwenna; c'était une plaie ouverte dans son cœur qui ne se refermerait jamais et que la joie de Brittany ravivait un peu. Mais, dans le même temps, elle était folle de bonheur pour elle.

— Elle est magnifique. Félicitations, Brittany, Jean-Baptiste.

Elle sourit aux parents en s'efforçant d'être normale, de se conduire normalement et de faire le tri de ses sentiments contradictoires. Elle était touchée de voir le mari de Brittany, Jean-Baptiste Corbin, un vampire français redevenu mortel, assis sur le lit d'hôpital, une main possessive posée sur sa femme et sa fille.

— Merci, Gwenna. C'est le plus beau bébé du monde, j'en suis convaincu, déclara-t-il modestement.

Brittany se mit à rire, rayonnante de fierté et de bonheur malgré les cernes de fatigue sous ses yeux.

— Tous les bébés sont beaux, fit-elle valoir.

— Pas autant qu'elle, insista Jean-Baptiste. Ava est exceptionnelle.

— Tu veux la prendre dans tes bras, Gwenna ? proposa Brittany en lui tendant le bébé.

Gwenna sentit la panique la gagner. Cela faisait des années – non, des siècles – qu'elle n'avait pas tenu un nourrisson. Mais il serait désagréable de refuser. D'ailleurs, maintenant qu'elle vivait à Vegas, qu'elle avait quitté l'Angleterre, elle pouvait sûrement porter un nouveau-né sans craquer bêtement. Qui sait, toucher Ava lui permettrait peut-être même d'effacer ce mauvais pressentiment qu'elle éprouvait depuis que, sur le quai, elle avait senti d'instinct qu'il y avait un corps non loin d'elle ?

— Avec plaisir, répondit-elle donc.

Elle s'approcha. Tout le monde était nerveux. Jean-Baptiste gardait les mains sous sa fille pour la rattraper au cas où le transfert ne se passerait pas bien. Gwenna sentait que l'anxiété lui faisait des mains froides et moites. Brittany arrangeait la couverture du bébé.

Mais tout se passa sans incident et Gwenna se retrouva avec dans les bras un tout petit bout d'être humain qui sentait si bon le propre et le lait.

Elle ne pesait rien, surtout dans les bras d'une immortelle. Pourtant, en observant son tout petit visage, ses yeux qui peinaient encore à s'ouvrir, ses joues lisses, Gwenna se sentit terriblement vulnérable. Voilà ce que c'était que la responsabilité, songea-t-elle. Voilà ce que c'était que l'essence de l'amour le plus pur – et la source de la douleur la plus éternelle et la plus terrible.

— Ton père a raison, assura-t-elle à Ava en la nichant contre sa poitrine. Tu es une vraie beauté.

Au même moment, la petite se mit à geindre.

— Qu'est-ce qui t'arrive, mon petit cœur ? lui demanda Gwenna en la berçant et en émettant de petits sons apaisants.

Au lieu de se calmer, Ava se mit bientôt à hurler de toutes ses forces. À l'évidence, elle avait faim. Elle tordait sa petite bouche vers le T-shirt de Gwenna – qui ne pouvait rien pour elle.

— Pourquoi pleure-t-elle ? demanda Alexia qui parlait avec Ethan au fond de la chambre.

— Elle a faim, expliqua Gwenna.

Soudain, toutes les sensations que procurait l'allaitement lui revinrent. Le bébé contre son sein, le fourmillement du lait qui coulait…

Troublée, elle voulut rendre Ava à Brittany mais celle-ci était encore en train de dégrafer sa chemise de nuit d'hôpital devant un Jean-Baptiste visiblement horrifié.

— Qu'est-ce que tu fais ? demanda-t-il en saisissant la chemise avant qu'elle s'ouvre et révèle la poitrine de sa femme – qui leva les yeux au ciel.

— Je vais donner le sein à notre fille.

Gwenna berçait Ava dont le petit visage était tout rouge. Parfois, la pudeur XVIIIe de Jean-Baptiste l'agaçait. À l'époque où Gwenna était jeune et mortelle, la survie passait avant les bonnes manières.

— Certainement pas avec tout ce monde dans la chambre, déclara-t-il.

— Tout le monde ici se moque pas mal de ma poitrine, Jean-Baptiste, assura-t-elle. L'allaitement maternel est un acte naturel et qui n'a rien de sexuel. D'autant que nous ne sommes entourés que de notre famille.

Elle tira un coup sec sur la chemise qu'il tenait, dénudant la pointe de son sein gauche.

Manifestement, tout le monde n'était pas de son avis car Ethan pâlit.

— Attends, attends, Brit, fit-il en se détournant. Mon Dieu ! Nous allons sortir. Pas la peine de vous disputer, vous deux. Nous serons dans le couloir, si vous avez besoin de nous... enfin, vous n'aurez pas besoin de nous pour ce que vous vous apprêtez à faire, mais, tu vois, enfin si vous...

Sur quoi il s'enfuit. Alexia se tourna vers Gwenna en roulant des yeux consternés.

— Pff, n'importe quoi. Il préside la Nation vampire et l'idée de voir sa belle-sœur donner le sein l'affole. Je ne comprendrai jamais les hommes.

— Moi non plus. Mais je n'en ai pas tellement envie.

Alexia rit.

En fait, ce n'était pas vrai. Ces hommes-là, Gwenna ne les connaissait que trop bien. Ils étaient dominants, têtus, égoïstes, incapables d'exprimer ce qu'ils ressentaient et assoiffés de pouvoir.

À cet instant, son portable sonna. Dans la mesure où tous les gens avec lesquels elle communiquait se trouvaient dans la pièce – ou se cachaient dans le couloir –, Gwenna eut la désagréable impression de deviner de qui il s'agissait. Surtout que Roberto l'avait déjà appelée une bonne quinzaine de fois depuis qu'elle lui avait claqué la porte au nez.

Elle passa délicatement Ava à Jean-Baptiste et sourit à Brittany.

— Encore toutes mes félicitations dit-elle. Je sors. À très bientôt.

— Merci d'être passée, Gwenna. J'apprécie vraiment, assura Brittany avec un regard complice.

Elle savait combien Gwenna avait pu s'inquiéter pour sa fille. Désormais, elle comprenait son angoisse car elle la vivait. Toutes deux avaient donné naissance à des filles qui avaient plus de sang vampire que mortel dans les veines, et qu'y avait-il de plus fort que l'inquiétude d'une mère ? Gwenna espérait seulement qu'Ava s'en sortirait mieux qu'Isabel.

Les larmes aux yeux, elle serra affectueusement la main de Brittany avant de sortir de la chambre. Elle avait l'impression que les pleurs du bébé et la sonnerie de son téléphone lui résonnaient encore aux oreilles.

— Qu'est-ce qu'il y a ? lui demanda son frère d'un air inquiet dès qu'il la vit. Qui t'a appelée ?

— Aucune idée, répondit-elle. J'arrive à lire dans les pensées mais je ne suis pas omnisciente.

Ethan leva une main pour calmer le jeu.

— Détends-toi, lui enjoignit-il. C'était une question comme ça.

— Et ça te regarde ?

Elle se rendait compte qu'elle paraissait sur la défensive. Mais elle était au bord des larmes, ce qui la mettait hors d'elle. Cela signifiait qu'elle n'avait fait aucun progrès, qu'elle était toujours aussi vulnérable et émotive. Et elle avait l'impression que son petit acte de résistance vis-à-vis de son ex allait lui coûter cher. Roberto allait la harceler sans relâche. Cela faisait partie de ses charmantes tactiques.

C'était ce qu'elle pouvait dire de pire, comprit-elle. Ethan aurait sans doute été prêt à laisser tomber son interrogatoire. Mais comme il était d'une nature soupçonneuse, sa réponse lui fit dresser l'oreille.

— Qu'est-ce que cela signifie ? Donne-moi ton téléphone, ordonna-t-il en tendant la main.

— Non, répliqua Gwenna en serrant plus étroitement son sac contre sa poitrine.

— Qui peut t'appeler, Gwenna ?

— Fiche-lui la paix, Ethan, s'impatienta sa belle-sœur. Gwenna a raison : ce ne sont pas tes affaires.

Lorsque Gwenna était venue à Vegas pour le mariage d'Ethan, elle avait été étonnée de découvrir quelle femme son frère avait choisie. Alexia affichait une attitude très XXIe siècle. Mais plus elle la connaissait, plus elle l'appréciait et plus elle se rendait compte que, en réalité, Alexia était forte à la manière des femmes du XIe siècle de leur jeunesse mortelle. Elle faisait ce qu'elle avait à faire sans demander ni espérer l'aide d'un homme. C'était peut-être ce qui, chez elle, avait plu à Ethan.

— Oh, que si, rétorqua-t-il en la scrutant d'un regard accusateur. Je parie que tu reparles à Donatelli ?

Son frère savait parfaitement comment l'atteindre, en lui donnant l'impression d'être une petite fille qui avait fait une bêtise.

Cependant, elle refusait de se laisser intimider.

— Si c'était le cas, où serait le problème ?

Non, elle ne parlait toujours pas à Roberto. Pas au sens où Ethan l'entendait, en tout cas. Mais il n'avait pas son mot à dire sur le sujet.

Pourtant, il ne s'en priva pas. Il interpréta sa réponse comme un aveu et explosa.

— Bon sang, Gwenna ! Tu n'as donc rien appris en trois cents ans, dis-moi ?

C'était blessant. Mais, surtout, cela la mit en colère. Il n'avait aucune idée de tout ce qu'elle avait pu apprendre. Et de la manière la plus dure qui soit.

— Va te faire voir, Ethan.

Elle tourna les talons et voulut partir dans le couloir. Il la retint par le bras.

— Gwenna... attends. Tu sais que je m'inquiète pour toi, c'est tout.

— Alors, aie au moins la gentillesse de ne pas me prendre pour une idiote, tu veux ? Ni de me traiter comme une ado qui s'envoie en l'air avec le voyou du quartier.

— Mais c'est exactement ce que tu as fait ! Et deux fois ! Pourquoi crois-tu que je m'inquiète pour toi ?

Pour la première fois de sa vie, Gwenna eut envie d'assommer son frère.

— Hm, Ethan, protesta Alexia d'un air choqué, ce n'est pas très sympa de dire ça, chéri.

Gwenna essaya de faire preuve de maturité.

— Ma relation avec Roberto ne te regarde pas, rappela-t-elle. Elle ne t'a jamais regardé. Et j'apprécierais que tu respectes mes décisions.

Elle se redressa et inspira à fond pour contrôler sa colère.

— Je sais ce que je fais, conclut-elle.

Ethan s'étrangla de rire.

— Manifestement pas, si tu couches avec Donatelli.

Maturité ? Quelle maturité ? Elle serra les poings et émit un grognement exaspéré.

— Va te faire foutre, lâcha-t-elle.

Son frère en resta bouche bée.

— Gwenna ! Non mais tu as entendu comment ma sœur vient de me parler ? ajouta-t-il en se tournant vers sa femme.

— Oui. Et c'était bien mérité, assura Alexia. À sa place, cela fait des années que je te l'aurais dit, mais Gwenna est bien plus gentille que moi.

En réalité, l'intéressée ne se sentait pas gentille du tout. Elle n'avait pas eu tellement de mal à envoyer promener son frère.

Sans écouter ses protestations, elle dégagea son bras, qu'il tenait toujours, et se dirigea vers l'ascenseur.

Ethan ne la suivit pas mais l'interpella tout de même.

— Tu regretteras d'avoir renoué avec Donatelli, la prévint-il. Tu sais que j'ai raison.

Gwenna leva les yeux au ciel et se mit à taper du pied impatiemment en attendant l'ascenseur. Rien que pour agacer Ethan, elle sortit son téléphone et consulta la liste des appels manqués. C'était bien le numéro de Roberto. Évidemment. Elle avait changé la règle du jeu, entre eux, et cela ne lui plaisait pas. Contrairement à ce qu'elle faisait croire à son frère, elle n'avait aucune intention de répondre à son ex-mari. Et elle aimerait mieux mourir de faim sous le soleil du désert que de coucher avec lui.

Surtout que, depuis trois cents ans qu'ils étaient divorcés, il avait couché avec la terre entière. Notamment dans tous les clubs de strip-tease et toutes les maisons closes possibles.

Bref, si jamais elle couchait un jour avec quelqu'un, ce dont elle doutait fortement, ce ne serait pas avec Roberto.

La porte de l'ascenseur s'ouvrit.

Gwenna monta.

Un homme d'une beauté un peu rude se tenait au fond de la cabine, appuyé à la paroi, les yeux rougis et l'air accablé de douleur. Génial. Alors qu'elle avait réussi à oublier pendant presque deux minutes que, au lieu de rencontrer Slash, elle avait découvert un homme assassiné, le flic qui la prenait si manifestement pour une idiote réapparaissait pour lui rafraîchir la mémoire.

— Inspecteur Thomas ?

Son téléphone, qu'elle tenait encore à la main, se remit à sonner.

Zut. Encore Roberto.

— Gwenna Carrick.

L'inspecteur Thomas émit un grognement exaspéré. Il avait l'air en colère, à vif.

Tout à l'heure, sur le lieu du crime, il s'était impatienté, cela ne lui avait pas échappé. Cependant, là, son ton lui semblait différent, plus dur. Gwenna vit qu'il avait les larmes aux yeux, que son visage était figé par le choc et la douleur, ses épaules raides.

— Ça va ? lui demanda-t-elle.

Son téléphone n'arrêtait pas de sonner. Il résonnait, fort, détestable dans la cabine silencieuse.

Il avait l'air sur le point de craquer, mais il se contenta de hausser les épaules.

— J'ai connu des jours meilleurs. Et vous ? Vous avez trouvé d'autres corps depuis notre dernière conversation ?

Gwenna fronça les sourcils. À l'évidence, il ne voulait pas de sa compassion. Il était à bout et peut-être gêné d'être vu dans cet état. Son instinct lui souffla de réprimer l'instinct maternel qui la poussait à vouloir le toucher.

Dans le registre désinvolte et pince-sans-rire, elle n'avait rien à lui envier.

— Non, aucun. Mais ce n'est pas faute d'avoir essayé.

Trois

Nate Thomas laissa échapper un rire sec et se passa la main sur la bouche. Bon sang ! Comme si la journée n'était pas suffisamment pourrie; il avait failli se faire surprendre par la blonde de la gare à pleurer comme un bébé.

Au moins, elle avait senti sa gêne et lâché l'affaire. Elle ne semblait pas avoir l'intention de lui demander pourquoi il faisait cette tête.

— Pourquoi ne répondez-vous pas au téléphone ? lui demanda-t-il en se rendant compte qu'elle le serrait si fort que les articulations de sa main blanchissaient.

L'étudier le calmait. Il se mit à faire plus attention à son comportement. Que faisait-elle à l'hôpital ? De quelle façon pouvait-elle être liée à la victime de la gare ? Quelque chose clochait, chez elle, mais il n'arrivait pas à dire quoi. Au moins, pendant qu'il se posait des questions sur elle, il oubliait ce qu'il faisait à l'hôpital.

Elle regarda son portable et secoua la tête.

— C'est quelqu'un à qui je n'ai pas envie de parler.

Quelqu'un contre qui elle était en colère, s'il en jugeait par les taches roses qu'elle avait sur les joues. Et par le désordre de ses cheveux ondulés qu'elle avait dû rejeter en arrière en un geste d'irritation.

— Qui ? l'interrogea-t-il. Votre mère ?

Lui, c'était généralement la personne qui l'énervait le plus.

Elle secoua la tête.

— Si seulement...

Elle hésita une fraction de seconde avant de dire :

— C'est mon ex-mari.

— Ah !

Voilà qui expliquait sa posture défensive, son dos droit, son menton relevé, ses épaules redressées.

La porte de l'ascenseur s'ouvrit, au rez-de-chaussée, mais elle ne descendit pas.

— On est arrivé, souligna-t-il en désignant le hall. Il n'aimait pas la façon dont elle le regardait.

Non plus avec le respect intimidé que lui imposait son statut de représentant de l'autorité, mais avec pitié.

— Je suis désolée, dit-elle. Je ne sais pas ce qui vous arrive, mais je suis désolée.

Il ne fit pas semblant de ne pas avoir compris. Il était trop à vif, trop bouleversé.

— Oui, fit-il. Moi aussi.

Elle hésita encore, mais finit par sortir de l'ascenseur en lui tournant le dos. Son téléphone sonna encore une fois.

— Merde, murmura-t-elle tandis que, soudain, ses épaules s'affaissaient.

Nate se rapprocha d'elle.

— Qu'est-ce qu'il vous veut ? demanda-t-il, pas encore prêt à s'en aller.

Lorsqu'il serait sorti d'ici, tout deviendrait bien réel. Or il ne voulait pas encore affronter la réalité. Et puis la blonde pouvait l'aider à élucider un meurtre, non ? D'accord, c'était peut-être elle qui l'avait commis, mais son instinct lui criait que ce n'était sûrement pas le cas.

— Il veut me récupérer, expliqua-t-elle en se retournant vers lui, ses yeux bleus tristes et perturbés. Il n'a jamais supporté qu'on lui dise non.

Il percevait dans sa voix un mélange d'exaspération et de crainte qui l'ennuyait. C'était une femme menue, d'apparence fragile, jeune. Elle ne devait pas voir beaucoup plus de vingt-cinq ans. Elle craignait que son ex lui fasse du mal, il le sentait. Et il se trompait rarement sur les gens. C'était nécessaire, dans son travail d'enquêteur à la brigade des homicides de Las Vegas. Cet ex un peu trop pressant pouvait expliquer pourquoi elle s'était tournée vers ce forum Internet de tueurs de vampires. C'était une façon d'avoir l'impression de contrôler quelque chose.

— Depuis combien de temps avez-vous rompu ?

La main toujours crispée sur le téléphone, elle consulta l'écran et fronça les sourcils.

— Trois ans. Cette fois, ajouta-t-elle en appuyant sur quelques boutons, il m'a envoyé un SMS.

Trois ans, c'était long, après un divorce, pour continuer de poursuivre son ex de ses assiduités.

— Que dit-il ?

Elle haussa les épaules et remit l'appareil dans son sac.

— Rien d'intéressant. Il veut que je le rappelle.

— Il a seulement écrit: « Appelle-moi » ?

— Oui. Et il a ajouté: « Tout de suite » parce que cela l'énerve que je l'ignore. Pourquoi ?

— On dirait qu'il a un problème.

Un problème que Nate comprenait. Un problème auquel il savait comment faire face. Ce qu'il ne pouvait affronter, en revanche, c'était l'image gravée dans son esprit de sa petite sœur étendue sur ce lit d'hôpital, sans vie.

— Il est comme il est, répondit la blonde. J'ai l'habitude.

— Mais vous avez peur de lui, n'est-ce pas ?

Nate enfonça les mains dans les poches de son jean et attendit de voir comment elle allait réagir à sa question. Curieusement, elle parut surprise.

— Non, dit-elle, je ne crois pas. Roberto ne me ferait jamais de mal. Pas physiquement, en tout cas, si c'est ce que vous voulez dire, précisa-t-elle en remettant une mèche de ses cheveux clairs derrière son oreille. Mais… mais il veut toujours tout contrôler. Ce qui me fait peur, je crois, c'est que, quand nous étions mariés, j'étais prête à bien des compromissions à cause de lui. Il m'a fait repousser mes limites morales. Vous comprenez ? demanda-t-elle en le regardant dans les yeux. Je ne veux plus jamais revivre cela.

Nate hocha la tête. Il se sentait plus détendu. La panique à laquelle il avait failli céder retombait. Il n'allait pas perdre les pédales. Pas tout de suite, en tout cas. Il maîtrisait à peu près la situation.

— Je comprends parfaitement. On s'efforce de rester dans le droit chemin, et on rencontre des gens qui parfois nous y aident et parfois cherchent à nous en faire sortir.

— On ne peut pas leur en vouloir, d'ailleurs, renchérit-elle.

Il faut être responsable de ses actes. Cependant, quand on sait que c'est mal, il vaut mieux carrément garder ses distances.

Sans bien se rendre compte de ce qu'il faisait, Nate proposa :

— Je vais à la cafétéria; vous venez avec moi ?

Ce n'était pas l'envie d'un café qui le poussait mais le besoin désespéré de ne pas rentrer chez lui, où l'attendait le lit d'hospitalisation à domicile de Kyra et l'envahissante odeur de maladie qui imprégnait la maison. Non, il n'avait pas envie de rentrer, ni d'être seul. Et Gwenna Carrick semblait avoir autant que lui besoin de compagnie. Malgré ce qu'elle lui avait dit tout à l'heure, elle ne devait pas voir beaucoup de cadavres, surtout pliés comme un bretzel et cachés derrière un distributeur de billets.

— D'accord, répondit-elle sans hésiter.

Mais, aussitôt, elle se mordilla la lèvre en jetant un regard inquiet vers l'ascenseur.

— Vous êtes ici avec quelqu'un ?

Il déchiffrait les signaux et ne voulait pas lui créer de problèmes. Son besoin égoïste de distraction ne justifiait pas de lui attirer des ennuis avec son petit ami. Mais que faisait-elle à l'hôpital, d'ailleurs ?

— Non. Mon frère et moi avons rendu visite à une amie, mais il est venu avec sa femme. Seulement, il a un côté très protecteur avec moi.

Pas assez, sans doute, vu ses activités nocturnes.

— Cela a des avantages et des inconvénients, j'imagine. C'est bon de savoir qu'il se préoccupe de vous à ce point, mais cela doit avoir des côtés casse-pieds. Cela dit, s'il n'est pas d'accord pour que vous suiviez un parfait inconnu à la cafétéria ou que vous retrouviez quelqu'un que vous n'avez jamais vu dans une gare à dix heures du soir, il n'a peut-être pas tort.

Elle refit cette petite moue contrariée un peu ridicule qu'il commençait à bien connaître.

— C'est vrai, concéda-t-elle en souriant. Mais j'ai quand même bien envie d'un café. On y va ?

Au départ, il avait cru qu'elle avait un accent anglais. Maintenant, il n'en était plus si sûr. Décidément, il y avait chez elle quelque chose qui ne collait pas. Mais quoi ? Son côté logique, son esprit détective le poussaient à vouloir comprendre à qui il avait affaire, derrière la blonde un peu évaporée pour laquelle il l'avait d'abord prise.

— O.K.

Il fit un geste en direction du bout du couloir et elle se mit à marcher à côté de lui.

— Alors vous avez une amie malade ? lui demanda-t-il.

— Non. Notre amie – enfin, c'est la belle-sœur de mon frère, mais, pour moi, c'est vraiment une amie…

Elle s'interrompit en rougissant.

— Mon Dieu ! se reprit-elle. Voilà que je bafouille. Bref, ce que j'essaie de vous dire, c'est que Brittany a eu un bébé ce soir et que nous lui avons rendu visite. Il y avait certains risques, donc nous sommes fous de joie que tout se soit bien passé. C'est une fille.

Bizarrement, Nate se sentit sourire de son explication.

— C'est merveilleux, commenta-t-il.

Plus bizarrement encore, il le pensait. Savoir que, alors que sa sœur quittait ce monde, une nouvelle vie y arrivait avait quelque chose d'apaisant. Cela aurait fait plaisir à Kyra aussi.

— Cela m'a fait un peu drôle, aussi, après ce que nous avons vu tout à l'heure, avoua-t-elle. Je me sentais… je ne sais pas… sale. Comme s'il ne fallait pas que je touche cet adorable petit être innocent. Ah là là ! je raconte n'importe quoi, n'est-ce pas ? Ne faites pas attention.

Elle se frotta la lèvre du bout du doigt et regarda une gravure accrochée au mur tout en marchant.

— Si, je vous comprends, assura-t-il. Je côtoie la mort sans arrêt. Parfois, il est difficile de revenir de l'autre côté.

Dieu sait que, en ce moment, c'était particulièrement difficile…

— Et vous, demanda-t-elle, que faites-vous ici ?

Elle s'arrêta devant la cafétéria et se tourna vers lui. Nate aurait voulu se dérober à son regard scrutateur. Il ne devinait que trop bien quelle tête il devait avoir. À faire peur. Il se sentait soudain nu devant ses yeux bleus qui le fixaient avec compassion.

— Ce n'est pas pour une raison heureuse, n'est-ce pas ? devina-t-elle.

— Non. Ma sœur vient de mourir, se força-t-il à dire après avoir pris une longue inspiration.

Sa voix s'étrangla mais il tint bon et résista aux larmes. Il lui semblait que s'il laissait se briser la digue qui retenait son chagrin, il serait emporté, submergé comme par un raz-de-marée.

Gwenna ouvrit de grands yeux horrifiés.

— Oh ! je suis désolée. Tellement désolée…, fit-elle en lui prenant la main. Ces mots sont bien creux et ne vont rien réparer, mais je vous les dis du fond du cœur.

Bien qu'elle ait les doigts petits et fins, il y avait quelque chose de réconfortant dans la façon dont ils étreignaient les siens. Elle se tenait près de lui, puisque leurs mains jointes frôlaient la cuisse de Nate, et plongeait ses yeux bleu pâle dans les siens avec une profonde sympathie.

— Merci.

Il aurait voulu dire autre chose, quelque chose de plus, mais il n'en fut pas capable.

Elle lui serra affectueusement la main.

— Et si nous laissions tomber le café ? proposa-t-elle. Vous préférez peut-être rentrer chez vous.

— Non. Je n'en ai pas envie. Je ne peux pas. Vous comprenez ?

Du pouce, il caressait la peau douce et fraîche du dos de la main de Gwenna. La sentir si féminine, si délicate l'apaisait.

— Avez-vous déjà perdu quelqu'un que vous aimiez ?

Elle fit un petit hochement de tête et murmura :

— Oui. Je sais exactement ce que vous ressentez.

— Qui avez-vous perdu ?

C'était une question un peu brutale et impolie mais il éprouvait soudain le besoin de l'entendre, de savoir que quelqu'un comprenait sa douleur et le chagrin qu'il essayait tant de contrôler. Ce n'était pas le genre de chose dont on parlait avec les copains autour d'une bière. Au fond, il n'avait personne à qui parler, à qui dire ce qu'il ressentait vraiment. Et voilà que, sans savoir pourquoi, il avait envie de tout raconter à cette inconnue, et qu'il attendait aussi des réponses à ses questions.

— Une sœur. Un frère. Ma mère.

Puis ses yeux s'agrandirent et s'emplirent de larmes quand elle ajouta

— Ma fille.

Sa réponse lui fit l'effet d'un coup de poing au plexus. Il s'en voulait affreusement de l'avoir interrogée. Dans le même temps, il était profondément soulagé car il savait que, en effet, elle le comprenait. Qu'il n'était pas seul avec son chagrin. Cependant, il n'imaginait pas comment on pouvait survivre à la perte de tant d'êtres chers. Et surtout d'un bébé. C'était insoutenable.

— Je suis désolé, dit-il. Je n'aurais pas dû vous demander cela.

De sa main libre, il effaça une larme qui avait roulé sur la joue de Gwenna.

— Je ne me représente même pas…

Il laissa sa phrase en suspens en regardant le pouce avec lequel il lui avait essuyé la joue. Sa larme n'était pas transparente mais d'une couleur rouille qui lui marquait la peau.

— Vous saignez ? s'inquiéta-t-il.

— Quoi ? demanda-t-elle en regardant ses bras et ses mains d'un air d'incompréhension. Où voyez-vous du sang ?

— Sur votre visage, répondit-il en lui montrant son doigt. C'est comme s'il y avait du sang dans vos larmes.

Ce qui ne devait pas être signe de très bonne santé…

— Ah, fit-elle en écartant le problème d'un geste négligent. C'est normal, pour moi. C'est un problème génétique, mais cela n'a rien de grave. C'est un peu comme l'extrême sensibilité de certains au soleil. On m'a même traitée de vampire, pour me taquiner. C'est un peu dégoûtant, je sais, conclut-elle en haussant les épaules, mais enfin voilà.

— Ah oui, un vampire ? Pourtant, vous faites partie du forum de tueurs de vampires…

Il lui essuya de nouveau la joue pour lui montrer que cela ne le dérangeait pas. Il était simplement soulagé qu'elle ne soit pas blessée. Saigner par les yeux, ce devait être mauvais signe.

— Donc, conclut-il, vous devez être un vampire qui joue double jeu. Vous êtes venue boire mon sang ?

Elle inclina la tête sur le côté et lui fit un sourire entendu qui le captiva.

— Seulement avec votre permission, repartit-elle.

Ethan sentit avant même d'être sorti de l'ascenseur que sa sœur se trouvait toujours dans l'enceinte de l'hôpital. Il sentait sa présence. Et lorsque les portes s'ouvrirent, il perçut son odeur de vampire.

Il lui devait sans doute des excuses. Alexia le lui avait dit et il se rendait compte qu'elle avait raison. Depuis neuf cents ans, il critiquait la relation de Gwenna avec Donatelli. Résultat : il n'était parvenu qu'à la pousser un peu plus dans ses bras. Il était peut-être temps de passer à une autre tactique.

Il la cherchait du regard dans le hall, se préparant à prendre son air le plus penaud, quand il la repéra, en compagnie d'un homme qu'il n'avait jamais vu. Et à qui elle tenait la main.

— Qui est ce type ? demanda-t-il à Alexia.

Ce n'était pas le genre de Gwenna de sortir avec des mortels; or cet homme-là en était clairement un. Ce n'était d'ailleurs pas le genre de Gwenna de sortir avec qui que ce soit. Elle restait dans sa chambre d'hôtel et faisait… des trucs de Gwenna. Au fond, Ethan ne savait pas trop comment sa sœur occupait son temps.

— Je ne sais pas, répondit Alexia en tendant le cou pour mieux le voir.

Ethan s'écarta pour lui dégager la vue. Il était scandalisé.

— Ils sont pratiquement en train de se sauter dessus ! s'indigna-t-il.

— Oh, regarde… il lui touche le visage. Vas-y, Gwenna !

— Non, répliqua Ethan avec un regard noir. Non, n'y va pas, Gwenna. On ne sait même pas qui est ce type.

— Ce qu'on sait, fit-elle valoir, c'est que ce n'est pas Donatelli. Si elle sort avec ce type, ça m'étonnerait qu'elle voie aussi l'Italien. Ce n'est pas le genre de Gwenna.

Elle n'avait pas tort, songea Ethan. Sa sœur était calme, posée et fiable. Même dans son absurde attachement à Donatelli, elle restait prévisible. Elle l'avait toujours aimé, lui, et personne d'autre. Cependant, si elle était avec un autre…

— Ils ont l'air plutôt intimes, non ? remarqua-t-il en étudiant l'attitude de sa sœur.

Elle était légèrement penchée vers l'homme. Il ne l'aurait pas crue du genre à prendre un amant mortel, mais, du moment qu'elle restait loin de Donatelli, cela convenait à Ethan. Bien entendu, cela ne signifiait pas qu'il était prêt à accorder sa confiance au prétendant de sa sœur tant qu'il ne connaissait pas ses intentions.

— Tu pourrais te débrouiller pour que Gwenna te dise le nom de ce type ? demanda-t-il à sa femme. Je demanderai à Seamus de faire quelques recherches sur lui.

Il n'eut même pas besoin de regarder Alexia pour deviner qu'elle levait les yeux au ciel. Elle réagissait très souvent ainsi à ce qu'il disait, et cela l'excitait terriblement. Il faut dire que presque tout ce qu'elle faisait l'excitait terriblement – grâce à quoi leur mariage était des plus satisfaisants.

— J'ai une idée, répliqua-t-elle, sarcastique. Fichons la paix à Gwenna et laissons-la sortir avec qui elle veut. Sans nous mêler de ses affaires. Tu sais, qu'elle fasse ses choix elle-même, que ce soit ou non des erreurs. J'aimerais mieux cela.

Gwenna et le mortel entrèrent dans la cafétéria de l'hôpital. Ethan jeta un coup d'œil à sa femme et s'esclaffa.

— Comme tu as fait avec ta sœur ? Cela fait vingt-six ans que tu dictes sa conduite à Brittany, lui rappela-t-il.

Alexia se hérissa. Décidément, son côté soupe au lait était trop sexy.

— Cela n'a rien à voir, se défendit-elle.

— Ah bon ? Nous aimons tous les deux notre sœur et nous ne pouvons pas nous empêcher de nous mêler de ses affaires. Reconnais-le.

— Sûrement pas.

— Donc, tu es encore plus hypocrite que moi, conclut Ethan en regardant l'homme poser la main sur le bas du dos de Gwenna tandis qu'ils attendaient au comptoir. Au moins, je reconnais honnêtement mon côté protecteur.

Et dès qu'ils seraient de retour au casino, il passerait un coup de fil pour faire faire des recherches sur le nouveau petit ami de Gwenna.

Quels abrutis ! songeait Donatelli en regardant ses deux principaux gardes du corps, Smith et Williams. Il devrait peut-être les tuer tous les deux et repartir de zéro. Il trouverait certainement du personnel un peu plus compétent s'il passait une annonce discrète.

— Expliquez-moi encore une fois comment Rick a fait pour entrer dans une pièce fermée à clé devant laquelle vous montiez la garde tous les deux ?

Installé sur le divan de sa suite, à l'hôtel, il sirotait un verre de sang. Il jeta un coup d'œil à son téléphone. Pas d'appel manqué. Gwenna, son ex-femme, commençait à l'énerver. Elle aurait au moins pu avoir la politesse de le rappeler. Franchement, les gens ne savaient plus se tenir. Et cette grossièreté qu'elle lui avait dite ! Il n'en revenait toujours pas. Cela ne lui ressemblait pas du tout – et cela ne lui allait pas du tout.

Smith se racla la gorge avant de répondre.

— Euh… On a cru qu'il avait le droit d'entrer. Il a dit qu'il avait le droit. Alors… eh bien, on lui a ouvert.

— Donc, il est entré et il est reparti avec une dose d'héroïne pour une semaine ?

— Apparemment.

— Il y en a pour plusieurs milliers de dollars, leur rappela-t-il.

Comme si l'argent poussait dans les arbres ! Donatelli perdit patience. Il n'en avait guère, du reste. Il n'en avait jamais eu. Il regarda encore son téléphone avant de se rendre compte de ce qu'il faisait. Bon sang ! La colère le gagnait. Le sang lui battait aux tempes. Où était Gwenna ? Pourquoi ne voulait-elle pas lui parler ?

— Nous ne…

Cela suffit à le faire exposer.

— Vous ne saviez pas. Je sais. Parce que vous êtes des abrutis, coupa-t-il avec un regard dur. Allez dire à Rick que je veux récupérer ma marchandise. Cassez-lui quelques os pour lui montrer que je ne plaisante pas. Et s'il ne veut pas être raisonnable, amenez-moi sa femme. Je saurai certainement la convaincre d'exercer un peu de son influence sur son junkie de mari. Surtout que, je ne sais pas pourquoi, il est assez attaché à cette idiote.

Il les congédia d'un geste impatient.

— Allez, dégagez d'ici et envoyez-moi Katie.

La mortelle qui lui servait de maîtresse allait le distraire. Elle soulagerait au moins la douloureuse tension qui s'était emparée de son bas-ventre. Avec elle, pendant vingt minutes, il oublierait que sa femme lui manquait, qu'il brûlait encore pour Gwenna alors qu'ils se connaissaient depuis neuf cents ans, qu'elle conservait la première place dans son cœur, dans sa vie.

Il allait la convaincre qu'il était temps pour eux de se réconcilier. C'était ce qu'il voulait, encore bien davantage que le pouvoir politique qu'il avait acquis au sein de la Nation vampire. Oui, il voulait Gwenna. Il voulait la récupérer.

Gwenna ne savait pas trop pourquoi elle avait accepté de prendre un café avec un parfait inconnu. Cependant, il y avait dans la façon dont il la regardait quelque chose qui la poussait à accepter. Elle n'aimait même pas le café. Si les vampires pouvaient boire des liquides, elle évitait de le faire. Cela avait tendance à lui rester sur l'estomac. Mais cette façon qu'avait l'inspecteur Thomas de fixer sur elle ses beaux yeux bruns… Il se concentrait totalement sur elle, malgré la perte terrible qu'il venait de subir. Il ne jetait pas de coups d'œil de droite et de gauche, il ne la berçait pas de cajoleries, il ne dissimulait pas ses pensées. Était-ce à cause du drame qui le frappait ? Toujours est-il qu'il lui semblait franc, honnête, calme et posé.

Le contraire de Roberto, autrement dit, ce qui était très attirant.

Au point qu'elle l'avait suivi dans la cafétéria alors qu'elle sentait que son frère et sa belle-sœur se tenaient dans le hall et les regardaient.

Elle se demandait aussi ce que le policier pensait du meurtre de la gare. Et puis elle compatissait à sa peine. S'il ne voulait pas être seul, elle lui tiendrait volontiers compagnie. D'autant que c'était aussi ce dont elle avait elle-même besoin.

— Quel est votre prénom ? lui demanda-t-elle tandis qu'ils s'asseyaient à une toute petite table près de la fenêtre.

Il faisait sombre, dehors. Il était tard. Il n'y avait pas grand monde dans la cafétéria.

— C'est un peu lourd et un peu formel de vous appeler inspecteur Thomas, ajouta-t-elle.

— Nate, répondit-il avec un petit sourire. Ce n'est pas un nom aussi cool que le vôtre, mais je n'ai pas à me plaindre. C'est le diminutif de Nathaniel – mais personne d'autre que ma mère ne m'appelle jamais Nathaniel.

— Votre mère vit aussi à Vegas ?

— Oui, mais elle est en Australie, en ce moment. Mes parents…

Il s'interrompit et se racla la gorge. Ils ont cru que ma sœur allait se remettre. Elle était en rémission. Ils sont donc partis un mois en Australie voir la famille de ma mère. Je les ai appelés hier mais, entre le temps de prendre les billets et la longueur du vol, ils ne seront là que demain.

Le cœur de Gwenna se serra.

— Votre mère doit être bouleversée de ne pas avoir pu être là…

Il fit un petit hochement de tête avant de changer de position sur sa chaise.

— Oui. Mais je n'ai pas envie de m'étendre sur le sujet. Parlez-moi plutôt du bébé de votre amie.

Autrement dit, il préférait qu'elle lui change les idées. Gwenna le comprenait. Elle ne connaissait que trop bien ce chagrin si énorme, si monstrueux que l'on ne pouvait l'assimiler que par petits morceaux si l'on ne voulait pas se faire dévorer par lui. Elle pouvait très bien lui faire la conversation. D'ailleurs, elle en avait envie. Au moins, il ne la connaissait pas, il ne la voyait pas comme cette pauvre lavette de Gwenna, l'ex-femme si passive de Donatelli. Rien ne l'attendait au casino, d'autant qu'elle craignait un peu de trouver Roberto devant sa porte en rentrant.

— Brittany a eu une fille, raconta-t-elle. Ava, Coco, Renée Corbin.

— Quel nom !

Gwenna rit. L'air impassible de Nate ne lui permettait pas de savoir si cela lui plaisait ou non mais, devinait-elle, il devait trouver que c'était un peu beaucoup.

— Le mari de Brittany est français, expliqua-t-elle.

Et il était vieux de quelques siècles, mais Nate n'avait pas besoin de le savoir.

— Mais ils vivent ici ?

— Oui. Comme je vous l'ai dit, mon frère est marié avec la sœur de Brittany, Alexia. Il possède un casino à Vegas.

— Lequel ?

— L'Ava.

— Ouah ! fit Nate visiblement impressionné. Il en est *propriétaire ?*

— Oui.

Pourvu qu'il n'imagine pas qu'elle se vantait… Mais c'était grâce à son travail acharné qu'Ethan avait réussi. Oui, il travaillait tellement qu'il en était épuisant.

— Mais vous n'êtes pas américaine, objecta-t-il.

Ce n'était pas une question. Elle haussa les épaules.

— Non, confirma-t-elle. Je suis britannique. Je vivais à York mais je suis venue ici fin août pour le mariage de mon frère, puis je suis revenue en décembre et j'ai décidé de rester.

— Votre ex, Roberto, est en Angleterre ?

Gwenna lui jeta un coup d'œil surpris. Avait-elle prononcé le prénom de Roberto ? Soudain, elle se rendit compte qu'elle ne pouvait pas lire dans les pensées de Nate. Elle déchiffrait pourtant assez facilement celles de la plupart des humains, mais, de lui, elle ne captait rien. Était-ce parce qu'il était policier et habitué à cacher ses émotions ?

— Non, répondit-elle. Roberto vit ici.

— Alors pourquoi restez-vous, s'il vous harcèle ?

Cette question sonnait comme une accusation. Gwenna était lasse de devoir se justifier, de devoir organiser sa vie en fonction de Roberto et des erreurs qu'elle avait commises.

— Je refuse de me séparer de ma famille à cause de lui, répliqua-t-elle sur la défensive.

Il but une gorgée de café tout en l'étudiant. Elle se rendit compte qu'il ne semblait pas la juger.

— Vous avez raison, concéda-t-il, sauf si votre sécurité est en jeu.

Elle soupira et passa l'index sur la serviette en papier sous sa tasse. Elle s'était verni les ongles d'un rouge assez vif, la veille, ce qui ne lui ressemblait pas. Mais elle avait eu soudain envie d'un peu d'audace.

— Ma sécurité n'est pas en jeu, assura-t-elle. Je vous assure que Roberto ne me ferait jamais de mal. De toute façon, il ne peut pas s'approcher de moi si je ne veux pas.

Certes, cela ne l'avait pas empêché de frapper à la porte de sa suite un peu plus tôt dans la soirée. Toutefois, si nécessaire, elle aurait pu appeler la sécurité de l'hôtel.

— Ethan a des gens qui gardent un œil sur Roberto, précisa-t-elle. Et sur moi aussi, par la même occasion.

Son frère imaginait qu'elle ne se doutait pas qu'il la faisait suivre de temps à autre, mais elle s'en rendait parfaitement compte.

Elle savait tout.

Elle était comme un oiseau en cage. Ou, plutôt, comme une chauve-souris enfermée dans sa caverne.

— Des gens ? Des gardes du corps ? s'enquit-il.

Gwenna hocha la tête tout en prenant conscience que ce n'était pas le sujet de conversation idéal avec le policier qui enquêtait sur le meurtre qu'elle avait découvert. Un ex-mari cinglé et des problèmes de sécurité personnelle… Soit elle allait le convaincre qu'elle était coupable de quelque chose, soit il allait fuir en courant devant tous ses problèmes.

La première hypothèse serait désastreuse, la seconde, décevante.

Parce que, pour dire la vérité, même sur le lieu du crime, elle avait trouvé l'inspecteur Thomas d'une séduction un peu brute mais bien réelle. Elle but une toute petite gorgée de café et étudia les bras musclés et le visage buriné de Nate. Oui, il était beau, et ce n'était pas pour lui déplaire. Ces trois siècles de solitude à York avaient été bien longs. Mieux, se prit-elle à songer, il était peut-être assez musclé pour faire jeu égal, ou presque, avec la force d'immortelle de Gwenna. En tout cas, suffisamment pour la satisfaire. Du reste, ces temps-ci, en fallait-il tant que cela ? Certains jours, il lui semblait qu'une brise tiède ferait l'affaire… Mieux, Nate lui faisait l'effet d'être un homme très sensuel. Il ferait beaucoup mieux qu'un petit courant d'air, elle n'en doutait pas. De toute façon, elle ne comptait rien faire en ce sens. C'était simplement un petit fantasme agréable à entretenir dans le calme et la chaleur de la cafétéria.

— Vous avez de la chance de bénéficier d'un service de protection, remarqua-t-il. Espérons que cela empêchera votre ex de s'en prendre à vous physiquement. Écoutez, ajouta-t-il en levant une main pour la faire taire alors qu'elle voulait protester, je sais que vous êtes convaincue que cela n'arrivera jamais. Et vous avez peut-être raison. Mais je suis policier. J'ai vu bien des cas de violences domestiques et je sais que, parfois, ces hommes explosent au moment où l'on s'y attend le moins. Alors, soyez prudente, d'accord ?

— Bien sûr.

Comment mal le prendre alors qu'elle sentait que Nate était sincère – d'autant que son métier l'exposait sans arrêt à la violence. À des scènes semblables à celle qu'elle avait découverte ce soir.

— Depuis combien de temps êtes-vous dans la police ? voulut-elle savoir.

— Treize ans, dont cinq comme inspecteur.

Il devait donc avoir entre trente et trente-cinq ans, calcula-t-elle.

— Vous ne paraissez pas si vieux.

— Je me sens pourtant assez vieux pour prendre ma retraite demain, assura-t-il en riant.

Gwenna sourit.

— Mais vous ne le feriez pas, devina-t-elle. Vous adorez votre métier, n'est-ce pas ?

— Oui, c'est vrai. C'est très gratifiant.

Il but encore quelques gorgées de café.

— Ma belle-sœur est procureur. Alexia Baldizzi. Vous la connaissez peut-être ?

Il haussa les sourcils d'un air étonné.

— Oui, bien sûr ! C'est un excellent procureur. Elle ne fait pas de quartiers. J'ai entendu dire qu'elle avait épousé un Britannique plutôt excentrique propriétaire d'un hôtel... Aïe, ajouta-t-il avec une grimace. C'est votre frère, non ?

C'était amusant. Ethan aurait horreur de cette étiquette, mais c'était donc ainsi que les mortels le voyaient : un Britannique riche et excentrique, propriétaire d'un casino. Alors que, pour les vampires, c'était leur président et un politicien plus que dynamique.

— Oui, confirma-t-elle en riant, c'est bien mon frère, Ethan. Ce que vous dites de lui est on ne peut plus vrai. Alexia et lui se sont mariés en août. Comme je vous l'ai dit, c'est cette visite qui m'a incitée à m'installer ici.

— Je parie que votre frère et votre belle-sœur ignoraient que vous aviez rendez-vous avec un inconnu dans une gare, pas vrai ?

— Pourquoi l'auraient-ils su ?

Se sentant jugée, Gwenna releva le menton d'un air de défi. Il ne fallait pas qu'elle oublie que, si elle avait été mortelle, accepter ce rendez-vous avec Slash aurait été plus qu'idiot. Mais Nate ne savait pas qu'elle était vampire, et donc très, très difficile à tuer. Un mortel ne pouvait pas non plus la blesser, ni même la toucher contre son gré. Sa force, sa rapidité et ses réflexes lui donnaient un avantage énorme.

— Enfin, j'imagine que ce n'est pas le cas; autrement, ils vous en auraient empêchée, comme n'importe qui de raisonnable.

Il secoua la tête. Il ne comprenait manifestement pas qu'elle ait pu commettre une pareille imprudence.

— Personne ne peut m'arrêter quand j'ai décidé de faire quelque chose, déclara Gwenna.

— Eh bien, ce n'est pas très malin – et, surtout, c'est dangereux.

— Je n'y ai pas pensé. C'est quand même un lieu public.

— Un lieu où, sans doute, il voulait vous retrouver pour vous emmener ailleurs, dans un endroit plus discret, pour vous violer et vous assassiner. Et quand on se serait rendu compte que vous aviez disparu, on n'aurait même pas su où vous chercher.

C'était une vision des choses un peu sombre.

— Sauf que ce n'est pas ce qui est arrivé, objecta-t-elle.

— Uniquement parce que votre ami s'est fait descendre – ou a descendu quelqu'un d'autre.

— À moins qu'il s'agisse d'une coïncidence.

— Je ne crois pas aux coïncidences. Slash voulait vous faire venir à cet endroit précis, rappela Nate en froissant sa serviette en papier. Reste à savoir pourquoi. Qu'est-ce qui vous a poussée à regarder derrière la borne, au fait ?

— J'ai cru entendre quelque chose, mentit Gwenna.

En réalité, il n'y avait aucun bruit. Après le départ des passagers pressés, l'escalator qui descendait vers la rue était même particulièrement calme. Elle l'avait emprunté, d'instinct, parce qu'elle sentait l'odeur de la mort, une odeur fongique, putride, très caractéristique pour un odorat aiguisé de vampire. Elle savait qu'il y avait un mort. La seule inconnue était l'endroit précis où il se trouvait dans la gare.

— Et puis la machine était un peu tournée, ajouta-t-elle. En fait, j'ai cru qu'il y avait un animal – un chat, sans doute.

— Vous avez dû avoir une mauvaise surprise, observa Nate en secouant encore la tête.

— Oui, reconnut Gwenna en croisant étroitement les bras.

À neuf cents ans, c'était la première fois qu'elle voyait la victime d'un meurtre. Et elle espérait bien que c'était aussi la dernière. L'homme – un garçon, en fait – était méconnaissable à cause de la façon dont il avait été plié et de son teint pâle et cireux. Elle frémit involontairement.

— Eh, fit Nate d'une voix plus douce, ce n'est pas grave.

— Si, c'est grave ! protesta-t-elle en s'appuyant au dossier de sa chaise un peu branlante. C'est grave, parce que le malheureux est mort et que celui qui lui a fait ça se balade toujours et doit être enchanté de ne pas s'être fait prendre. En un sens, je me sens responsable. Si j'étais arrivée plus tôt…

— Vous seriez morte aussi.

C'était peu probable, mais elle ne pouvait pas le lui dire.

— Je sais que cela paraît irrationnel, admit-elle, mais je me sens horriblement mal.

— Je ne vous apprécierais pas si ce n'était pas le cas, assura-t-il. La mort nous fait nous sentir mal. C'est naturel. Et c'est quand on commence à la trouver normale que l'on est en danger.

Était-ce ce qui était arrivé à Roberto ? Avait-il perdu toute compassion pour la souffrance des autres ? Avait-il fini par considérer son immortalité comme allant de soi ? Commettait-il l'erreur d'estimer que, puisque l'éternité lui avait été offerte, il pouvait en user comme bon lui semblait ?

— Votre sœur a eu un cancer ? s'enquit-elle doucement. Quel âge avait-elle ?

Nate ne répondit pas tout de suite. Il but un peu de café et reposa sa tasse. Puis il la regarda dans les yeux. Sa douleur était palpable.

— Kyra avait vingt-cinq ans, dit-il enfin. Oui, elle a succombé à une leucémie.

— Si jeune ? Mais c'est affreux.

Soudain, Gwenna eut profondément honte. Qu'avait-elle fait de ses près de mille ans de vie ? Rien. Elle avait fait de la broderie, joué de la harpe et du pianoforte, reçu à dîner pour Roberto et lu quantité de livres. Mais elle n'avait rien fait d'utile, à la différence de son frère ou d'Alexia, par exemple. Ou comme Jean-Baptiste, qui avait passé sa vie de vampire engagé dans la recherche génétique.

— Oui, c'est affreux, confirma-t-il. Vraiment.

Comparé à elle, la sœur de Nate n'avait vécu que le temps d'un soupir. Dire que Gwenna n'était même pas reconnaissante de son immortalité ! En tout cas, elle ne l'avait pas toujours été. Mais, au moins, ces derniers mois, cela avait changé.

— J'espère que vous avez pu être avec elle à la fin, fit-elle.

Pour sa part, elle aurait voulu être auprès d'Isabel, pouvoir lui dire au revoir.

— Oui. Kyra est… était une fille exceptionnelle. Elle a traversé cette épreuve avec une dignité et une grâce inouïes. Je suis plein d'admiration pour le courage dont elle a fait preuve. Jusqu'au bout.

À l'évidence, il luttait de nouveau contre les larmes qui lui montaient aux yeux.

— Ce n'est pas grave de pleurer, vous savez, murmura-t-elle.

— Si, c'est grave. Surtout ici, dans cette fichue cafétéria, lui opposa-t-il en appuyant la main sur son front. Mon Dieu, je suis désolé.

— Il ne faut pas, assura-t-elle en lui prenant la main. Et si vous jugez l'endroit mal choisi pour vous laisser aller, trouvons-en un autre où vous pourrez le faire.

— Où cela, par exemple ?

— Le casino de mon frère. Nous trouverons un coin tranquille.

— Un coin tranquille dans un casino ? repartit-il, sceptique.

— Mais oui, si on connaît les lieux.

Elle voulut se lever mais il résista.

— Gwenna, ce n'est pas une bonne idée.

— Pourquoi ?

— Parce qu'il va falloir vous poser des questions sur le forum auquel vous appartenez. Encore plus si l'on découvre que c'est bien Slash la victime. Nous ne devrions même pas vraiment parler.

— Eh bien, vous serez venu au casino pour m'interroger, c'est tout. Et nous aurons continué à parler de l'affaire. Je ne suis pas suspecte, alors où est le problème ?

— En théorie, au départ, tout le monde est suspect. Surtout les gens qui connaissaient la victime.

Franchement, cela ne lui était même pas venu à l'esprit.

— J'étais dans ma suite, à l'hôtel, jusqu'à 21 heures 45. Ensuite, j'ai pris le train pour aller à la gare et je l'ai trouvé. Je peux prouver que j'étais chez moi dans la soirée puisque je me suis disputée avec mon ex-mari dans le couloir, juste avant de partir. Quelqu'un nous a forcément entendus.

— Vous n'avez pas à prouver votre alibi pour le moment; nous sommes même très loin de cela. Pour l'instant, il s'agit uniquement de glaner des faits et des indices. Vous avez raison, conclut-il en se levant. Allons à votre casino.

— Ce n'est pas le mien, lui rappela-t-elle en se levant à son tour et en le suivant. C'est celui d'Ethan.

— Mais vous y vivez, n'est-ce pas ?

— Oui.

Pourquoi répugnait-elle à l'admettre ? se demanda Gwenna en enfonçant les mains dans les poches de son jean.

— Pour l'instant, précisa-t-elle.

— Donc, vous êtes arrivée d'Angleterre il y a quelques mois ?

— Il y a cinq mois.

— Et que faites-vous, dans la vie, Gwenna ?

— Absolument rien.

Quatre

Nate Thomas avait garé sa voiture dans le parking de l'hôtel, à côté de la place réservée de Gwenna. Il la suivait maintenant vers le hall en se demandant si la raison pour laquelle il avait d'abord hésité à accepter sa proposition était parce qu'elle était incroyablement protégée. Elle n'était pas idiote, comme il l'avait d'abord cru, mais terriblement naïve. Elle avait refusé de développer, mais il avait compris qu'elle ne travaillait pas. Et elle avait dû se marier jeune, si elle était divorcée depuis trois ans. Enfin, elle vivait dans le casino de son frère – autrement dit, aussi loin que possible de la réalité.

Un portier fit un grand sourire à Gwenna.

— Bonsoir, madame Carrick, dit-il. Comment allez-vous ?

— Très bien, merci, Reginald. Et vous-même ?

— Oh, je n'ai pas à me plaindre.

Grand et charpenté, il tint aimablement la porte à Gwenna.

Il sembla comprendre avec un temps de retard que Nate l'accompagnait et qu'il n'entrait pas en même temps qu'elle par hasard.

— Qui est votre ami ? demanda-t-il d'un air soupçonneux.

— L'inspecteur Thomas, répondit-elle. Il vient me poser quelques questions. J'ai trouvé le cadavre d'un pauvre garçon à la gare, ajouta-t-elle en posant la main sur la manche de l'employé. Il avait été tué, Reginald. C'était horrible.

— Quoi ! s'exclama ce dernier d'un air scandalisé. Ça ne va pas, madame Carrick. Ça ne va pas du tout.

— Exactement.

— Monsieur Carrick est au courant ?

— Non, heureusement. J'aimerais autant qu'on ne le lui dise pas tout de suite, d'accord ?

— Très bien. Comme vous voudrez.

— Merci, mon ami.

Était-ce son côté britannique ? Toujours est-il que, parfois, Nate avait l'impression d'entendre sa grand-mère. Pourtant, Gwenna était jeune et ravissante, sans une ride, et elle ne portait pas de chaussures orthopédiques. Ce contraste éveillait sa curiosité et il avait envie d'en savoir davantage sur elle. Oui, cette femme était une énigme.

— Il y a un restaurant, par-là, qui n'est ouvert que pour le petit-déjeuner. Une sorte de café, plutôt. On peut y aller, si vous voulez. Oh, attendez, se reprit-elle en entrant dans le hall et en évitant une console de verre. J'ai une meilleure idée. Allons dans le spa. Il est fermé le soir et les canapés en velours sont très confortables.

Il voulut lui suggérer de monter chez elle mais se ravisa. D'abord, il aurait eu l'air de la draguer, ce qui n'était pas du tout son intention. Enfin, pas vraiment. Ensuite, il venait de lui faire un sermon sur le danger de son attitude avec les inconnus. L'encourager à emmener dans sa suite un homme qu'elle n'avait jamais vu – même s'il s'agissait de lui – ne ferait que la pousser à la négligence. Il allait donc choisir la voie de la raison, même si s'installer dans un spa désert et sombre le tentait beaucoup moins que d'aller chez elle. Elle lui avait dit habiter une suite. Il était prêt à parier qu'il devait y avoir une vue extraordinaire sur le Strip. Cela dit, s'il l'avait suivie en voiture jusqu'au casino, cela signifiait qu'il n'avait pas les idées très claires ce soir. Mieux valait donc la laisser choisir. Il ne savait même pas très bien ce qu'il faisait ici.

Non, ce n'était peut-être pas vrai. C'était à cause de Kyra, parce qu'il avait la nausée, parce qu'il se sentait seul, qu'il était triste et en colère. Il n'avait pas envie de rentrer chez lui, ni de traîner dans le hall bondé d'un casino. Monter chez Gwenna serait certainement une erreur, vu son état. Bref, le spa était la meilleure option.

Et puis, au moins, s'il craquait et se mettait à pleurer, la lumière serait suffisamment basse pour lui éviter une trop grande humiliation.

— Super, commenta-t-il donc.

Elle lui sourit et Nate ressentit une chose qu'il n'aurait certainement pas dû ressentir. Un accès de désir brûlant. Qui lui flanqua une trouille bleue. Si son esprit était faible, en ce moment, son corps, lui, fonctionnait parfaitement, ce qui était potentiellement dangereux. Tout compte fait, la suivre dans l'ascenseur était sûrement déraisonnable.

Il la suivit.

Quel imbécile il faisait.

Mais il était sur les nerfs, il s'en rendait compte. Tout ce qu'il ressentait, tout ce qu'il avait perdu, sa douleur, sa peur, son amertume se mêlaient en lui et menaçaient de l'étouffer. Il allait craquer. La pression dans sa tête était si forte... Le manque de sommeil, le coup de fil à ses parents, l'indignité de ce meurtre choquant, ce soir : c'en était trop.

C'était Gwenna Carrick ou une bouteille de bourbon. À choisir, elle était bien plus séduisante qu'une cuite.

— Quel étage ? s'enquit-il tandis qu'ils montaient dans l'ascenseur en compagnie d'un couple d'une trentaine d'années complètement collé.

— Seizième.

Gwenna jeta un coup d'œil aux deux autres occupants de l'ascenseur, en tenue de cocktail. Nate vit ses yeux s'agrandir quand elle se rendit compte qu'ils s'embrassaient et se pelotaient vigoureusement. Hm, c'était un peu particulier. Nate se déplaça légèrement pour les cacher à la vue de Gwenna quand il se rendit compte que l'homme avait glissé la main sous la jupe de la femme. Il chercha une bêtise à dire pour la distraire.

— Alors...

Sauf qu'il ne trouva rien. Surtout que Gwenna tendait le cou pour essayer de voir par-dessus son épaule.

Au lieu de se choquer de cette étreinte en public, elle semblait curieuse. Intriguée. Elle s'humecta les lèvres du bout de la langue. Il ne s'attendait pas à réagir à son attitude comme il le fit – par une érection immédiate.

Tout compte fait, il était plus dégoûtant que les deux polissons derrière lui. Comment pouvait-il bander alors qu'il revenait d'une scène de crime et avait vu sa sœur mourir dans ses bras ? Cela confirmait ce que lui avait toujours dit sa grand-mère – les réactions animales de son corps d'homme étaient totalement déconnectées de ses émotions.

D'un autre côté, ce n'était peut-être qu'une espèce de mécanisme de défense. Comme si cette réaction physique élémentaire était destinée à le distraire des épreuves qu'il avait traversées ce soir. C'était sûrement ce que lui dirait un psy.

Quoi qu'il en soit, il en venait à se demander s'il n'aurait pas mieux fait d'opter pour le bourbon. Parce que s'il y avait une chose dont ni Gwenna Carrick ni lui n'avaient besoin, c'était d'une aventure d'un soir.

L'ascenseur sonna au moment où l'autre femme émettait des gémissements d'encouragement alors que son partenaire l'avait plaquée contre la paroi du fond de la cabine et s'était jeté sur ses seins.

— On est arrivés, annonça Gwenna.

Ouf !

Quand ils furent sortis, elle murmura :

— Eh bien, il y en a qui vont passer une bonne soirée…

— Ce n'est pas juste, hein ? remarqua-t-il alors qu'il découvrait le spa qu'elle avait ouvert grâce à sa carte-clé. Ils vont s'envoyer en l'air comme des malades sans se soucier de rien, alors que nous… Nous avons passé une journée cauchemardesque.

Elle posa sur lui un regard empli de compassion.

— Je crois que l'on peut dire que la vôtre a été pire que la mienne.

Dieu, qu'elle était belle, avec son teint clair, sa douceur, ses lèvres roses, ses cheveux brillants…

Que ferait-elle s'il l'embrassait ? Ou s'il l'étreignait simplement et la serrait fort pour s'enfouir, pour enfouir ses pensées en elle ?

Elle le giflerait, sans doute, ou elle déposerait une plainte pour tentative de viol.

Oh, il était épuisé ! Il fallait qu'il rentre chez lui.

— Il vaut peut-être mieux que je parte, Gwenna, suggéra-t-il. Je suis à bout. Je doute d'être de très bonne compagnie.

— Non, restez, dit-elle en se rapprochant de lui, si près que ses cheveux frôlèrent la joue de Nate, et en posant la main sur son torse. Je voudrais que vous restiez.

Elle pencha la tête en arrière pour le regarder.

— Pourquoi ?

Il se tenait un peu raide, conscient de la douceur du corps de Gwenna, de sa délicatesse féminine; il était beaucoup plus grand qu'elle. Elle sentait délicieusement bon – un parfum fruité et féminin auquel se mêlait encore un peu d'arôme de café. Nate aurait voulu enfouir les doigts dans ses cheveux si clairs et si soyeux et se laisser aller. Tout laisser aller.

— Parce que je n'ai pas envie d'être seule, répondit-elle simplement, et vous non plus.

Sur quoi elle se haussa vers lui pour l'embrasser.

Nate ne s'attendait pas à cela, bien qu'il y ait lui-même songé. Mais Gwenna n'hésita pas. Elle prit possession de sa bouche et lui prodigua un baiser chargé de passion. Il découvrit qu'elle était aussi délicieuse qu'elle sentait bon, qu'elle avait de toutes petites lèvres très douces et que son assurance et son enthousiasme compensaient largement un léger manque de finesse. C'était un merveilleux baiser, qui prit fin bien trop tôt.

Quand elle s'écarta, il haussa un sourcil interrogateur.

— Que faisons-nous, là, au juste ? demanda-t-il.

— Nous vivons, voilà ce que nous faisons.

Une petite partie de son cerveau, celle qui fonctionnait encore à peu près, se demanda si elle n'était pas en train de l'arnaquer. Si elle n'en savait pas plus sur le meurtre qu'elle voulait bien le dire, c'était peut-être un moyen de le distraire. Cependant, Nate s'enorgueillissait de ne pas se tromper sur les gens et il n'avait pas du tout cette impression sur Gwenna. Elle ne lui paraissait pas assez futée pour duper ou mentir. Quant à la douleur qu'il avait lue dans ses yeux quand elle parlait de sa fille, elle lui paraissait bien réelle – de même que sa consternation quand ils avaient évoqué l'état de la victime. Il parierait sa plaque qu'elle était honnête.

Pour l'instant, de toute façon, il s'en moquait un peu. Il devinait qu'il allait prendre ce qu'elle lui offrait même si c'était une menteuse et une droguée qui profitait de la situation.

Se lâcher, voilà de quoi il avait besoin. C'était ce qui lui permettrait de ne pas complètement perdre les pédales et c'était ce que lui offrait Gwenna.

Il lui prit le visage entre ses mains en glissant les doigts dans ses mèches soyeuses couleur de blé.

— Vous êtes sûre ? vérifia-t-il pour lui laisser une chance de faire machine arrière.

Parce qu'il ne jouait pas. S'ils commençaient, ils iraient au bout.

Elle noua les mains autour de son cou et plaqua son bas-ventre contre le sien.

— Sûre et certaine, affirma-t-elle.

Cela lui convenait. Il lui étreignit les tempes un peu plus fort et attira son visage contre le sien pour plaquer ses lèvres sur les siennes en un baiser sans concession. Soudain, il était pris d'un besoin irrésistible de la toucher, de la goûter. Il sentit son souffle brûlant quand elle ouvrit la bouche pour l'accueillir. Il y glissa la langue, insistant, dominateur, tout en plaquant contre elle son désir, si brusquement qu'il la poussa et que le contact se rompit.

Il leur fallait un lit. Ou un canapé. Tout de même, le mur était plus près. Alors Nate fit reculer Gwenna d'un pas et la plaqua finalement contre le bureau de la réception. Encore mieux. Il pouvait continuer de lui maintenir le visage et presser ses hanches contre les siennes tout en l'embrassant à pleine bouche. Fallait-il qu'il y aille un peu plus doucement parce qu'elle était petite, menue, un peu délicate et qu'il ne la connaissait pas ? Il écarta aussitôt cette idée. Il était excité, mais pas brutal, et elle ne protestait pas. Au contraire. Les yeux révulsés, les ongles enfoncés dans son dos, elle se collait le plus étroitement possible à lui.

Et c'était follement sexy. Nate oublia toute logique, toute raison et arracha le T-shirt de Gwenna en la décoiffant, puis le laissa tomber à terre. Elle tenta vaguement de chasser des mèches folles de son visage mais renonça dans un gémissement quand il se pencha sur elle pour sucer la pointe de son sein. Elle avait la peau douce et ferme et une poitrine bien proportionnée que Nate rêvait de dévorer. Rendu maladroit par l'impatience, il parvint tout de même à dégrafer son soutien-gorge. C'est tout juste s'il remarqua qu'il était rouge avant de le jeter avec son T-shirt.

— Oh, oui ! fit-elle d'une voix rauque tandis qu'il prenait son téton durci entre ses lèvres. Oh ! ce que c'est bon…

Il pensait la même chose. Elle était vraiment délicieuse. Il la dévorait, d'un sein à l'autre, se délectant de la facilité avec laquelle sa langue courait sur sa peau nue. Puis il descendit, suivit la ligne de ses côtes et plongea la langue dans son nombril, la faisant sursauter. Comme son jean était lâche, il parvint à glisser sous la ceinture, les excitant brusquement l'un et l'autre. Il la voulait toute, sans attendre. Cette journée était venue à bout de sa patience.

Tout lui semblait fort, rapide, brûlant. Il défit le bouton de Gwenna de la main droite tout en glissant la gauche dans sa poche à lui. Il était à peu près certain d'avoir un préservatif dans son portefeuille. Il en gardait toujours un sur lui depuis une alerte au bébé à la fac.

Effectivement, il en trouva un, le sortit et laissa tomber son portefeuille pour reporter toute son attention sur Gwenna. Elle se cramponnait aux passants du jean de Nate, haletante d'excitation, les joues roses, les cheveux en désordre. Son pantalon à elle, ouvert, avait un peu glissé, révélant le haut d'une petite culotte rouge. Elle avait les yeux fermés. Il avait l'impression que, sans le mur contre lequel elle était appuyée, elle s'écroulerait à terre, sans force.

Seigneur !

Nate s'agenouilla et lui ôta d'un geste son jean et son slip. En levant les yeux, il vit la surprise sur son visage. Sans lui laisser le temps de parler, il se rapprocha d'elle pour l'embrasser entre les cuisses, en les lui faisant écarter de ses deux pouces. C'était une vraie blonde, découvrit-il, avec une peau parfaite. Elle se cambra vers lui et il glissa la langue en elle pour trouver son clitoris qu'il titilla en le léchant avec un mélange d'audace et d'autorité.

Elle poussait des gémissements de plus en plus rapprochés, de plus en plus forts, de plus en plus éperdus. Elle enfouit les doigts dans ses cheveux pour s'y cramponner. Son excitation était contagieuse. Nate était dur, brûlant, prêt à exploser. La tête lui tournait, comme s'il manquait d'oxygène. Il faisait sombre, dans la pièce; il n'y avait pas un bruit. Il se sentait déjà perdre le contrôle. Il la caressait de plus en plus fort, de plus en plus profondément. Possessif, il voulait la goûter partout, lui suçait l'intérieur des cuisses, passait les dents sur son clitoris gonflé.

Les jambes tremblantes, elle se haussa sur la pointe des pieds comme pour s'écarter de lui, lui échapper. Elle allait jouir, devina Nate à la tension de ses muscles et à la façon dont elle lui tirait les cheveux. C'était trop tôt. Il voulait être en elle quand cela arriverait.

Alors il se leva vivement et plaqua la main gauche sur le mur à côté d'elle.

— Ne t'arrête pas, le supplia-t-elle en lui donnant une tape sur le bras, ce qu'il trouva à la fois drôle et follement sexy.

— Je ne m'arrête pas, assura-t-il tout contre ses lèvres en frottant son érection entre les jambes de Gwenna pour qu'elle les écarte.

— J'ai pourtant l'impression que si, protesta-t-elle, haletante.

Nate enfouit le visage dans ses cheveux et la pénétra avec abandon et reconnaissance, et surtout un désir mordant, brûlant, désespéré.

Elle était merveilleusement étroite autour de lui et la douceur de cette caresse lui procura un plaisir plus aigu encore que tout ce qu'il avait pu imaginer.

Il n'allait pas tenir très longtemps, comprit-il vite. Il lâchait prise.

Gwenna n'en revenait pas. Elle, en train de se faire prendre debout contre un mur, par un policier ? Elle n'aurait même pas su dire comment c'était arrivé. Cependant, si on lui avait dit que cela aurait lieu, elle n'en aurait pas cru un mot. Pourtant, c'était bel et bien en train d'arriver. Après trois siècles d'abstinence, elle avait une relation avec un inconnu.

Au moins, cela valait la peine d'avoir attendu si longtemps. Force lui était de reconnaître que l'énergie frénétique, presque agressive, et l'avidité de Nate lui plaisaient. Peut-être n'aurait-elle pas supporté l'intimité d'une lente exploration. Ce déchaînement de passion, en revanche, lui convenait parfaitement. Il correspondait à son état d'esprit, à l'espèce d'hystérie que provoquait chez elle la découverte du corps de cet homme, à sa frustration face au chagrin qui persistait depuis tant d'années, de siècles après la perte de sa fille, à l'exaspérante impuissance qu'elle ressentait face à Roberto, dont elle ne parviendrait sans doute jamais à se détacher tout à fait.

Tout cela s'effaçait d'un coup sous l'assaut brutal de Nate Thomas. Elle se sentait vivante, elle prenait conscience de son corps, de sa force de vampire. Sur la pointe des pieds, son jean et sa culotte autour des chevilles, l'air frais et la bouche de Nate caressant sa peau nue, elle aurait pu, elle aurait dû être gênée – d'autant qu'elle était pratiquement nue alors qu'il avait encore son pantalon et son T-shirt.

Mais ce n'était pas le cas. Mille sensations l'assaillaient. Le frottement de ses fesses contre le mur, la lanière de ses sandales qui lui serrait un peu les pieds, les doigts de Nate autour de sa taille, son pénis dur et épais qui faisait renaître en elle des désirs et des besoins disparus depuis bien longtemps.

Gwenna ne s'était jamais considérée comme une femme particulièrement sensuelle. Depuis son divorce, le sexe ne lui manquait pas particulièrement. Elle ne s'était même pas donné la peine de chercher des relations. Pourtant, là, c'était différent. Il y avait dans leur étreinte une intensité effrénée, désespérée qui la submergeait.

— Nate, fit-elle d'une voix hachée.

Subitement, elle doutait, dépassée par ce qu'elle ressentait dans son corps et dans son cœur, emportée par l'impression de perdre tout contrôle. C'était comme si le monde qu'elle avait toujours connu, dans lequel elle vivait, qu'elle comprenait, se transformait et se fissurait.

— Oui ? fit-il en lui mordillant la joue, les lèvres.

— Je… je ne sais pas, avoua-t-elle en se tortillant, la bouche en feu, la gorge serrée, les jambes crispées.

— Ne résiste pas, Gwenna. Laisse-toi aller.

Il ralentit un peu et se retira presque, jusqu'à ce qu'elle se sente frustrée, privée de lui, puis il la pénétra de nouveau, fort, loin.

Elle en perdit complètement l'usage de la parole. Ce mouvement qu'il faisait et qu'elle n'aurait su définir la privait de mots et même de pensées. Elle se raccrocha à ses bras et se laissa emporter par la jouissance, qui la balaya et la laissa brûlante, tremblante, extasiée.

Elle se rendit compte que Nate accélérait de nouveau, que son souffle se faisait plus profond, qu'il laissait échapper des grognements à mesure que, à son tour, il se rapprochait du bord. Quand il explosa, elle ne réagit même pas. Elle en était incapable. Elle ne pouvait plus que se tenir à lui, muette, hébétée par le plaisir.

Nom d'un chien !

Quel bon coup !

Elle en avait oublié de respirer.

Ils restèrent tous les deux tremblants, haletants pendant une minute. Ni l'un ni l'autre n'avait envie de bouger. Puis Nate la prit dans ses bras. Il l'écartait du mur quand la sonnerie du téléphone les fit sursauter l'un et l'autre. Gwenna jeta un coup d'œil coupable à l'appareil. Ils étaient encore dans le hall d'accueil du spa, ce qui n'était pas du meilleur goût. Ce n'était pas du tout ce qu'elle avait en tête quand elle lui avait proposé d'aller parler sur un canapé. Elle n'imaginait que trop bien ce que Nate devait penser d'elle. Déjà, elle n'était plus aussi détendue ni aussi émerveillée qu'un instant plus tôt. L'angoisse la reprenait tout de suite. Et ce téléphone qui n'arrêtait pas de sonner. N'importe qui avait pu les voir en sortant de l'ascenseur. Super !

Manifestement, Nate ne partageait pas ses inquiétudes. Il laissa échapper un petit rire et enfouit le visage dans son cou.

— Désolé, dit-il. Je me suis un peu laissé emporter.

Voilà ce que c'était que de se laisser aller à la passion en faisant fi de ses inhibitions. Sur le moment, c'était très bon, mais, ensuite, on se sentait terriblement gênée. Comment faire pour se baisser et remonter sa culotte avec un minimum de grâce et de dignité ?

Le téléphone se tut enfin. Pour se remettre aussitôt à sonner. En même temps que son portable dans la poche de son jean. Il n'en fallut pas davantage pour lui faire perdre son calme.

— Oh, zut ! Il faut peut-être que je réponde.

— Pourquoi ?

À la tête que faisait Nate, elle devina que cette idée lui paraissait absolument grotesque.

C'était bien plus facile, pour lui, qui n'avait qu'à refermer sa braguette, songea-t-elle en essayant de glisser le long du mur en pliant légèrement les genoux pour récupérer son jean. Que les longues robes d'autrefois lui manquaient… Au XIXe siècle, elle n'aurait eu qu'à laisser retomber ses jupes pour être décente. Enfin, elle n'en avait jamais fait l'expérience puisque c'était la première fois qu'elle avait une relation avec un inconnu.

— Parce que c'est peut-être important, souligna-t-elle.

— Il y a plus de chance que ce soit ton ex qui essaie de te contrôler.

Hm ! Ce n'était pas impossible.

Le téléphone du spa s'était encore remis à sonner. Puis ce fut le ding-dong de l'ascenseur qui retentit. Quelqu'un s'arrêtait à leur étage.

— Oh, zut ! maugréa-t-elle, gagnée par la panique.

Sans plus se soucier de la façon dont Nate allait la voir, elle se baissa, remonta son jean et le boutonna à la hâte. Tant pis pour sa culotte qui faisait des plis là où il ne fallait pas, là où elle était tout endolorie.

Nate ramassa son T-shirt et le lui tendit avant de se retourner et de se placer de façon à la cacher. Elle le passait quand elle entendit une voix masculine s'exclamer, d'un ton surpris :

— Madame Carrick ?

Ah ! Génial… Le garde du corps et responsable de la sécurité d'Ethan.

— Oui, Sam, confirma-t-elle. C'est moi.

Elle tira sur le bas de son T-shirt avant de passer la tête à côté du bras de Nate.

— Que puis-je pour vous ? demanda-t-elle.

Ce n'était vraiment pas de chance que, bien que vampire,

elle rougisse. Elle avait le feu aux joues. Et il n'y avait aucune chance qu'il ne remarque pas sa gêne ni le désordre de sa tenue, même si la pièce n'était guère éclairée, car lui aussi était un vampire. Avec un odorat extrêmement développé.

— Je voulais m'assurer que tout allait bien et que vous n'aviez besoin de rien, expliqua-t-il. Nous… Hm… nous vous avons vus entrer ici sur les caméras de sécurité.

Seigneur, songea-t-elle, au comble de la honte. Au moins, ce n'était pas *elle* qu'ils avaient vue. Seulement Nate. Sam avait dû se rendre compte que c'était avec une femme vampire que ce dernier avait un rapport car sa partenaire n'apparaissait pas à l'écran; il avait dû se sentir obligé, pour des raisons de sécurité, de vérifier de qui il s'agissait. L'ancienne secrétaire d'Ethan, Kelsey Columbia, était connue pour emmener des mortels dans les bureaux afin d'avoir une rapide aventure avec eux, sauf qu'elle n'avait plus le droit de circuler dans l'hôtel sans surveillance depuis qu'elle s'était enfuie pour épouser Rick Columbia, un tueur à gages héroïnomane.

— Tout va bien, assura-t-elle, merci beaucoup. Désolée de vous avoir dérangé.

Elle était surtout désolée de ne pas avoir été plus maligne. Zut et rezut ! Elle aurait dû emmener Nate dans sa suite. Mais elle avait craint sa réaction – ou celle des employés de l'hôtel qui auraient pu la voir monter avec un inconnu. Sauf que, tout compte fait, la situation actuelle était pire.

Sam hésita et rajusta son oreillette.

— Bon. Eh bien, bonsoir.

Il tourna les talons et se dirigea vers l'ascenseur.

Gwenna se mordit la lèvre.

— Sam ? le rappela-t-elle.

— Oui.

— Vous ne parlerez pas de cela à M. Carrick, n'est-ce pas ?

Hélas, elle savait qu'il était de son devoir de lui rapporter tout ce qui sortait de l'ordinaire. Mais Sam secoua la tête.

— Non, si vous ne le voulez pas. Dans la mesure où cela n'a pas de rapport direct avec la sécurité de l'hôtel, rien ne m'y oblige.

Il était prêt à la couvrir; c'était gentil. Mais Gwenna découvrit soudain qu'elle était lasse de s'inquiéter des réactions de son frère. Elle s'était fixé pour objectif de gagner son indépendance. Cela commençait par la franchise vis-à-vis de lui. Il fallait lui faire comprendre qu'elle l'aimait mais qu'elle avait besoin de vivre sa vie.

— Non, Sam, ce n'est pas grave. N'hésitez pas à le dire à Ethan. Ou je lui en parlerai moi-même. Je n'ai rien à faire ici. Cependant, si cela ne vous ennuie pas, j'aimerais autant que la bande soit détruite.

Sam faillit sourire. Elle le vit esquisser un rictus avant de se reprendre.

— Bien sûr, promit-il en hochant la tête. Bonsoir.

Tandis que la porte de l'ascenseur se refermait, Nate se tourna vers elle. Lui aussi avait un air amusé.

— Si je comprends bien, nous venons de faire une vidéo porno ?

— On dirait, oui, confirma-t-elle.

Au moins, il ne semblait pas lui en vouloir.

— Si j'avais su, j'aurais fait en sorte de montrer mon bon profil à la caméra.

Malgré la gêne qui subsistait, Gwenna éclata de rire.

— Et lequel est-ce, ton bon profil ?

— À toi de me le dire, repartit-il en lui passant un bras autour de la taille pour l'attirer à lui.

Elle aimait bien qu'il fasse cela avec autant de naturel, autant d'aisance. Du coup, il lui parut parfaitement normal de dire ce qu'elle pensait.

— De face. À mi-hauteur.

— Ah oui ? Et tu as envie de le revoir ? Dans un endroit où il n'y a pas de caméra ?

Voilà. Elle avait le choix. Soit elle s'en allait maintenant, à la fois sidérée et un peu gênée d'avoir éprouvé une telle passion, soit elle prenait son courage à deux mains et décidait de partir à la découverte du désir que lui inspirait Nate.

Ils avaient toute la nuit.

On ne l'attendait nulle part.

Elle avait bu suffisamment de sang avant de sortir rencontrer Slash.

Et son frère et son ex-mari n'étaient pas dans les parages.

— Je crois que ça me plairait bien, répondit-elle en l'embrassant à pleine bouche. Il n'y en a pas dans les cabines de massage.

— Je te suis.

Hm, voilà qui était prometteur…

Cinq

Assis dans l'affreux fauteuil que Kelsey avait acheté pour leur appartement, Rick Columbia essayait de fixer son attention sur les deux hommes en face de lui.

Il avait peut-être un peu forcé la dose, cette fois-ci, parce qu'il se sentait prêt à vomir. Oh ! se pencher en avant et évacuer tout ce sang, toute cette héroïne, ses entrailles, son souffle, son contrôle de soi. Cette douleur, cette nausée lui faisaient horreur – tout comme lui faisait horreur le fait que personne ne veuille le laisser tranquille.

— Tirez-vous, dit-il à Smith et Williams, les gardes du corps de Donatelli.

— Tu sais bien qu'on ne peut pas, objecta Williams en secouant sa grosse tête. Il faut que tu nous rendes la came ou que tu la paies.

— Je ne peux pas la rendre.

Il s'était presque tout injecté, tellement pressé, désespéré qu'il avait choisi cette méthode plutôt que celle qu'il préférait d'habitude – boire la drogue avec du sang.

— Et je n'ai pas d'argent, ajouta-t-il. Alors allez-vous-en.

Oui, c'était ce qu'il y avait de mieux. Il fallait qu'ils se lèvent et qu'ils le laissent tranquille. Il avait envie d'être seul. C'était tout de même assez simple, non ? Ils n'avaient qu'à ouvrir la porte et disparaître. Sauf qu'ils ne voulaient pas, et cela l'énervait. Qu'est-ce qu'il leur avait fait, nom d'un chien ?

Williams lui écrasa son poing sur le visage, avec une force qui lui fit basculer la tête en arrière, pendant que Smith se mettait à fouiller l'appartement, arrachant presque les tiroirs et la porte des placards de cuisine. Kelsey n'allait pas être contente. Elle se donnait un mal de chien pour bien tenir leur petit appartement, qu'elle avait bourré de petites babioles décoratives et de bougies parfumées. Il ne comprenait pas pourquoi elle tenait tant à ce que cela pue la cannelle en permanence, mais c'était son truc.

Rick ferait mieux de se lever. Et de tuer ces deux connards. Ou de les foutre dehors. Il était plus rapide et plus intelligent qu'eux; ce ne devrait pas être trop difficile.

À un détail près : il ne tenait pas debout. Il avait trop mal au cœur et il était trop défoncé. Une espèce de torpeur brumeuse l'enveloppait. Quand il reçut un autre coup sur la tête, il grogna de douleur et se pencha de côté par-dessus l'accoudoir, pour vomir sur le tapis.

Williams émit un grommellement de dégoût et recula d'un pas. Super ! Il allait peut-être partir, maintenant. Mais la porte d'entrée s'ouvrit et la voix de Kelsey retentit.

— Qu'est-ce qui se passe, ici ?

— Salut, poupée, lança-t-il en faisant un effort pour garder les yeux ouverts.

Il serait tellement plus facile de les laisser se fermer, de s'endormir et de faire disparaître et les voix et la douleur…

C'est alors qu'il reçut un jet d'eau glacée dans la figure.

— Merde ! s'exclama-t-il en se redressant d'un coup et en découvrant que c'était sa femme qui l'avait aspergé. Pourquoi tu as fait ça ?

Elle se tenait devant lui, ses jambes maigres écartées, l'air mécontent, un verre vide à la main.

— Pendant que tu restes vautré là à dormir, ils sont en train de bousiller notre appartement.

— Je ne dormais pas, se défendit-il.

Si ? Il ne savait plus trop, soudain. En regardant autour de lui, il eut l'impression que Smith avait considérablement avancé dans la mise à sac de la pièce. Il y avait des coussins, des papiers, des tiroirs renversés partout.

— D'accord. Disons que cela fait dix minutes que tu te reposes les yeux. Comme tu veux. Maintenant, Rick, fais sortir ces types d'ici.

Voilà qu'elle pleurnichait. Il avait horreur de cela.

— Ce serait avec plaisir, mais ils ne s'en iront pas sans leur argent, mon cœur. Tu aurais du liquide ?

Kelsey s'affaissa et son petit haut noir sexy glissa, révélant son épaule. Décidément, c'était la plus jolie petite idiote que Rick ait jamais rencontrée. Du reste, elle était plus écervelée que vraiment bête. Et elle avait d'autres qualités formidables qu'il appréciait beaucoup. Il l'aimait vraiment. Il aimait son rire qui ressemblait à un petit gloussement. Un rire qu'il n'entendait plus très souvent. C'était dommage. Elle avait un rire craquant.

— Non, répondit-elle, je n'ai pas d'argent. Combien ? demanda-t-elle à Smith.

— Deux mille.

— Rick !

Son air horrifié lui fit honte, ce qui le mit en colère.

— Quoi ? Il me fallait un petit quelque chose, Kels, c'est tout. Tu sais bien ce que c'est.

Elle aussi, elle était toxico, du temps où elle était mortelle. Merde, à la fin. Elle ne valait pas mieux que lui.

— Vous pouvez nous laisser un peu de temps ? demanda-t-elle à Williams ? Deux semaines ?

— Je ne crois pas, répondit-il en prenant une bougie parfumée de Kelsey dans ses grosses pattes pour la jeter en l'air. Il faudrait que je sois sacrément motivé pour risquer de me faire engueuler par Donatelli parce que je n'aurais pas récupéré l'argent immédiatement.

— Quoi ? Une part pour toi ?

— Peut-être.

Rick se rendit compte que Williams reluquait sa femme. Il se redressa. Il y avait peut-être moyen de profiter de ça pour gagner quelques semaines.

— Et si Kelsey vous faisait une petite gâterie à tous les deux ?

— Quel genre ?

Il y avait des limites à ce qu'il permettrait à ces abrutis de faire à sa femme, mais une petite fellation n'avait jamais tué personne. Cela leur laisserait le temps de trouver l'argent.

— Kelsey est une fille super, assura-t-il. Je ne vous dis pas comment elle est bonne, à genoux. Elle peut vous faire une petite démonstration, si vous voulez.

Smith sourit.

— Pourquoi pas ? fit-il. Ça te plairait, hein, Kelsey ?

Kelsey ne répondit pas. Elle tourna les talons et se dirigea vers la chambre.

— Pas *tout de suite*, poupée, protesta Rick qui la trouvait vraiment nulle en négociation. Attends au moins qu'ils aient dit oui.

— Oui, dit Smith.

— Non, dit Williams en secouant la tête.

Au comble de la frustration, Rick allait commencer à négocier avec lui, à essayer de le convaincre d'accepter cette bonne affaire quand il se rendit compte que Kelsey était ressortie de la chambre en tirant une valise à roulettes derrière elle. C'était incompréhensible.

— Qu'est-ce que tu fabriques ? demanda-t-il.

— Je te quitte.

Il lui fallut bien dix secondes pour saisir le sens de ces mots.

— Quoi ?

Elle ne le quittait pas pour de bon, si ? Ce n'était pas possible : elle l'aimait.

— Je m'en vais. Je déménage. Débrouille-toi tout seul avec ta dépendance, ces types, Donatelli. Pour moi, c'est fini.

Pff, quelle galère…

— Attends, parlons-en, plaida Rick. C'est quoi, le problème ?

Il tombait de sommeil. Il n'avait qu'une envie : se laisser sombrer, dormir. Mais il ne voulait pas que sa femme le quitte. Vraiment pas. Alors il s'efforçait de garder les yeux ouverts.

Les lèvres de Kelsey tremblaient quand elle ramassa son sac à main sur le comptoir de la cuisine.

— Oh, je ne sais pas, répliqua-t-elle. Le fait que tu proposes de me prostituer en échange de ta came, peut-être ? Ça en dit long sur notre relation, non ? Tu ne me respectes pas. Je ne suis pas une priorité pour toi.

Génial. Voilà qu'elle tombait dans la psychologie de bazar.

— Allez, arrête, insista-t-il. Je suis désolé, merde. J'ai trouvé que c'était une bonne solution d'urgence. Ne te mets pas dans tous tes états pour une malheureuse pipe. Tu devrais vouloir m'aider, tu sais. Me soutenir.

Elle ouvrit la bouche et la referma. Puis elle se tourna vers Williams.

— Faites ce que vous avez à faire, lui dit-elle. Je ne vous demande qu'une chose, pour moi. S'il vous plaît, ne le tuez pas.

Sur quoi elle s'en alla. Oui, elle sortit, tout simplement, sans un mot de plus, en tirant sa petite valise rose derrière elle, comme si elle se fichait pas mal de ce qui pouvait advenir de lui. Elle le laissa avec ces deux abrutis, malade, sans argent.

Ah, c'était comme cela qu'elle voyait la loyauté ? Et l'amour ?

Rick n'essaya même pas de parer le coup suivant. Le poing qui s'abattit sur lui le cloua à son fauteuil, manquant de lui déchausser les dents, lui fendant la pommette. Dommage que Kelsey ne leur ait pas dit de le tuer, songea-t-il en fermant les yeux. Il vivait déjà un enfer. Autant officialiser la chose.

Et quand il y serait pour de bon, il ferait en sorte que Donatelli ne tarde pas à le rejoindre.

Nate n'aurait pas été étonné que Gwenna l'envoie poliment promener avec un « Ne m'appelle pas, c'est moi qui t'appellerai. » Certes, elle avait eu du plaisir, il s'en était rendu compte, mais dans une étreinte un peu rapide et brutale. Pendant l'action, cela lui avait plu, il en était certain. Il avait senti son enthousiasme et la façon dont elle s'abandonnait. Pourtant, à l'instant où il s'était retiré, il avait perçu ses regrets. Elle s'était pressée de cacher sa nudité et souciée de la sonnerie du téléphone. Puis elle avait été horriblement gênée devant le gardien. Bref, Nate avait cru que c'était fini et qu'il n'avait qu'à s'estimer heureux de ce qu'il avait eu.

Mais voilà qu'elle lui avait proposé de se glisser dans une cabine de massage pour continuer. Il n'était pas assez bête pour refuser une si belle occasion. Maintenant, il était en train de l'embrasser à bouche que veux-tu sur la table de massage, très reconnaissant qu'elle lui permette de continuer. Cette fois, il allait faire durer les choses, alimenter le suspense et la satisfaire si pleinement qu'elle serait heureuse d'avoir passé la nuit avec lui. Au réveil, elle ne se demanderait pas ce qui lui avait pris de passer la nuit avec un parfait inconnu.

Pour cela, il recourait donc à la technique éprouvée du baiser. Il ne la pelotait pas. Il l'embrassait lentement, longuement, comme s'ils étaient deux adolescents que cela suffisait à satisfaire. Il la sentait peu à peu se détendre sous lui. Elle étendit les jambes sur la table et cessa de se cramponner à sa chemise. Quand il l'avait allongée, elle n'avait pas résisté mais ne s'était pas non plus vraiment laissée aller. Elle s'était raidie, les genoux repliés, les mains plaquées contre lui comme pour le tenir à distance, la tête légèrement soulevée du coussin.

Maintenant, peu à peu, elle se détendait. Son corps se relaxait et s'ouvrait à lui, ses cheveux s'étalaient autour de sa tête, son souffle se faisait plus doux et alangui. Nate promena la langue sur sa lèvre inférieure en se délectant du petit soupir qu'elle émit en lâchant prise. C'était ce qu'il voulait, ce dont ils avaient besoin tous les deux. Là, dans la demi-obscurité qui régnait dans la petite pièce où subsistait un peu du parfum des bougies et des lotions, ils n'avaient à se soucier de rien. La réalité n'entrait pas. Il n'y avait de place que pour eux deux et le plaisir, un petit moment, avant qu'elle s'abatte de nouveau sur eux.

Penché sur la table de massage, Nate sentait à peine l'inconfort de sa position tant il se plaisait à caresser du bout des doigts sa joue si douce, son cou, son épaule. Gwenna avait une peau extraordinaire, satinée, sans la moindre imperfection. Par comparaison, il se sentait grand, rude, très viril, ce qui n'était pas pour lui déplaire. Gwenna était si menue, si délicate, si douce, si féminine…

— C'est très bon, murmura-t-elle en rompant leur baiser. As-tu remarqué que la table était chauffée ? C'est délicieux.

Oui, il l'avait remarqué, parce que c'était la dernière chose au monde dont il avait besoin. Il dégageait suffisamment de chaleur lui-même. S'il s'allongeait avec Gwenna, il allait se mettre à transpirer comme un bœuf. Elle, au contraire, semblait avoir la peau toujours fraîche, presque froide.

— Ravi que ça te plaise. Je parie que tu serais encore mieux sous le drap.

Nue.

— Nous ne tiendrons jamais là tous les deux, tu t'en rends compte ?

Elle le regarda avec un petit sourire.

Dieu, que ses yeux bleus étaient beaux ! Quand il plongeait dans leurs eaux profondes, dans ce mélange de chagrin, de mélancolie et de détermination, il n'avait qu'une envie : s'enfouir en elle pour ne jamais, jamais ressortir. C'était à la fois terrifiant et très attirant. Irrésistible.

— Mais si, assura-t-il. Il faut que nous nous préparions, c'est tout.

Il ôta son T-shirt avant d'ajouter :

— À toi.

Elle rougit un peu mais s'assit et enleva son haut qu'elle garda tout de même en boule devant elle.

— Tu sais ce qui va suivre, non ?

Il espérait ne pas avoir besoin de lui préciser qu'ils allaient devoir retirer le bas avant qu'il la rejoigne sous le drap. Vu l'étroitesse de la table, ils ne pourraient pas se déshabiller sans que l'un d'eux risque de tomber.

Il s'attendait à ce qu'elle tourne autour du pot. Sa réponse le sidéra.

— Eh bien, j'espère que nous allons baiser comme des dingues. Je t'en prie, dis-moi que je ne me trompe pas.

Nate ne put retenir un éclat de rire. Décidément, Gwenna était pleine de surprises. De *bonnes* surprises.

— Tu as raison à cent pour cent, assura-t-il. Mais il faut enlever notre jean, pour cela.

Joignant le geste à la parole, il se débarrassa de son pantalon et de son caleçon.

Il fut déçu de voir que Gwenna ne l'imitait pas. Elle était trop occupée à le regarder se déshabiller. Ce qui était super sexy, il fallait bien l'admettre. Son admiration manifeste fit se dresser son sexe. Elle ouvrit de grands yeux et forma un o de ses lèvres roses sur lesquelles elle passa le bout de la langue. Alors, Nate lui pardonna d'être encore habillée. Surtout quand elle se tourna sur le côté et le prit dans sa main pour le caresser légèrement de haut en bas.

— Tu veux bien ? lui demanda-t-elle.

Hm… voyons… Évidemment !

— Volontiers, répondit-il posément.

— Tu es plus grand que je n'aurais cru, murmura-t-elle en se servant de ses deux mains pour caresser son érection et lui titiller les testicules du bout des doigts.

Eh, une minute ! Que voulait-elle dire, au juste ?

— Plus grand que tu n'aurais cru *avant* que j'aie été en toi ou *après ?*

Sa main s'immobilisa et elle rit doucement.

— Pardon. Je voulais dire avant. Enfin, tu vois, en général. Plus grand.

Bon d'accord.

— Je n'ai jamais étudié précisément la question, avoua-t-il. Mais je suis ravi de ne pas te décevoir.

Quand allait-elle se remettre à le caresser ? Nate lui glissa de nouveau son érection dans la main pour l'y encourager. Elle saisit le message.

— Non, assura-t-elle, tu ne me déçois pas du tout.

Puis elle se pencha et le prit dans sa bouche. Nate ferma les yeux et émit un grondement de plaisir. Ouah ! C'était magnifique.

Gwenna ne se reconnaissait pas elle-même. Dire qu'elle avait osé prendre le sexe de Nate dans sa bouche ! Il faut dire que, quand elle s'était tournée sur le côté, elle l'avait trouvé là, devant elle, ce qui avait attisé sa curiosité. Il avait un corps ferme et musclé, semé de poils là où il fallait. L'ensemble était d'une virilité un peu brute et sa nudité ne faisait qu'ajouter à son attrait. Tout, chez lui, était très masculin; elle avait envie de le toucher, de découvrir tous les détails de son anatomie.

Elle aurait aussi aimé goûter son sang, enfoncer ses crocs dans son érection et boire le liquide palpitant sauf que, pour ce faire, elle aurait dû pratiquer un charme sur Nate, ce qui ne serait pas bien. Il devait avoir la possibilité d'accepter ou de refuser d'être mordu. Mais, pour le lui demander, Gwenna serait bien forcée de lui révéler qu'elle était un vampire. Le moment était mal choisi pour une telle conversation. Dans l'immédiat, ils avaient plus important à faire.

Car elle était de nouveau terriblement excitée – déjà – et cela la stupéfiait. Tout en promenant sa bouche de haut en bas sur le sexe de Nate, elle eut une révélation sexuelle. En fait, c'était bon. Étonnamment bon. Délicieux, même. Elle aimait autant le goût que le sentiment de pouvoir que lui procurait cette caresse. Elle avait l'impression de le contrôler grâce à ses lèvres, à sa langue, à ses doigts, de détenir les clés de son plaisir. Elle pouvait le faire gémir, se tendre d'impatience. Cette égalité entre eux, cet échange l'excitaient terriblement. Contrairement à Roberto, il ne la dominait pas.

C'était tout autre chose, ce plaisir partagé, et elle voulait l'explorer pleinement. Alors elle prit Nate dans sa bouche, encore et encore, jusqu'à ce qu'il soit luisant de salive. Il la tenait fermement derrière la tête. Elle entendait tambouriner son cœur. Elle-même était raidie, brûlante de désir. Quand elle se détacha de lui, elle avait le souffle court et les lèvres gonflées.

— Bon sang, Gwenna ! fit-il, haletant, tremblant. Tu me tues.

— Au sens positif du terme, j'espère ? lui demanda-t-elle en s'étendant sur le dos pour ôter son jean.

Elle eut soin de procéder avec lenteur, comme les humaines, et pas à la vitesse des vampires, comme elle l'aurait préféré. D'autant que cela aurait sans doute soulevé des questions et qu'elle n'avait pas envie de parler.

— Au sens le plus positif, absolument, confirma-t-il en fouillant dans les poches de son pantalon à lui.

— Qu'est-ce que tu fais ?

Elle s'était remise sur le côté et contemplait son derrière. Très appétissant. Bien musclé.

— Je cherche un préservatif.

Sachant qu'il serait impossible de lui faire comprendre qu'elle ne pouvait ni tomber enceinte ni attraper de maladie sexuellement transmissible, elle se tut.

— Merde ! s'exclama-t-il. Je n'en avais qu'un.

Sa frustration était manifeste.

Malgré sa propre déception, Gwenna éprouva le besoin de l'apaiser. Elle aurait vraiment voulu le sentir en elle une seconde fois. À défaut, elle était prête à lui faire l'amour avec sa bouche. Elle tendit la main vers lui et promena le bout des doigts sur son ventre.

— Tant pis, dit-elle. Je suis sûre que nous allons trouver des choses à faire. Maintenant, ajouta-t-elle en descendant un peu pour prendre son érection dans sa main, détends-toi. Te voilà tout raide.

Il serrait les dents.

— Oui, je suis raide, confirma-t-il. Au bon sens du terme. Je pourrais descendre en vitesse acheter des préservatifs. Il doit bien y avoir une boutique qui en vende, non ? On peut acheter n'importe quoi à n'importe quelle heure, dans un casino.

Mais Gwenna était trop prise par l'instant présent. Elle secoua la tête.

— Ne t'en fais pas. Viens me rejoindre, Nate.

Elle le lâcha et repoussa la couverture d'un coup de pied.

Voir son visage s'assombrir sous l'effet du désir, entendre son souffle devenir haletant fut un moment d'intense libération. Aucun autre homme que son ex-mari ne l'avait vue ainsi, entièrement nue; elle se rendait compte que Nate la trouvait attirante et elle voulait profiter pleinement de cette sensation.

— Tu es incroyablement belle, lui assura-t-il en la contemplant de nouveau de la tête aux pieds. Je ne suis pas doué pour les belles paroles, mais je te jure que c'est vrai. Tu es… parfaite.

Instinctivement, elle faillit protester en soulignant tous ses défauts, autant physiques que moraux. Lui faire observer qu'elle était trop petite, trop pâle, qu'elle avait l'air trop maladif. Et qu'elle était loin d'être parfaite puisqu'elle avait passé neuf cents ans à ne faire à peu près rien d'important. Sauf qu'il fallait justement qu'elle cesse de se plaindre et qu'elle se décide à vivre l'instant présent, à accepter chaque jour et à en jouir au maximum. Alors elle décida de croire ce que lui disait Nate et lui sourit.

— Merci.

— Approche-toi.

Elle s'attendait à ce qu'il monte sur la table avec elle, qu'il se glisse contre elle et l'embrasse. Sauf que, bien sûr, cela aurait été un préliminaire à la pénétration et ils ne pouvaient pas faire cela. Ce qu'il fit était donc logique, mais elle ne s'y attendait pas. Il s'étendit en effet, mais tête-bêche, de façon à avoir la tête juste au niveau de son…

— Oh !

Gênée autant par la situation que par sa propre exclamation, elle se mordit la lèvre quand il se mit à lui lécher le clitoris. Franchement, elle n'avait pas prévu cela. Pas plus que de voir le sexe de Nate devant son visage, telle une invitation à peine déguisée.

Ils étaient couchés sur le côté, tête-bêche, sur une table de massage. Ils se connaissaient à peine. Elle aurait dû ne pas se reconnaître. Elle aurait dû avoir honte.

Au lieu de quoi elle passa la langue sur son membre dressé et goûta le liquide douceâtre légèrement poisseux à son extrémité. Non, elle ne se sentait pas coupable. Non elle n'avait pas de regrets. Non, rien ne l'incitait particulièrement à la prudence. Puisqu'elle était allée jusque-là, autant profiter à fond de tout ce que cette nuit avait à lui offrir.

Tout en continuant à s'occuper d'elle, Nate émettait de petits grondements d'encouragement. Gwenna était un peu dépassée par les sensations simultanées qui l'envahissaient tandis qu'il la caressait entre les cuisses et qu'elle le prenait dans sa bouche. C'était délicieux, brûlant, excitant. Ils ne tardèrent pas à trouver le rythme. Il la pénétrait de sa langue en même temps que son sexe entrait plus profondément dans sa bouche. Bientôt, elle ne fut plus capable de réfléchir ni d'analyser ce qui se passait. Il était partout. Il l'emplissait totalement, faisant courir de petites décharges de plaisir sur sa peau, dans son clitoris, à l'intérieur d'elle. Elle sentait la tension monter en elle et se délectait de l'écho qui se faisait entre sa bouche et l'intérieur de ses cuisses. C'était si bon… C'était presque trop. Tout. Partout. En même temps. Elle se détacha de lui, consciente qu'elle était sur le point de basculer et de perdre le contrôle.

Nate avait des cuisses dures et musclées sur lesquelles elle se concentra. Elle se pencha en avant, cédant à l'envie de mordre sa chair palpitante. Lorsque ses crocs percèrent sa peau, de petites gouttes de sang lui coulèrent sur la langue. Nate sursauta et interrompit un instant sa caresse, mais elle serra son sexe dans sa main et il se détendit puis reprit son va-et-vient. Que pouvait-il y avoir de plus intime, de plus merveilleux que de goûter ainsi l'essence même de son être, de la sentir couler dans sa gorge ? Cet acte lui donnait un début d'accès à ses pensées, mêlait ses émotions aux siennes. Elle fut envahie par la sensation intense du plaisir de Nate alors qu'elle le goûtait mais ne le buvait pas réellement. Alors que, de sa langue, il continuait de caresser son intimité, elle cessa de lui mordre la cuisse et se lécha les lèvres pour savourer les dernières gouttes de son sang. À cet instant, il plongea en elle et, cédant à son corps, Gwenna explosa.

C'était extraordinaire, cette impression de sortir d'elle-même, de perdre tout contrôle, de se débattre sans se rendre compte de ce qu'elle faisait, de chercher à échapper au plaisir aigu et, dans le même temps, de vouloir s'y abandonner entièrement. Il la tenait fermement par la jambe pour l'empêcher de tomber de la table tout en continuant de la caresser, de la goûter, de l'explorer, de sorte qu'elle se retenait difficilement de crier son extase.

C'était cela, se sentir vraiment vivante.

Lorsque ses convulsions se furent un peu apaisées, elle s'avança pour reprendre Nate dans sa bouche et lui faire le même cadeau. Elle n'était certes guère expérimentée dans ce genre de caresse, surtout sur une table de massage, mais il semblait apprécier ce qu'elle lui faisait avec sa langue et ses lèvres. Alors, elle continua, guidée par sa curiosité. Puis elle prit son sexe dressé dans sa main et suivit le va-et-vient de sa bouche. Sa dureté, la force qui émanait de lui l'émerveillaient. Quand il voulut se retirer, elle ne le laissa pas faire.

Bien qu'elle ait fermé les yeux, elle sentit quand il fut sur le point de jouir. Elle le devina à la tension de son corps et au gémissement étranglé qu'il laissa échapper. Quand il explosa, elle ne le lâcha pas. C'était si bon de savoir que c'était elle qui l'avait poussé jusque-là, de percevoir la force du plaisir entre eux, de le goûter, de le sentir.

Ils restèrent une bonne minute pantelants, sans bouger. Gwenna avait l'esprit merveilleusement vide, le corps encore agité des petits soubresauts de la fin du plaisir. Puis Nate descendit. Gwenna n'eut pas le temps de lui demander ce qu'il faisait qu'il était déjà remonté pour s'installer dans le même sens qu'elle, derrière elle, et tirer la couverture sur eux. Sans hésiter, il se rapprocha d'elle et la serra contre lui, un bras passé en travers de sa poitrine pour la retenir, tout en lui caressant le côté du sein.

Quand il l'embrassa dans les cheveux, juste au-dessus de la tempe, elle eut envie de pleurer.

— C'est bon, d'être vivant, hein ? fit-il.

Elle comprenait parfaitement ce qu'il voulait dire. Elle savait qu'il était confronté à la mort quotidiennement ou presque, qu'il devait lutter contre la nature limitée de la vie, contre un constant sentiment de perte. Pourtant, il ne savait sans doute pas comment faire face à un deuil personnel, devina-t-elle, à la mort de sa sœur – parce qu'il avait l'habitude, dans le cadre de son travail, de se distancier des victimes d'homicides.

— Oui, confirma-t-elle en reculant un peu pour se presser contre lui, contre sa peau nue.

Ils restèrent ainsi étendus un moment, en silence. Elle entendait le battement régulier de son cœur, son souffle paisible.

— Il y a quelques mois, raconta-t-elle, j'ai été prise en otage.

Elle ne savait pas ce qui lui prenait de lui révéler cela, mais il lui semblait que, si quelqu'un pouvait la comprendre, c'était Nate.

— Quoi ? C'est vrai ? s'exclama-t-il. Comment est-ce arrivé ?

Elle se rappelait comme si c'était la veille le moment où Gregor, un vampire russe, avait voulu l'utiliser comme monnaie d'échange face à Roberto. Ce qui était plus difficile, c'était d'avouer ce qu'elle avait éprouvé.

— Il m'a saisie et m'a posé son couteau sous la gorge. Il faut que je te dise que, à cet instant, j'ai voulu mourir. J'étais prête à le laisser prendre ma vie pour me défaire de la douleur, de la culpabilité et de l'ennui qui m'écrasaient et simplement partir. Tu ne peux pas savoir combien j'ai honte de ma réaction.

Gwenna ne savait pas ce qu'elle s'attendait à ce que Nate réponde ni ce qu'elle aurait souhaité qu'il dise. Était-ce son mépris qu'elle cherchait ? Quoi qu'il en soit, il la surprit.

— Je doute que ce soit ce que tu aies réellement ressenti, assura-t-il.

— Pardon ?

Elle chercha à se dégager de son étreinte mais il ne la lâcha pas. Comment osait-il mettre sa parole en doute de cette façon ? Elle lui faisait un aveu difficile et il rétorquait qu'elle n'était pas sincère !

— Oh, si, c'est très exactement ce que j'ai ressenti, soutint-elle.

— Tu ne voulais pas mourir, Gwenna. Autrement, tu serais déjà morte. Mais il a su se servir de ta culpabilité et de ta tristesse, et, pendant quelques instants peut-être, tu as cru qu'il serait plus facile de laisser faire, de lâcher prise, de quitter ce monde. Mais tu ne regrettes pas qu'il ne t'ait pas tuée, n'est-ce pas ?

— Non, confirma-t-elle dans un soupir. Je suis heureuse d'être en vie.

— Tu as vécu beaucoup de choses très dures.

Ce n'était pas une question mais une affirmation, qu'il fit en l'embrassant dans les cheveux.

— Pas plus que n'importe qui.

C'était là l'origine de sa honte. Elle s'était raccrochée à son chagrin, à sa douleur.

— Après cela, ajouta-t-elle, j'ai compris combien j'avais été égoïste et aveugle. Je ne peux certes pas contrôler la durée de ma vie et je ne dois pas chercher à le faire. En revanche, je peux choisir ce que j'en fais.

— Exactement, confirma-t-il en la serrant un peu plus fort.

Tout en fixant le mur, elle songea qu'il était à la fois étrange et très bon de se trouver là, d'avoir saisi l'occasion qui se présentait. Qu'il était troublant et intéressant de parler à quelqu'un qu'elle ne connaissait pas depuis cinq cents ans. Que cela faisait du bien de renaître à la sexualité après trois cents ans d'abstinence.

Elle aurait voulu dire quelque chose, trouver un moyen de remercier Nate sans avoir l'air idiote. C'est alors qu'elle se rendit compte d'une autre chose.

Nate dormait.

Et son téléphone s'était remis à sonner.

Six

Gwenna écoutait sonner son portable tout en luttant avec sa conscience. Ce devait être Roberto. Elle n'était donc pas obligée de répondre. Mais il fallait qu'elle passe en mode vibreur pour ne pas réveiller Nate.

Elle quitta à contrecœur la chaleur du corps de son amant et de leur lit de fortune pour chercher son sac, qui devait traîner quelque part sur le sol. Comme elle était un peu gênée de se promener nue, elle commença par ramasser sa petite culotte, qu'elle enfila, puis son T-shirt, pour faire bonne mesure.

Son téléphone cessa de sonner, puis recommença. Elle le retrouva et allait activer le mode vibreur quand elle vit que c'était le nom d'Alexia qui s'affichait sur l'écran. Comme sa belle-sœur ne l'appelait pas si souvent, cela l'étonna. Elle répondit, de crainte qu'il soit arrivé quelque chose d'épouvantable à Brittany, au bébé ou à Ethan.

— Oui ? fit-elle à voix basse.

Mais Nate dormait profondément et ne bougea même pas.

— Crise de fille, annonça Alexia. Tu es occupée où tu peux passer ?

Elle était du genre à toujours aller droit au but…

— Quel genre de crise ?

— Kelsey est là. Elle pleure toutes les larmes de son corps en disant que son mariage est fichu. Elle est dans tous ses états. Son mascara coule partout et je ne sais pas quoi faire d'elle. Tu sais que je suis nulle pour consoler les gens. Entre Cara, qui est repartie en Irlande, et Brit, à la maternité, il ne me reste que toi. J'ai besoin que tu viennes et que tu lui dises ce qu'il faut.

Gwenna sortit dans le couloir pour ne pas déranger Nate. Elle avait envie de lever les yeux au ciel et de rire en même temps.

— Je connais à peine Kelsey, objecta-t-elle. Je doute qu'elle apprécie de me voir débarquer maintenant.

— Mais tu es si maternelle… Allez, s'il te plaît.

Gwenna fit la grimace. C'était le meilleur moyen de la faire culpabiliser. Heureusement qu'elle n'apparaissait pas, en petite tenue, sur l'écran des caméras de sécurité, songea-t-elle en commençant à faire les cent pas.

— Bon, très bien, accepta-t-elle. Mais je ne vois vraiment pas ce que je vais pouvoir faire.

— Bah, tu te débrouilleras forcément mieux que moi. Je lui ai dit que c'était bon débarras, qu'elle était mieux sans son junkie tout moisi de mari – maintenant, elle s'est enfermée dans ma salle de bains et elle chiale.

— Tu as traité son mari de junkie tout moisi ?

Tout de même, sa belle-sœur manquait parfois sérieusement de tact.

— C'est la vérité, fit valoir cette dernière. Tu connais Rick. C'est un bon à rien.

Gwenna n'avait vu l'intéressé qu'une fois, chez Roberto, quand elle était passée voir son ex-mari pour parler de son insistance à lui verser une pension alimentaire dont elle n'avait pas besoin et ne voulait pas. Le mari de Kelsey était présent. C'était manifestement un toxicomane, mais Gwenna avait été plus triste pour lui qu'autre chose. Il semblait souffrir terriblement, en silence, ne cherchant qu'à en finir. Elle n'avait perçu chez lui aucune violence. Par ailleurs, même si Alexia soutenait que tout criminel était forcément un récidiviste en puissance, elle estimait que tout le monde avait droit à une seconde chance.

Raison de plus pour ne pas rester dans une cabine de massage à regarder dormir Nate alors que Kelsey avait de la peine.

— D'accord. Donne-moi quelques minutes : il faut d'abord que je repasse chez moi.

— Ah bon ? Où es-tu ?

Zut ! Quelle gaffeuse…

— En train de faire quelques courses.

— Avec le canon en compagnie de qui on t'a vue à l'hôpital ? s'enquit Alexia, qui semblait aux anges. Merde. Si tu es avec lui, oublie-nous, Kelsey et moi. On va se débrouiller. Je vais lui faire prendre une cuite, tiens.

— Non, non. Ne t'en fais pas. J'arrive.

Un petit démon, en elle, la poussa à ajouter :

— Pour l'instant, il dort, alors pas de problème.

— Oooooooh ! Voilà qui est prometteur…

Gwenna avait le feu aux joues – pas uniquement à cause de la gêne. Elle avait même envie de se vanter un peu. Oui, un homme nu dormait à quelques mètres d'elle. Comme elle ne comptait pas l'annoncer au monde entier, il ne lui restait plus qu'à frimer un peu devant sa belle-sœur. Parce que, vraiment, ce qu'elle avait fait était très amusant. Et excitant. Et délicieux.

— C'est un mortel, précisa-t-elle. Il en a pour des heures.

Hm… elle ne voulait pas dire qu'elle l'avait épuisé, ce n'était pas cela… Mais Alexia se contenta de rire.

— Vas-y, ma belle, l'encouragea-t-elle.

— À tout à l'heure.

Gwenna se pressa de raccrocher pour ne pas laisser à sa belle-sœur l'occasion d'enquêter plus avant sur sa relation avec Nate. Parce qu'elle ignorait totalement où cela allait les mener – si cela devait les mener quelque part – et qu'elle n'avait aucune envie d'en parler. Cela ne servirait qu'à anéantir la délicieuse satisfaction qu'elle ressentait pour l'instant.

Elle retourna dans la cabine et finit de se rhabiller. Nate n'avait toujours pas ouvert l'œil. Il ne se réveillerait sans doute pas avant plusieurs heures, estima-t-elle. Ces derniers jours avaient dû être difficiles; il manquait certainement de sommeil. Et d'autres moments difficiles l'attendaient, avec l'enterrement de sa sœur. C'était bien qu'il dorme aussi profondément. Elle allait voir Kelsey et serait de retour dans une heure. Il ne saurait même pas qu'elle s'était absentée. De toute façon, elle n'aurait pas pu dormir. Après neuf cents ans de vie nocturne, rien n'aurait pu la forcer à s'endormir à seulement trois heures du matin.

Fallait-il qu'elle lui laisse un mot pour le prévenir de ce qu'elle faisait? Non, conclut-elle, ce serait un peu bizarre. Lui laisser un message sur son portable? Elle n'avait pas son numéro et elle ne se voyait pas très bien fouiller dans son pantalon pour le trouver. De toute façon, elle serait vite revenue.

Coup de poker

Nate se réveilla en entendant un cri. Ou plutôt un hurlement sauvage. De femme. Il fut arraché au sommeil si brutalement qu'il faillit tomber du lit. Le cœur battant, désorienté, la tête lourde, il s'assit et chercha d'où venait ce bruit.

Une femme qu'il n'avait jamais vue se tenait sur le seuil et le fixait, horrifiée, en continuant d'émettre des glapissements hystériques. Un instant plus tard, de façon tout aussi stupéfiante, elle tourna les talons et s'enfuit, emportant avec elle cet insupportable vacarme. Ouf !

Nate avala sa salive avec difficulté et respira profondément pour tenter de faire revenir son rythme cardiaque à la normale. Cette folle venait de lui prendre au moins cinq ans de vie, estima-t-il. De toute façon, il devrait être interdit de faire autant de bruit avant le petit déjeuner. Mais où était passée Gwenna ? se demanda-t-il en se frottant les yeux. Elle avait dû aller se rafraîchir. Tant mieux pour elle : cela lui avait évité de se faire surprendre, nue, par une employée du spa.

Un coup d'œil lui révéla que la couverture avait disparu. Il avait dû la faire tomber car Gwenna et la table chauffée lui tenaient suffisamment chaud. Il se trouvait donc en tenue d'Adam.

La femme reparut presque aussitôt accompagnée d'une collègue. Si la première était jeune et mince, la seconde était nettement plus âgée et plus enveloppée. Curieusement, c'était la plus jeune des deux qui avait l'air scandalisée, comme si elle était certaine d'avoir affaire à un affreux pervers qui s'était introduit dans la cabine de massage pour lui faire un numéro d'exhibitionniste. L'autre semblait plus curieuse qu'autre chose et promenait sur lui un regard lent.

— Soit vous êtes très en avance à votre rendez-vous, commenta-t-elle, soit vous êtes très en retard.

— Je n'ai pas rendez-vous.

— Nous ne faisons pas de massage sans rendez-vous, déclara-t-elle d'un ton légèrement réprobateur. D'ailleurs, comment êtes-vous entré ici ?

— Appelez donc la sécurité ! s'écria la jeune dont la queue-de-cheval sautilla quand elle recula, visiblement prête à détaler à nouveau.

— Non, ne faites pas cela, lui enjoignit Nate en tendant une main qui se voulait rassurante. Écoutez, je suis un ami de Gwenna Carrick. Je suis inspecteur à la police de Las Vegas, et Gwenna m'a permis de passer la nuit ici.

Dans le fond, c'était vrai. Et elle n'avait sans doute pas envie que tout le monde comprenne que, en réalité, ils avaient passé cette nuit ensemble.

— Gwenna Carrick ?

Les deux femmes se regardèrent, manifestement hésitantes.

— Vous la connaissez ? demanda Nate en essayant discrètement de faire passer le coussin devant lui.

La nudité ne le gênait pas, mais cette conversation commençait à durer.

— Bien sûr. Elle vient ici une fois par semaine se faire masser. Elle prend toujours le dernier rendez-vous de la journée.

— Eh bien, c'est une amie, et elle m'a dit que je pouvais dormir ici. Quoi qu'il en soit, mesdames, si vous m'accordez une minute, je vais m'habiller et débarrasser le plancher.

— Oh !

La plus jeune des deux employées rougit.

La plus âgée posa sur lui un dernier regard appuyé dont elle ne chercha même pas à se cacher. Nate plaqua fermement l'oreiller sur son anatomie. Zut, à la fin ! Elle n'était pas obligée de le détailler aussi ouvertement.

— Avez-vous vu Gwenna, par hasard, en arrivant ? voulut-il savoir.

— Non.

L'autre secoua également sa queue-de-cheval en signe de dénégation.

Nate commença à se demander où elle avait pu passer. Et pourquoi elle l'avait laissé seul, nu, dans la cabine de massage. La chaleur, l'intimité de la nuit semblaient s'être évaporées maintenant qu'il ne tenait plus Gwenna dans ses bras.

Aussitôt, il sentit le poids des responsabilités s'abattre sur lui, écrasant, brutal. Aujourd'hui, il fallait qu'il organise les obsèques de Kyra. Aujourd'hui, il ne pourrait plus éviter la vérité. Sa sœur était morte. Quelle merde !

Et puis il avait un meurtrier à arrêter.

Et une belle Anglaise blonde à retrouver.

Las d'attendre le départ des deux femmes, résigné à passer une journée presque aussi pourrie que la veille, Nate descendit de la table et se mit à ramasser ses affaires. Il n'était guère pressé de faire ce qu'il avait à faire.

N'empêche qu'il trouva assez satisfaisant d'entendre la jeune femme crier à nouveau quand il se redressa, son jean à la main, et qu'il lui offrit une vue intégrale, de face.

Gwenna émettait de petits murmures réconfortants en tapotant la tête de Kelsey et en appelant Alexia à l'aide du regard. Que fallait-il qu'elle fasse de la jeune femme allongée, la tête sur ses genoux comme une enfant de trois ans la tête sur les genoux de sa mère ?

Alexia haussa les épaules et écarta les deux mains en signe d'impuissance. Inutile de compter sur son aide. Il n'était pas étonnant qu'elle ait appelé Gwenna au secours. Elle ne l'imaginait pas supportant le côté crampon de Kelsey plus de trente secondes.

— Kelsey, ma chérie, fit-elle valoir, il faut que tu comprennes que Rick n'est plus lui-même, en ce moment.

Désolée de la voir souffrir autant, Gwenna caressait ses longs cheveux bruns en cherchant à la raisonner.

— Ce n'est pas avec Rick, ton mari, que tu as des problèmes, fit-elle valoir. C'est avec Rick, le toxico. Lorsque quelqu'un tombe comme lui dans le piège de la drogue, elle devient sa seule priorité. Ce n'est plus l'homme que tu as connu. Il ne faut pas que tu prennes son attitude comme une insulte.

Kelsey releva la tête des genoux de Gwenna et renifla, le visage bouffi, marbré, couvert de mascara.

— Il a quand même dit à deux types que j'allais les sucer s'ils voulaient bien oublier qu'il leur avait volé de la drogue ! protesta-t-elle.

D'accord, c'était exécrable.

— Mais s'il avait été dans son état normal, il n'aurait jamais fait une chose pareille, soutint Gwenna.

— Je sais. Je l'aime tellement mieux quand il est Kyle…

Maintenant, couchée sur le côté, Kelsey s'essuyait les joues sur les cuisses du jean de Gwenna.

Un peu déstabilisée par cette invasion de son espace personnel, celle-ci s'efforça de ne pas se dégager. Elle avait toujours trouvé bizarre que Kelsey appelle Rick *Kyle*. C'était bizarre, comme surnom. Cela dit, elle n'était pas toujours facile à suivre.

— Tu as donc une décision à prendre. Soit tu restes patiente et tu espères que Rick va finir par se désintoxiquer de l'héroïne, soit tu romps avec lui une bonne fois pour toutes et tu vis ta vie.

— C'est nul, comme choix.

Les lèvres de Kelsey tremblaient violemment. C'était fou, songea Gwenna. Elle pleurait depuis des heures mais son rouge à lèvres ne bavait pas et ne s'était même pas estompé. Il faudrait qu'elle lui demande quelle marque elle utilisait, quand elle se serait un peu calmée.

— Oui, confirma-t-elle. Tout à fait.

— En fait, intervint Alexia en croisant les bras sur sa poitrine, tu n'as pas vraiment le choix. Tu ne peux pas rester avec ce tocard.

Aïe ! Elle avait besoin d'un cours. *La Compassion pour les nuls.*

Des larmes de sang montèrent aux yeux de Kelsey. Au fil des siècles, Gwenna n'avait rencontré que peu de vampires qui, comme elle, pleuraient des larmes de sang. Cela la fascinait de découvrir que Kelsey en faisait partie.

— Les garçons sont des imbéciles, déclara cette dernière avec véhémence.

Ce n'était pas un scoop.

— Ce n'est pas moi qui vais te contredire : n'oublie pas que j'ai été mariée avec Roberto Donatelli. On ne peut pas dire non plus que je brille par mes choix.

Kelsey se redressa, au grand soulagement de Gwenna, qui commençait à avoir les cuisses endolories. En s'essuyant le nez avec son poignet, elle déclara :

— C'est à cause de Donatelli que Rick est tombé dans la drogue.

Cette accusation agaça légèrement Gwenna.

— D'accord, Roberto fournit peut-être de la drogue à des hommes comme Rick. Mais cela ne signifie pas qu'il soit responsable de leur addiction. Rick est adulte; c'est lui qui a fait le choix de commencer à se droguer.

— Non. Pas du tout. Donatelli a mis de l'héroïne dans le sang qu'il buvait et il est devenu toxico sans même s'en rendre compte. Il venait d'être transformé en vampire.

— J'ai peine à le croire.

À quoi cela servirait-il ? Et puis Gwenna savait que Roberto avait des défauts, mais pousser des gens à se droguer ne lui ressemblait pas. C'était trop sale. Et trop méchant.

Elle avait parlé plus sèchement qu'elle ne l'aurait voulu. Mais, parfois, elle en avait assez que tout le monde fasse comme si Roberto était le mal incarné. Il avait aussi beaucoup de qualités. Il était généreux, loyal et charmant. Elle ne l'aurait jamais épousé, si ç'avait été Satan en chaussures italiennes.

— C'est vrai, pourtant ! insista Kelsey.

Alexia intervint.

— Eh ! Pas de dispute chez moi à propos de ces nases. Nous sommes toutes d'accord : chacun est responsable de sa conduite. Et aucun des deux n'est un saint ou un innocent. Ce qui compte, maintenant, c'est de savoir ce que va faire Kelsey. Il te faut un logement. Et un travail.

Gwenna piqua un fard. Alexia avait raison. Il fallait se concentrer sur l'aspect pratique des choses. De toute façon, qu'est-ce qui lui prenait de défendre Roberto ? Dieu sait qu'il devait avoir envie de la jeter aux loups. Non, ce n'était pas vrai. Il essaierait de la contrôler, de la dominer, de la soumettre, mais il ne laisserait jamais personne lui faire du mal physiquement.

Ah, ce n'était pas facile quand on était lié comme ils l'étaient! Cependant, même Roberto ignorait le plus grand secret de Gwenna. Ces derniers temps, cela avait commencé à l'inquiéter. Une poignée de gens était au courant pour Isabel, sa fille, mais pas lui. S'il apprenait qu'elle avait eu un enfant de lui et ne lui en avait pas parlé, même au cours des trois siècles qu'avait duré leur mariage, elle pressentait que, pour la première fois de leur longue histoire, il aurait vraiment envie de la tuer.

— Ethan acceptera sûrement que Kelsey reste à l'hôtel, avança-t-elle.

Mais Alexia secoua la tête.

— Je n'en suis pas sûre du tout. C'est un problème de sécurité et tu sais combien la sécurité l'obsède, ces derniers temps. Kelsey ne s'est pas fait trop bien voir de lui quand elle a aidé Rick à s'évader de sa résidence surveillée.

L'intéressée ne dit rien. Elle restait assise sur le canapé, à côté de Gwenna, affichant une moue boudeuse.

— Rick a tout de même essayé de tuer Ethan, rappela Alexia, que cela semblait contrarier quelque peu.

— Sur l'ordre de Donatelli, rappela Kelsey.

Elles tournaient en rond.

— Bon, nous voilà réduites à défendre chacune son homme. Franchement, je doute qu'aucun d'eux mérite une telle loyauté, fit valoir Gwenna.

Alexia et Kelsey ouvrirent la bouche pour répondre, mais elle les arrêta d'une main levée.

— Peu importe! La question, pour l'instant, c'est de savoir si tu vas quitter Rick pour de bon ou si tu veux seulement faire une pause dans votre mariage.

— Je ne sais pas, gémit Kelsey en frottant ses paumes sur les genoux de son jean moulant. Je l'aime vraiment. Vraiment. Ce que je voudrais, c'est qu'il redevienne lui-même. Qu'il aille mieux.

— Ma belle, fit valoir Alexia avec une certaine douceur, tu auras beau le souhaiter de toutes tes forces pour lui, tant qu'il ne l'aura pas décidé lui-même, il ne pourra pas se désintoxiquer.

Gwenna sentit que la compassion de sa belle-sœur était sincère et comprit qu'elle avait raison. Kelsey ne pouvait pas guérir son mari. Pas plus qu'elle-même, Gwenna, ne pouvait gommer les travers de Roberto. Aimer un être de toutes ses forces ne suffisait pas à résoudre les problèmes réels, concrets.

— Mais c'est à cause de Kyle, assura Kelsey.

Le son de sa voix fit se retourner Gwenna. Elle était étrange, haut perchée, soudain très calme.

— Qui diable est ce Kyle ? voulut-elle savoir.

Elle se tourna vers sa belle-sœur qui secoua la tête. Était-ce parce qu'elle l'ignorait ou pour lui signifier qu'elle ne devait pas s'aventurer sur ce terrain ?

Kelsey se leva d'un bond et rejeta ses cheveux en arrière.

— Je n'aurais pas dû venir, déclara-t-elle. Je ne veux pas vous attirer d'ennuis avec M. Carrick. Il me déteste, maintenant.

— Où comptes-tu aller ? s'inquiéta Alexia en passant la main dans ses courts cheveux blonds. Ne t'en fais pas pour Ethan. Nous allons trouver une solution. Tu pourrais descendre dans un autre hôtel, non ? Il te faut une bonne journée de sommeil; demain soir, nous commencerons à te chercher du travail.

— Demain soir, je vais au concert des Empaleurs, annonça Kelsey en ajustant son T-shirt et son soutien-gorge de façon à rendre visible son décolleté inexistant.

Gwenna avait peine à suivre le fil de ses pensées. Alexia aussi, manifestement, parce qu'elle se mit à serrer et desserrer les poings en respirant profondément.

— Bon. Alors après le concert, nous te chercherons un logement et un job. Au fait, qui sont les Empaleurs ?

— Un groupe de rock classique. Je connais le bassiste. On faisait la fête ensemble à New York dans les années soixante, quand je m'appelais Summer.

Là, Gwenna était perdue. Elle ne voyait absolument pas de quoi parlait Kelsey.

— Qui t'accompagne ?

— Personne.

— Tu y vas seule ?

Manifestement, assister seule à un concert de rock paraissait aussi incongru à Alexia qu'à Gwenna – qui, en plus, vivait en recluse depuis trois cents ans, n'avait jamais mis les pieds dans un bar ni à un concert, et pour qui l'idée de sortir seule était proprement incompréhensible.

— Ben oui.

— Je parie que je vais le regretter, mais je pourrais venir avec toi, suggéra Alexia. Il y a longtemps que nous ne sommes pas sorties entre filles.

— Cool, fit Kelsey en lui souriant. Mets quelque chose de sexy. Il devrait y avoir des mecs mignons. Et les membres du groupe sont tous célibataires.

Ah… être capable d'éteindre sa colère d'un coup de baguette magique comme venait de le faire Kelsey… Voilà qui aurait épargné à Gwenna quelques siècles de soucis.

— Tu viens avec nous, Gwenna ? suggéra Kelsey. Je pourrais te coiffer.

C'était tentant mais elle ne pouvait pas accepter.

— Pas cette fois, je crois, répondit-elle. Il se pourrait que j'aie d'autres projets, demain soir.

Peut-être était-ce présomptueux mais elle espérait un peu que Nate aurait envie de remettre cela. Surtout qu'une dure journée l'attendait encore.

— Gwenna a un petit ami mortel, révéla Alexia en souriant.

Zut ! voilà qu'elle rougissait.

— Ce n'est pas un petit ami, protesta-t-elle. Ce n'est qu'un copain.

Avec qui elle avait couché… Un copain « plus », en somme – ce qui lui convenait parfaitement.

— Si mes projets tombent à l'eau, je vous appelle. Je viendrai peut-être avec vous au concert.

Elle était prête à tout pour éviter que les deux autres lui posent des questions sur Nate. À propos, il fallait qu'elle retourne au spa avant que le personnel arrive et le trouve dans la cabine de massage.

Et avant qu'il croie qu'elle l'avait plaqué.

Évidemment, il n'avait peut-être aucune envie de la voir. Et s'il regrettait ce qui était arrivé ?

Si cela se trouvait, il était trop occupé pour se demander où elle était passée.

Il ne pensait déjà plus à elle.

Hm… Ou alors c'était elle qui était névrosée et qui avait besoin de sortir un peu plus de chez elle.

Pourquoi coucher avec un homme la rendait-il incapable de se maîtriser ? Roberto l'avait détruite. Après lui, elle avait perdu tout contrôle. Elle était bien décidée à ne plus jamais laisser personne la dominer ainsi et la mettre dans un tel état.

Si Nate voulait la voir, il savait où la trouver. De toute façon, il était certainement trop pris par l'organisation des obsèques de sa sœur pour se soucier d'elle. Elle ne voulait pas non plus s'immiscer dans son chagrin, s'imposer s'il ne voulait pas d'elle à ses côtés. Et voilà qu'elle repartait de plus belle dans sa névrose. Génial.

Il ne fallait pas s'accrocher à un homme. Ni se complaire dans ses problèmes. Ni s'inquiéter pour rien.

— Non, en fait, je vais sortir avec vous demain soir. On va bien s'amuser.

Sauf qu'elle ne le faisait pas pour cela mais plutôt pour une question de principe.

Kelsey poussa un cri de joie.

— Cool ! s'exclama-t-elle. Mets du bleu. Ça te va super bien.

C'était tout ce qui comptait, non ?

Sept

Normalement, Nate n'avait pas besoin qu'on lui mette les points sur les i.

Sauf qu'il ne se sentait pas vraiment dans son état normal.

Il se tenait dans le hall de l'Ava, épuisé, de mauvaise humeur. Il avait besoin d'une douche. Le goût du café lui restait dans la bouche et les muscles de ses épaules restaient endoloris par le stress de la journée.

Gwenna Carrick l'avait planté là. Bon. Il devrait en rester là, oublier cette histoire.

Sauf qu'il n'en avait pas envie. Et qu'il n'était pas d'humeur à accepter ce genre de façon de faire. Si elle ne voulait pas le revoir, très bien. Mais qu'elle le lui dise en face. Qu'elle lui dise au revoir, au moins. Était-ce donc si difficile que cela ?

Du reste, il avait des questions à lui poser concernant le type trouvé mort à la gare. Quelques petits détails intéressants s'étaient révélés au cours de la journée. Il était curieux de voir comment elle y réagirait.

Il s'approcha du comptoir de la réception.

— J'aimerais parler à Gwenna Carrick, dit-il. Quel est son numéro de chambre ?

— Désolée, lui répondit la réceptionniste avec un sourire neutre. Je n'ai pas le droit de donner ce genre de renseignement.

Il sortit sa plaque de sa poche et la lui présenta.

— Je suis l'inspecteur Thomas, de la police de Las Vegas. Il faut que je m'entretienne avec Mme Carrick au sujet d'une enquête sur un homicide.

La jeune femme pâlit.

— Ah. Hm, excusez-moi. Il faut que je demande à ma responsable.

Sur quoi elle quitta son poste.

Nate fut tenté de tendre la main par-dessus le comptoir pour taper le nom de Gwenna sur le clavier de l'ordinateur, mais il se retint.

Cinq minutes plus tard, en possession des informations qu'il lui fallait, il montait dans l'ascenseur pour se rendre au vingt et unième étage.

Il avait des questions. Il ne lui manquait que les réponses.

Gwenna parcourut ses messages, ceux de sa boîte personnelle et ceux du forum, en quête de nouvelles de Slash.

Il y avait des commentaires de la veille au soir, mais, selon son expérience, ce n'était pas fiable. En principe, les commentaires étaient publiés immédiatement, mais il pouvait y avoir des retards imprévisibles. Cela ne prouvait donc pas que ce n'était pas Slash qui avait été tué.

L'idée qu'il puisse être mort la fit frémir. Elle n'avait pourtant aucune raison de se sentir coupable. C'était lui qui avait choisi le lieu de leur rendez-vous. Du reste, d'après les messages qu'il publiait, Slash ne semblait pas être quelqu'un de particulièrement gentil. N'empêche. Ce n'était pas une raison pour qu'il se fasse descendre.

Cependant, elle finit par tomber sur un courriel que Slash semblait lui avoir envoyé le matin même. Elle allait l'ouvrir quand on frappa à la porte.

— Zut !

Elle aurait voulu savoir tout de suite ce qu'il lui avait écrit. Elle le parcourut en vitesse tout en se levant. Il s'excusait en quelques mots de ne pas être venu à leur rendez-vous. Il n'avait pas pu quitter son travail à temps.

Quand on frappa de nouveau, Gwenna courut ouvrir à vitesse vampire – tout en songeant au message de Slash. S'il était au travail la veille au soir, il n'avait pu être tué et caché derrière le distributeur de billets. Il s'agissait donc d'une coïncidence. La victime du meurtre n'avait rien à voir avec Slash ni avec le forum. Et on lui avait simplement posé un lapin.

Ouf !

Elle ouvrit sans prendre la peine de regarder dans l'œilleton, imaginant que ce devait être Alexia ou Kelsey, en avance pour leur sortie au concert. Cette dernière avait menacé d'apporter une trousse de maquillage géante pour préparer Gwenna. C'est donc prête à protester et à rappeler que le bon goût savait rester discret qu'elle actionna la poignée.

Elle resta quelque peu interdite en découvrant Nate. Il avait l'air fatigué, de mauvaise humeur – et impatient, à en juger par sa main levée, sur le point de frapper à la porte une troisième fois.

— Salut, fit-elle bêtement.

Elle aurait préféré être vêtue autrement que du pantalon de yoga qu'elle avait enfilé en sortant de la douche, persuadée que Kelsey tiendrait à faire l'inventaire de sa garde-robe et à choisir sa tenue. Comme Gwenna ne savait jamais comment s'habiller, elle n'était pas contre l'idée de faire un essai. Du moment qu'on ne lui demandait pas de mettre quelque chose de transparent ou de si court qu'elle ne pourrait pas s'asseoir.

Quoi qu'il en soit, il la trouvait donc dans une espèce de caleçon gris en stretch genre « vendredi soir à la maison ». Il la fixait sans dire un mot. Doublement gênée de se sentir piquer un fard, Gwenna se força à sourire.

— Quel bon vent t'amène ? demanda-t-elle.

— Je peux entrer ? répondit-il sans sourire en indiquant sa suite.

— Oh, bien sûr.

À force de vivre seule, elle ne savait plus comment se conduire en société. Les contacts qu'elle avait avec d'autres se faisaient surtout en ligne, ce qui n'entraînait guère aux relations sociales.

— Pardon… entre. Je t'en prie.

Il la suivit à l'intérieur et elle jeta un regard autour d'elle pour s'assurer qu'elle n'avait rien laissé traîner de compromettant comme des petites culottes sales ou des poches de sang. Certes, il avait vu son slip en la déshabillant la nuit dernière, mais ce n'était pas pareil. Quant aux poches de sang, là, ce serait la catastrophe. S'il découvrait sa nature de vampire, elle serait obligée de l'effacer de sa mémoire, ce qu'elle n'avait aucune envie de faire. Cela lui paraissait mal. Presque une violation de son intimité, après ce qu'ils avaient partagé.

— Assieds-toi, lui proposa-t-elle en indiquant le canapé.

Les décorateurs d'Ethan s'étaient surpassés pour que les suites fassent plus appartement que chambre d'hôtel. Elles étaient agrémentées de beaux tissus et de meubles de qualité, et arrangées avec beaucoup de goût. À tel point que Gwenna se rendit compte qu'elle n'avait jamais éprouvé le besoin d'y ajouter une note personnelle. Elle vivait dans le casino de son frère. Elle n'était pas chez elle. Pas plus ici que dans la villa italienne de Roberto. Elle avait toujours senti le peu de respect que les employés de son mari avaient pour elle. Quant à lui, il ne l'avait jamais autorisée formellement à décorer leur habitation à son idée.

Elle n'avait donc jamais eu l'occasion de se faire un chez-soi qui lui ressemble. Ou alors elle ne savait pas comment s'y prendre.

— Merci.

Nate s'assit en soupirant comme s'il avait tout le corps endolori.

Il ne lui avait toujours pas dit la raison de sa venue et il ne semblait pas être d'humeur tendre. Du coup, Gwenna ne savait absolument pas comment se conduire. C'était sa première aventure d'un soir.

Et elle se souciait de la façon d'aborder une deuxième rencontre alors qu'il avait dû passer la journée à prendre contact avec sa famille et avec les pompes funèbres… Elle devrait avoir honte de ne penser qu'au sexe alors qu'il devait être rongé par le chagrin.

— Comment ça va ? s'enquit-elle. As-tu pu joindre tes parents, aujourd'hui ?

Elle s'assit en face de lui. Elle aurait voulu le toucher, lui offrir un peu de réconfort, mais il semblait si dur, si fermé qu'elle n'osa pas.

— Oui. Ils sont bloqués à Los Angeles mais ils devraient arriver demain matin.

Il pianotait nerveusement sur ses genoux, assis en avant, très raide.

— Je voulais te prévenir que la victime n'était pas ton copain Slash, ajouta-t-il.

Gwenna fut surprise du soulagement qu'elle éprouva. Et désolée qu'une autre vie ait pris fin de façon aussi brutale.

— Ah, tant mieux, commenta-t-elle. Merci de me l'avoir dit. Je me disais que cela ne pouvait pas être lui car il m'a envoyé un courriel me disant qu'il n'avait pas pu venir à notre rendez-vous à cause de son travail. Mais je suis contente de l'entendre officiellement, parce que tu sais ce qu'il en est des courriels… Ils ne sont pas parfaitement fiables pour ce qui est de la date, de l'heure, etc.

Nate secoua la tête.

— Ce n'est pas lui, affirma-t-il.

— Je suis désolée pour la victime. Avez-vous pu l'identifier ?

— Oui. Il s'appelait Andrew Fletcher. Il avait vingt et un ans. Est-ce que ce nom te dit quelque chose ?

— Non, pourquoi ?

Qu'est-ce que Nate avait à la regarder de cette façon ?

— Andrew Fletcher passait beaucoup de temps en ligne, notamment sur un forum qui compte parmi ses membres un dénommé Slash87. Tu pourras nous le confirmer, mais j'imagine que c'est le forum auquel tu appartiens et dont nous avons déjà parlé. Le pseudo d'Andrew est Buzzdrew.

— Oh, merde !

Gwenna reconnut aussitôt le pseudonyme. Buzz n'arrêtait pas de poster des commentaires. Il se caractérisait par un humour acerbe et un vocabulaire d'une richesse impressionnante. Mieux, il n'omettait jamais une majuscule ni un signe de ponctuation.

— Non, dit-elle plus bas. Ce n'est pas possible. Tu plaisantes.

— Pas le moins du monde, hélas. Alors, selon toi, c'est une coïncidence ? Un membre du forum te donne rendez-vous à l'endroit même où un autre membre est brutalement assassiné. Vidé de son sang. Comme par un vampire.

Gwenna s'en doutait. Elle avait vu la pâleur de la victime. Et puis, en temps normal, elle sentait toujours l'odeur du sang. Son odorat particulièrement développé lui permettait de la détecter chez tous les mortels, plus forte que celle du shampooing, des lotions en tout genre, du dentifrice ou même du parfum. Mais pas chez Andrew. Sur le moment, elle n'y avait pas vraiment fait attention parce qu'elle était sous le choc et qu'elle avait attribué l'absence d'odeur de sang au fait qu'il était mort. Maintenant, elle se rendait compte, consternée, que Nate avait raison. Ce ne pouvait être une coïncidence. C'était trop bizarre. Et trop programmé. Pourtant, face aux informations qu'elle possédait, cela ne tenait pas debout. Les chasseurs programmaient une attaque à grande échelle contre les vampires de Las Vegas. À quoi pouvait-il leur servir d'assassiner l'un des leurs ?

— C'est affreux, fit-elle. Épouvantable.

— Oui. Et ce forum de chasseurs de vampires compte quatre cents membres. Il va falloir que nous les passions en revue un par un, que nous associions leur pseudonyme à leur véritable identité. Mais nous n'avons ni le personnel ni les compétences pour nous charger de cela. Tu pourrais nous faire gagner quelques minutes en me disant quel joli petit nom tu t'es choisi.

C'était mortifiant mais elle s'éclaircit la gorge avant de lâcher le morceau.

— QueenieG.

Elle avait décidé de ne plus présenter d'excuses à un homme. Il fallait qu'elle résiste.

Contre toute attente, cette révélation fit presque sourire Nate. C'était la première fois depuis son arrivée qu'il se déridait.

— QueenieG ? répéta-t-il. Bon, très bien. Merci.

Gwenna comprit qu'elle pourrait l'aider à gagner du temps et le décharger d'une partie de son travail.

— J'ai des informations sur environ la moitié des membres du forum. Je peux te les donner pour faire avancer l'enquête. Je me suis un peu amusée à chercher qui était qui. J'ai créé un tableur qui répertorie ceux qui sont inscrits sous leur vrai nom et un autre pour les anonymes et ceux qui utilisent un pseudo. Pour l'instant, je dois avoir trouvé la véritable identité d'environ un quart d'entre eux.

Elle ne cherchait qu'à l'aider; pourtant, il la regardait bizarrement.

— Pourquoi recherches-tu ce genre de renseignements ? voulut-il savoir.

La vérité étant impossible à expliquer, elle haussa les épaules.

— Par curiosité. Quand je m'ennuie, j'aime bien faire des recherches en ligne. Essayer de découvrir la véritable identité de quelqu'un, c'est un peu comme un puzzle.

— Mais tu ne connais pas le vrai nom de Slash ?

— Non, je ne l'ai pas encore trouvé.

Et cela ne laissait pas de la contrarier.

Nate la considérait d'un air pensif. Comme dans l'ascenseur, comme en faisant l'amour, il la fixait. Elle avait l'impression qu'il lisait en elle comme dans un livre ouvert. Il voyait tout. Ce qu'elle était vraiment, ses pensées, ses secrets, la Gwenna que personne d'autre ne comprenait.

— Que fais-tu, dans la vie ?

La première fois qu'il lui avait posé la question, elle lui avait fait une réponse vague et il n'avait pas insisté – ce qui était presque étonnant car ils avaient beaucoup parlé la veille au soir. Au moins au début. Ensuite, ils avaient été trop occupés à autre chose. Maintenant, en revanche, il attendait manifestement une réponse. Et sa question était bien plus délicate qu'il ne pouvait l'imaginer.

— Rien du tout, répondit-elle.

— Tu ne travailles pas ?

Il ne broncha pas, ne bougea pas, mais elle sentit que sa réponse le contrariait. Bien qu'il maîtrisât parfaitement sa posture et son expression, et qu'il fût capable de rester totalement immobile, elle commençait à comprendre le sens des mouvements de son pouce pendant qu'il l'étudiait.

— Non, je ne travaille pas.

Ce n'était pas un mensonge mais ce n'était pas non plus la stricte vérité.

— Je n'ai jamais travaillé, précisa-t-elle avant d'inspirer profondément et d'ajouter : après la mort de ma fille et mon divorce, j'ai eu une espèce de dépression. Donc je vis aux crochets de mon frère.

Pour la première fois depuis son arrivée, elle décela une petite fissure dans son contrôle de soi. Ses doigts s'immobilisèrent. Son regard se troubla.

— Gwenna, je suis sûr que ton frère ne voit pas les choses ainsi. Je ne doute pas qu'il veuille t'aider.

— C'est vrai.

Même s'il l'agaçait parfois, Ethan était très gentil avec elle, elle le reconnaissait volontiers. Elle n'avait jamais manqué d'argent, elle avait toujours été logée, avait toujours joui d'un certain luxe matériel. Il lui donnait ce qu'elle voulait, et même bien plus que ce qu'elle demandait. Cependant, ces derniers temps, elle commençait à en avoir assez qu'il contrôle ses finances. Il se montrait plus que généreux, là n'était pas la question. Mais Gwenna se rendait compte qu'elle n'était pas indépendante.

— Mais je n'arrête pas de me dire qu'il faut que j'apprenne à gagner ma vie, ajouta-t-elle. L'ennui, c'est que, pour cela, il faut des compétences professionnelles.

— Tu n'as pas travaillé avant de te marier ?

Comment lui faire comprendre qu'elle était la fille gâtée d'un seigneur normand du XIe siècle et qu'elle passait ses journées à broder et à jouer de la harpe ?

— Non, répondit-elle avant de préciser : j'étais un peu couvée, dans ma jeunesse.

— Bon. Alors qu'aimerais-tu faire ? Si tu avais totalement le choix ?

Il s'appuya au dossier du canapé et agita la main comme s'il pouvait lui offrir une carrière d'un coup de baguette magique.

C'était une question que personne ne lui avait encore jamais posée. Gwenna plissa le nez.

— Je ne sais pas…

Elle ouvrit la bouche. La referma. La rouvrit.

— Eh bien… je ne sais pas.

Nate haussa un sourcil étonné.

— Alors il faudrait peut-être que tu y réfléchisses.

Peut-être. Si ce n'est que cette idée avait quelque chose d'un peu écrasant. Elle n'avait jamais envisagé la possibilité d'une carrière. Elle ne s'était jamais vue comme une femme moderne, à l'image d'Alexia et de Brittany. Rien que d'y songer, la tête lui tournait un peu.

— Je ne suis pas sûre de savoir faire grand-chose, avoua-t-elle en se mordillant un ongle avant de regarder sa main, perplexe.

Elle n'avait pas fait cela depuis des siècles. Depuis l'époque de son mariage avec Roberto, quand il disparaissait pendant des semaines et qu'elle ne cessait de s'inquiéter.

— À quoi occupes-tu tes journées ?

— Je dors beaucoup, répondit-elle parce que c'était la vérité. Et je me couche très tard, le soir. Comme hier.

Il lui jeta un regard irrité sans même relever son allusion.

— À quoi occupes-tu tes soirées, alors ?

À part à coucher avec des inconnus sur la table de massage d'un spa désert. Il n'eut pas besoin de prononcer les mots pour qu'elle les entende. Elle aurait voulu ramper sous terre. Oh, qu'il était difficile de tâtonner ainsi sans savoir comment conduire une relation avec un homme…

Sauf que la relation – mais pouvait-on parler de relation ? – qu'elle avait ou pourrait avoir avec Nate n'avait pas commencé d'une façon tout à fait normale non plus. Elle avait couché avec lui après avoir découvert la victime d'un meurtre. Cela donnerait-il raison à son frère, qui soutenait qu'on ne pouvait pas lui faire confiance quand il s'agissait d'hommes ?

Il attendait sa réponse, se rappela-t-elle.

— Je lis. Je fais des choses… à l'ordinateur. Je joue du piano.

Elle infiltrait un forum de chasseurs de vampires. Et elle buvait du sang. Beaucoup de sang.

— Quel genre de choses fais-tu sur ton ordinateur ?

Elle aurait dû se douter qu'il relèverait. Il était toujours en mode détective.

— J'aime bien me promener sur la Toile, lire des choses, faire des recherches… Je publie souvent des articles sur Wikipedia. Surtout en matière d'histoire normande. Je fais beaucoup de généalogie.

— Et tu traînes sur des forums de chasseurs de vampires…

— Un seul.

Non mais !

Nate ne releva pas mais se remit à tambouriner du bout des doigts sur son genou.

— Tu es intelligente. Cultivée. Tu sais faire des recherches. Et tu joues du piano. Il me semble que tu pourrais faire beaucoup de choses.

Gwenna haussa les épaules évasivement. Elle n'avait pas grande envie de parler de cela avec lui. Elle ne se sentait pas à la hauteur. Elle se trouvait paresseuse, complaisante.

— On ne va pas me payer pour jouer du piano, objecta-t-elle.

— Pourquoi ? On est à Las Vegas, je te rappelle. Il y a un piano dans le bar de tous les hôtels ou presque.

— Mais je ne joue pas assez bien.

— Alors pourquoi l'as-tu évoqué ?

— Parce que tu m'as demandé à quoi je m'occupais.

— Donc, cela te plaît. On ne demande pas aux pianistes de bar d'être des génies; seulement de ne pas faire trop de fausses notes.

— Je n'en fais pas, concéda-t-elle.

Encore heureux, depuis neuf siècles qu'elle jouait. Pour autant, cela ne signifiait pas qu'elle soit capable de distraire des gens en jouant.

— Alors où est le problème ? Si tu n'aimes pas jouer en public, tu pourrais faire des enregistrements.

Elle fit une grimace involontaire.

— Bon, d'accord. Laissons tomber la musique. Et bibliothécaire ? suggéra-t-il.

Avait-elle l'air d'une bibliothécaire ? Vraiment ? Sans doute, au fond.

— Il faut des diplômes, objecta-t-elle.

Voilà que Nate semblait déterminé à lui trouver une carrière. Comme s'il pouvait suffire qu'il déniche la bonne idée pour qu'elle trouve un emploi et se ressaisisse… Au fond, songea-t-elle, ce n'était peut-être pas faux.

— Alors quelque chose en rapport avec tes compétences informatiques… Tu pourrais commencer par un travail de recherche de gens en ligne pour des clients. C'est très en vogue, en ce moment, et tu as l'air de savoir parfaitement comment t'y prendre.

Ah ! voilà une idée qui l'intriguait. Gwenna s'assit au fond de son fauteuil et croisa les jambes.

— Quoi ? Tu ne trouves rien à redire à cela ? s'étonna-t-il d'un air narquois.

— Non, reconnut-elle en souriant. Je dois dire que cela pourrait m'intéresser. J'ai beaucoup à apprendre, mais j'adore faire ce genre de recherches.

— Dans ce cas, tu pourrais t'entraîner en m'aidant à rechercher la véritable identité de tous les utilisateurs anonymes ou sous pseudo du forum.

Gwenna hocha la tête. Elle s'était justement fait la même réflexion.

— Bien sûr, confirma-t-elle. Sans problème. Tout ce qui pourra t'aider à comprendre ce qui se passe et qui est responsable de la mort d'Andrew. Je pourrai t'envoyer par courriel la liste que j'ai déjà pour que tu puisses commencer.

Elle allait entamer la suite de ses recherches par Slash et FoxyKyle. C'étaient eux qui dirigeaient le forum. Et, l'un comme l'autre, ils avaient tout fait pour protéger leur identité. Elle avait bien envie de savoir pourquoi.

— Tu as de quoi écrire ? s'enquit-il. Je vais te donner mon adresse électronique.

Gwenna alla chercher un bloc et un crayon dans le coin cuisine et regarda Nate écrire. Il était gaucher, remarqua-t-elle. Mais il avait une écriture nette et assurée. En le regardant, elle se rappela la nuit dernière, ses mains sur son corps, ses gestes aussi précis, sa façon de la prendre sans jamais chercher à la posséder ni à la dominer. Il savait qu'il lui donnait du plaisir et il avait raison.

Mais voilà. Ils n'allaient pas en parler. Elle allait le laisser repartir sans se donner une chance d'explorer davantage son corps, parce que, depuis toujours, elle était introvertie.

C'était plus que stupide.

Il se leva, sexy en diable avec ses cheveux couleur caramel et ses larges épaules, son attitude et son visage rudes et impénétrables. La virilité incarnée.

Si elle ne voulait pas être privée de ladite virilité, il allait falloir qu'elle fasse preuve d'audace. Allez, s'enjoignit-elle, un peu de courage. Il fallait être QueenieG, comme en ligne.

— On se tient au courant, fit-il, lui donnant le papier en ayant soin de ne pas la toucher avant de se diriger vers la porte.

Gwenna le suivit des yeux. Il allait vraiment partir sans évoquer ce qui s'était passé entre eux dix-huit heures plus tôt. Pourtant, elle ne s'était pas mal débrouillée non plus, si ? Il ne comptait rien lui dire ? Elle en fut tellement agacée qu'elle s'enhardit. Non, elle n'allait pas se laisser ignorer !

— Tu comptes vraiment t'en aller sans parler du fait que nous avons couché ensemble la nuit dernière ?

Il s'arrêta net. Le cœur battant de colère plus que de nervosité, Gwenna le regarda se retourner. S'il recommençait à la regarder sans rien dire, elle allait lui jeter quelque chose à la figure. Le canapé, par exemple.

Mais il parla, d'une voix basse, les yeux plissés.

— C'est toi qui es partie sans un mot, répliqua-t-il. J'en ai conclu que *tu* ne voulais pas parler du fait que nous avions couché ensemble. Sur une table de massage. Et que tu avais joui trois fois.

Oh ! Gwenna sentit une vague de chaleur naître spontanément au creux de ses cuisses. Trois fois, seulement ? Il lui semblait qu'elle avait passé toute la nuit dans un orgasme continu.

Si c'était uniquement le fait qu'elle soit partie qui le contrariait, elle allait pouvoir régler le problème immédiatement.

— Désolée, dit-elle. J'ai reçu un coup de fil de ma belle-sœur. Elle m'annonçait qu'une de nos amies avait quitté son mari – un vrai pourri – et qu'elle était dans tous ses états. Une histoire de filles, quoi. Il a fallu que j'y aille pour la réconforter.

— Au fond, le réconfort, c'est ta spécialité, hein ?

— Qu'est-ce que tu veux dire ?

Il l'avait dit d'une telle façon que cela avait l'air d'une insulte.

— Rien du tout, répondit-il avec un soupir de frustration en se frottant la tête. Tu aurais pu me réveiller. Je me suis senti un peu bête en me réveillant tout seul dans la cabine quand les employées sont arrivées et m'ont trouvé.

Aïe ! C'étaient les employées qui l'avaient réveillé ? Elles avaient dû bien se rincer l'œil.

— J'ai eu l'impression que tu avais grand besoin de sommeil. Après ce que tu as vécu, il m'a semblé important que tu dormes profondément.

Ils se fixèrent quelques instants sans rien dire. Puis Nate soupira.

— Merde, fit-il. Gwenna, je traverse des moments difficiles et je n'ai pas envie de jouer aux devinettes. Si tu ne veux pas me plaquer, à quoi jouons-nous, là ? Qu'attends-tu de cette histoire ? Hier soir, point final ?

Elle secoua la tête. Il lui semblait qu'ils venaient de commencer quelque chose et il l'attirait, physiquement, mais aussi sur les autres plans.

— Non. J'aimerais te revoir. Et toi, que veux-tu ?

Ce que Nate aurait voulu, c'était une île sous les tropiques, loin de la mort, avec Gwenna, nue. Mais comme cela ne semblait pas possible dans l'immédiat, il opta pour une version simplifiée de son rêve.

— Toi. C'est toi que je veux.

Douloureusement. Tout de suite.

Sous l'effet du désir, elle ouvrit grand ses yeux bleus.

— Je suis contente de voir que nous sommes d'accord, commenta-t-elle.

Nate se rapprocha d'elle. Elle portait le pantalon le plus moulant qu'il ait jamais vu. La façon dont il lui moulait les fesses, et, mieux encore, le devant, soulignant les contours de son mont de Vénus, le rendait fou. Il lui passa une main derrière la tête et l'embrassa, fort, ardemment, glissant de force la langue entre ses lèvres. De sa main libre, il lui caressait le sexe. Aussitôt, le sien se durcit.

Elle poussa un petit gémissement qui le ravit. Puis elle vacilla et se pencha en avant et prit son poignet entre ses doigts fins comme pour le faire arrêter. Pas question. Il appuya du pouce sur son clitoris et lui fit écarter les cuisses. Puis il la caressa à travers son pantalon, qui la moulait si délicieusement, en se délectant d'entendre son souffle s'accélérer et de petits cris lui échapper. Gwenna était petite et bien faite. Non pas fragile et maigre comme il l'avait d'abord cru, mais musclée, tonique, avec des courbes harmonieuses. Parfaite. Absolument parfaite.

Il était follement excitant d'arriver à la mettre dans cet état sans même la déshabiller et Nate ne vit pas de raison de s'interrompre. Il continua de lui baiser, de lui lécher la bouche tout en lui caressant les seins, les fesses, avant de revenir à son sexe, toujours par-dessus ses vêtements. Il appuya un peu plus fort tandis qu'elle ondulait contre lui, les genoux un peu plus pliés.

— Enlève-moi mon pantalon, murmura-t-elle les joues rosies par le plaisir, les yeux mi-clos et embués.

Nate lui mordit la lèvre inférieure.

— Chuuut, fit-il, tu es très bien comme cela.

Son petit cri d'indignation l'excita plus encore.

— Enlève-moi mon pantalon, exigea-t-elle en lui saisissant le poignet et en l'immobilisant avec une force qui l'étonna en même temps qu'elle décupla son désir.

Eh bien, manifestement, elle tenait à ce qu'il la déculotte… Son air sage et innocent, l'impression qu'elle donnait d'être prête à s'évanouir à la vue d'un homme nu n'étaient qu'une apparence. Bon sang ! Gwenna donnait autant qu'elle recevait.

— Bien, madame, fit-il en lui descendant son pantalon jusqu'aux genoux et en introduisant deux doigts dans la moite chaleur de son corps impatient.

— Oh, Nate !

Elle ferma les yeux et jouit sans lui lâcher le poignet, agitée de frémissements, la tête renversée en arrière, le dos cambré, les hanches allant et venant au rythme de sa caresse.

C'était magnifique. Et, soudain, au milieu de la passion, du désir brûlant de la prendre, Nate ressentit autre chose. Était-ce de la reconnaissance parce qu'elle s'offrait à lui au bon moment ? Une attirance, un intérêt pour elle en tant que femme, en tant qu'être humain qui allait au-delà du sexe ? Le besoin instinctif de la protéger, elle qui était à la fois si forte et si vulnérable ? Un peu de tout cela à la fois ? Toujours est-il qu'il fut pris au dépourvu. Ce n'était pas désagréable, mais c'était déstabilisant. Il fallait qu'il se ressaisisse, qu'il reprenne sa vie en main avant de plonger et de faire une grosse bêtise.

Alors, quand elle revint sur terre et lui sourit en poussant de petits gémissements extasiés, Nate l'embrassa tendrement et lui remit son pantalon. Ce qui lui valut un froncement de sourcils.

— Qu'est-ce que tu fais ?

— Il faut que je retourne au travail.

— Tu ne peux pas prendre cinq minutes de plus ?

Son indignation le fit presque rire.

— Je ne veux pas me contenter de cinq minutes, expliqua-t-il.

C'était vrai. Mais ce qui l'était également, c'était qu'il avait l'impression d'avoir reçu un coup de poing au plexus et qu'il voulait comprendre ce que cela signifiait. Et, surtout, comment réagir.

— Tu es libre demain soir ? On peut se voir ? demanda-t-il.

Le lendemain était le jour de la veillée mortuaire de Kyra. Il ne serait peut-être pas de très bonne compagnie après cette épreuve. D'autant qu'il allait être obligé de voir ses parents, ce qui était toujours un cauchemar. Qui, mieux que Gwenna Carrick, pourrait lui changer les idées ? Il émanait d'elle un calme merveilleusement réconfortant qui lui faisait un bien fou.

— Oh, zut… Demain, je ne peux pas, répondit-elle en lui prenant la main. Mon frère donne une réception pour son travail et je lui ai promis d'y assister. Pourtant, ce n'est vraiment pas mon truc, ces grandes soirées. Je n'ai jamais rien à dire aux gens et je passe mon temps à me cacher derrière les plantes vertes. Mais j'ai donné ma parole à Ethan. Dimanche soir, tu peux ?

— Bien sûr. Je t'appelle.

Il lui vola un dernier baiser, non sans se délecter de la spontanéité avec laquelle elle y répondait et de la sensualité de sa bouche sous la sienne.

— Tu veux bien m'envoyer les infos sur le forum des chasseurs de vampires avant de te coucher, ce soir ?

Au même moment, on frappa à la porte.

— Tu attends du monde ?

Si elle avait un rendez-vous galant, il devinait qu'il allait être très jaloux. En revanche, si c'était son connard d'ex-mari, il allait se faire un plaisir de le menacer un peu pour qu'il garde ses distances.

— Je sors avec mes copines, expliqua-t-elle en rajustant la ceinture de son pantalon avant d'aller ouvrir.

Nate vit entrer une jeune femme d'une maigreur extrême, avec de longs cheveux noirs et vêtue d'une robe rouge absolument minuscule. D'ailleurs, c'était plus un bandeau qu'une robe. Elle était accompagnée d'une blonde qui faisait une bonne tête de moins qu'elle malgré ses escarpins à talons. Elle portait un jean et un chemisier bleu brillant. Gwenna lui semblait nettement moins habillée…

— Qui êtes-vous ? lui demanda la brune.

Il n'y avait rien d'accusateur dans sa question. Seulement une vague curiosité.

— Nate Thomas. Et vous ?

— Kelsey Columbia, répondit-elle en avançant un peu dans la suite. Mais, après mon divorce, il faudra que je décide si je veux reprendre mon nom de jeune fille – Kelsey Dickens. Enfin, c'est un nom que je n'ai jamais beaucoup aimé. Ce serait peut-être l'occasion d'en changer carrément. Que pensez-vous de Kelsey Kinko ?

— Ce n'est pas mal, répondit-il d'un ton parfaitement neutre.

La blonde secoua la tête.

— Je t'ai dit que ça faisait strip-teaseuse, objecta-t-elle.

C'était bien l'avis de Nate.

Alors que Kelsey se mettait à bouder, la blonde s'approcha de lui et lui tendit la main.

— Alexia Baldizzi-Carrick, la belle-sœur de Gwenna, se présenta-t-elle.

Il lui serra la main. Elle avait une poigne ferme, assurée.

— Ravi de faire votre connaissance, répondit-il. Nate Thomas, inspecteur de police à Las Vegas.

Gwenna lui prit l'autre main et l'entraîna vers la porte.

— Merci d'être passé, dit-elle. Je ne veux pas être en retard au concert; je ne suis même pas habillée, alors désolée de te mettre dehors, mais on s'appelle. Et à dimanche de toute façon.

Eh bien voilà qui était subtil…

Quoi qu'il en soit, si elle pouvait le mettre à la porte, elle ne pouvait pas lui faire oublier ce qu'ils avaient à terminer dimanche.

— J'ai hâte d'y être, assura-t-il en la plaquant contre lui.

Sur quoi il l'embrassa à pleine bouche, avec la langue, en lui caressant les fesses pour faire bonne mesure.

— À plus, Gwenna, lança-t-il avant de s'en aller avec un grand sourire.

Huit

Ethan Carrick haïssait profondément Roberto Donatelli. Ils avaient été amis, autrefois, à l'époque où Londres n'était encore qu'un tas de boue et où l'Amérique n'existait pas pour les Européens. Mais Donatelli avait séduit Gwenna avant de l'abandonner, et elle était morte en donnant naissance à son bâtard. Ethan ne le lui pardonnerait jamais. Donatelli était un salaud, cruel et sans cœur, qui jouait avec les êtres pour le seul plaisir du pouvoir et piétinait quiconque contrecarrait ses plans.

Et puis il était ennuyeux au possible. Inculte et vaniteux.

Bref, Ethan ne le supportait pas.

Et ils se fixaient, chacun d'un côté de la table de conférence.

Donatelli s'appuya au dossier de son siège.

— C'est tout juste si je ne t'entends pas grincer des dents, Carrick, ricana-t-il. Il faudra au moins que tu fasses semblant de m'apprécier au bal d'investiture de demain soir.

— Je te tolérerai, pas davantage. Tout le monde sait que c'est une alliance politique qui nous lie et non l'amitié.

— Tu veux dire que je ne serai pas invité à ton ranch pour pêcher, chasser et bavarder entre hommes, loin du bureau ? repartit-il avec un sourire narquois sur son visage obséquieux.

— Je n'ai pas de ranch. Mais si j'en avais un, je le brûlerais plutôt que de t'y recevoir.

Donatelli était vice-président de la Nation vampire, ce dont Ethan, qui en était lui-même président, ne se remettait toujours pas. Mais il n'avait pas eu le choix. Ethan avait failli perdre l'élection à cause de l'agitation croissante des vampires impurs, des êtres nés mortels avec des gènes vampires qui, par la suite, devenaient à leur tour des vampires. Ils estimaient qu'un candidat comme Donatelli, qui se déclarait en faveur de la croissance de la population vampire, servait davantage leurs intérêts qu'un conservateur tel qu'Ethan. Par la suite, quand Gregor Chechikov s'était mis sur les rangs, Ethan avait compris qu'un véritable désastre se produirait si le Russe l'emportait. Il était fou, purement et simplement. Il projetait même de cloner des vampires. Ethan n'avait trouvé qu'une solution pour être certain qu'il ne prenne pas le pouvoir : s'allier avec Donatelli. Ensemble, ils composaient un ticket modéré représentant toutes les tendances. De fait, ils avaient remporté l'élection et, ainsi, évité une guerre civile chez les vampires.

Sauf que l'une des conséquences immédiates était qu'Ethan se trouvait obligé de travailler avec Donatelli pendant les quarante années à venir et qu'il fallait qu'il apprenne à contrôler son antipathie pour cette ordure s'ils voulaient parvenir à quelque chose. Du reste, s'il ne bridait pas sa colère, il allait passer les quatre prochaines décennies à s'énerver, ce qui serait mauvais pour sa santé mentale.

— Venons-en au fait, décida-t-il. Demain, nous allons entrer ensemble, prêter serment et boire un verre. Il ne devrait pas y avoir de problème. Tu viens accompagné ? Parce que je te préviens que tu ne peux pas venir avec une bimbo mortelle ou une petite vampire de dix-huit ans. Personne n'ignore la vérité à ton sujet, mais fais au moins semblant d'avoir un peu de classe.

C'était peut-être une pique au hasard mais Donatelli était bien capable de faire quelque chose d'aussi bête que d'amener une esclave donneuse de sang mortelle au bal d'investiture.

Cependant, il ne mordit pas à l'hameçon.

— Il ne me semble pas que me faire accompagner par ta sœur soit une faute de protocole. Gwenna est parfaitement bien élevée.

Oh, qu'il savait bien le mettre en colère…

— Tu ne vas pas venir avec Gwenna, affirma-t-il.

Il en était à peu près certain. Elle lui avait laissé entendre qu'elle ne refusait pas d'adresser la parole à son ex-mari. Mais de là à mettre une robe de soirée et à l'accompagner à une réception qui devait compter pas loin d'un millier de vampires, il y avait un pas qu'elle ne franchirait sans doute pas. Elle avait horreur de se trouver au centre de l'attention de tous, or cela ne manquerait pas d'arriver s'ils se montraient ensemble. Cela devrait suffire à la décourager.

Par ailleurs, il l'avait vue avec un mortel et, Alexia avait raison, elle n'était sûrement pas du genre à sortir avec deux hommes à la fois. À sa connaissance, de toute sa vie, elle n'avait eu de relation qu'avec Donatelli.

— Ce n'est pas encore décidé. Mais elle va m'accompagner, j'en suis convaincu. Je vais passer chez elle dès que nous aurons terminé.

Il était d'une assurance exaspérante, songea Ethan. Qu'est-ce qui lui donnait le droit de demander à Gwenna d'être sa cavalière ? Cela faisait trois cents ans qu'ils avaient divorcé. Autrement dit, rien ne l'obligeait à se montrer en public avec lui.

— Elle refusera, prédit-il.

— Non. Nous sommes en bien meilleurs termes, ces derniers temps. Elle le fera pour moi, et pour toi. Elle comprendra combien il est important que nous apparaissions unis.

Il y avait un fond de vérité là-dedans, et cela ne plaisait pas du tout à Ethan.

— Je ne lui en demande pas tant, et elle le sait, affirma-t-il tout de même.

— C'est beaucoup lui demander que d'être ma cavalière ?

— Oh que oui. J'imagine qu'il doit être moins désagréable de baiser un crapaud que de danser avec toi.

— En voilà une belle image… J'espère que tu ne seras jamais réduit ni à l'un ni à l'autre parce que, moi non plus, je n'ai pas très envie de valser avec toi. Où est ta secrétaire ? ajouta Donatelli en regardant autour de lui. J'ai besoin d'un verre.

Ethan se tourna vers son garde du corps. Il était pressé que cette réunion prenne fin. Bon sang ! il ne tiendrait jamais quarante ans comme cela.

— Vous voulez bien aller trouver Brenda et lui demander de servir quelque chose à boire à M. Donatelli ? le pria-t-il. Merci.

— C'est ta nouvelle secrétaire, Brenda ? J'espère qu'elle est un peu plus efficace que cette idiote de Kelsey que tu avais avant. Certes, elle était assez sexy, dans son genre nunuche et fille facile, mais elle était d'une bêtise effrayante. Enfin elle est loyale. C'est beau de voir comme elle s'accroche à son junkie de mari.

Ethan ne s'était pas encore vraiment remis de la façon dont Kelsey l'avait trahi, alors qu'il l'employait et la payait généreusement depuis quarante ans malgré son peu de compétences professionnelles. Donatelli le savait; c'est pour cela qu'il remuait le couteau dans la plaie. Cela dit, il n'avait guère été plus heureux d'apprendre que sa femme comptait passer la soirée à un concert de rock avec Kelsey. Cette dernière attirait les ennuis comme un aimant.

— Kelsey a quitté son mari, annonça-t-il. Alors fiche-lui la paix, tu veux ?

Cela ne signifiait pas pour autant qu'il soit prêt à la réengager car elle s'était montrée indigne de sa confiance.

— Au fait, ajouta-t-il, tu ne peux pas passer chez Gwenna pour l'inviter au bal, et te faire rire au nez, parce qu'Alexia m'a dit que Gwenna était prise ce soir.

Il marqua une pause pour s'assurer qu'il avait toute l'attention de l'Italien.

— Ah oui ? fit-il d'un air incrédule.

— Oui. Elle a un petit ami mortel et ils sortent ensemble, ce soir.

Là ! Dans les dents.

— Tu n'as pas plus sympa, comme fringues ?

Kelsey se tenait devant le placard de Gwenna, l'air désespéré. Sans doute jugeait-elle sa garde-robe un peu trop sage…

Gwenna était désolée de la décevoir, mais elle n'était ni sexy ni excitante. Il y avait donc peu de chances pour qu'elle ait une petite tenue craquante ou chic cachée quelque part.

— Non, répondit-elle. Tu sais, tant que je vivais seule dans mon vieux château, je n'avais pas besoin de vêtements pour sortir.

— Mais tu es à Vegas, maintenant, protesta Kelsey en cessant de fouiller dans les trop nombreux T-shirts, twin-sets et pantalons kaki de Gwenna. Heureusement que j'ai pris quelques trucs au cas où nous nous trouverions justement dans cette situation…

Alexia s'étrangla de rire et se coucha sur le côté, en travers du lit de Gwenna.

— J'ai hâte de voir ça, assura-t-elle.

L'intéressée était moins enthousiaste.

— Kelsey, pourquoi je ne pourrais pas simplement mettre un jean ? On va à un concert de rock, non ? On ne va pas en jean à un concert ?

C'était toujours le cas dans les comédies romantiques qu'elle regardait à la télévision, et qu'elle adorait parce que tous les problèmes se résolvaient en deux heures, ce qui la rendait heureuse. En revanche, mettre des habits de Kelsey ne la rendait pas heureuse, parce que cette dernière était immense, très maigre et découvrait en permanence les deux tiers de son corps. Était-ce parce qu'elle n'avait pas de reflet et ne pouvait se voir dans une glace ? Sans doute pas, hélas.

— Oui, c'est un concert de rock, mais ce n'est pas une raison pour ne pas te faire belle. Il ne faut pas que tu aies l'air d'aller au supermarché. Et puis n'oublie pas que les musiciens sont des vampires. Ils vont tout de suite nous remarquer.

Elle ignorait ce détail, parce que personne ne l'avait prévenue.

— À vrai dire, j'ignorais que c'étaient des vampires, répliqua-t-elle. Tout le groupe est composé de morts-vivants ? Et le public aussi ?

— Non, répondit Kelsey en la regardant comme si elle venait de proférer une complète idiotie. Pourquoi veux-tu qu'il n'y ait que des vampires dans le public ? C'est un groupe de vampires qui font semblant d'être des vampires pour que personne ne se doute qu'ils en sont. Mais, nous, comme nous sommes aussi des vampires, nous le savons, évidemment.

D'accord. Elle aurait dû s'en douter, songea Gwenna en s'asseyant sur le lit à côté d'Alexia.

— Il vaut peut-être mieux que je reste ici.

Elle pourrait appeler Nate et voir s'il était toujours libre…

— Non ! contra Kelsey en agitant l'index. Tu dois me consoler. Donc tu viens.

Zut. Comment dire non, après cela, sans se sentir coupable, ce qui était sa spécialité ?

— Bon, très bien…

— Merci ! s'exclama Kelsey avec un grand sourire. Alors, voyons ce qu'il y a dans mon sac. Je l'ai laissé dans la pièce d'à côté. Je t'ai apporté une robe bleue super mignonne.

— D'accord. Pendant que tu vas la chercher, j'ai un courriel à envoyer.

Elle se tourna vers son ordinateur portable qu'elle avait emporté dans la chambre avec elle pour ne pas oublier d'envoyer le fichier à Nate. En ouvrant sa boîte de réception, elle eut la surprise de découvrir un nouveau message de Slash.

De : Slash87@gmail.com
À : QueenieG@aol.com
Sujet : ce soir

Salut Queenie,

Tout le monde va au concert des Empaleurs, ce soir. Si tu arrives à avoir un billet, rejoins-moi là-bas. Je me débrouillerai pour te trouver.

S.

En voilà, une drôle de coïncidence ! Une de plus… Slash et « tout le monde » allaient justement au concert auquel Kelsey l'avait convaincue d'assister. Voir un groupe de vampires.

Par ailleurs, si Slash était si certain de la retrouver, c'était qu'il savait à quoi elle ressemblait. Il devait donc être venu à la gare et l'avoir vue, parce que, auparavant, elle ne s'était décrite que comme une « petite blonde ». Cela ne suffisait absolument pas pour qu'il la reconnaisse dans le public. Elle frémit. Et si c'était Slash qui avait tué ce malheureux Buzzdrew ? Mais pour quel motif ?

Sauf qu'Andrew était mortel, et donc vulnérable. Gwenna, non. Et elle était bien décidée à découvrir ce qui se tramait – surtout si les chasseurs de vampires préparaient vraiment une attaque. Vu le nombre de vampires présents à Las Vegas pour l'investiture, le moment serait idéalement choisi pour faire un gros coup. Elle ne voulait pas laisser une chose pareille se produire. Elle cliqua donc sur « Répondre ».

Je devrais pouvoir me procurer un billet, tapa-t-elle. On se retrouve là-bas. Et ne me pose pas de lapin, cette fois-ci !

;-)

Queenie

Autant lui faire savoir qu'elle n'était pas ravie qu'il lui ait posé un lapin la veille.

Puis elle sortit l'adresse électronique de Nate de sa poche et l'entra dans son carnet d'adresses avant de cliquer dessus pour lui envoyer un courriel auquel elle joignit le fichier avec l'identité des membres du forum. Enfin, elle tapa un rapide message :

Salut Nate,

Comme convenu, voilà les infos. J'ai aussi reçu un nouveau message de Slash. On se retrouve à un concert ce soir (celui des Empaleurs, des musiciens qui font semblant d'être des vampires). Je pourrai te décrire Slash une fois que je l'aurai rencontré. À dimanche.

Bises

Gwenna

C'était un peu terne et ridicule, comme message, mais elle ne voyait pas trop quoi dire d'autre. Et puis elle n'allait pas envoyer des coquineries à Nate sur sa boîte professionnelle, même si elle en avait eu envie, ce qui n'était pas le cas. Plus exactement, l'idée l'intriguait mais elle ne savait pas trop comment faire.

— Qu'est-ce que tu fabriques ? demanda Alexia.

Gwenna sursauta comme si elle s'était fait surprendre en train d'écrire un message cochon à Nate. Seigneur ! il fallait qu'elle se ressaisisse !

— J'envoie un truc à Nate.

Alexia et Ethan n'étaient pas au courant du meurtre et elle n'avait aucune envie de leur en parler.

— Tu craques vraiment pour ce type, non ?

Sa belle-sœur semblait folle de joie.

Gwenna referma sa messagerie et se prépara à l'affronter, avec ses taquineries. Sauf qu'elle se retrouva face à Kelsey qui tenait dans la main une petite poignée de tissu bleu qui n'aurait pas suffi à couvrir un chihuahua.

— Je ne sais pas ce que c'est que ce truc, mais il n'est pas question que je le mette, déclara-t-elle.

— Mais si ! assura Kelsey en souriant. S'il te plaît… Je serais bien moins triste en te voyant canon.

Pff… Gwenna prit la robe en soupirant. S'il fallait en passer par là…

— Si je suis affreuse, il faudra me le dire, les prévint-elle.

— Bien sûr, promit Kelsey en hochant la tête.

— Parole de scout, renchérit Alexia.

Elle ne les croyait pas, mais il était important qu'elle aille à ce concert pour trouver Slash. Alors elle se rendit d'un pas un peu traînant dans la salle de bains pour tenter d'interpréter l'idée de « canon » que se faisait Kelsey.

Donatelli haïssait Ethan Carrick. Il avait passé son existence à tenter de monter Gwenna contre lui sans que lui, Roberto, comprenne pourquoi. Il aimait Gwenna, bon sang. Il l'avait toujours aimée. Il ne souhaitait rien d'autre que son bonheur. Alors pourquoi Carrick faisait-il tout pour les séparer ?

Il s'était tout juste retenu d'effacer d'un coup de poing l'air satisfait de Carrick quand il lui avait annoncé que Gwenna avait un petit ami mortel. Il existait des façons bien plus rationnelles de traiter la situation.

— Williams !

Il claqua des doigts pour appeler son garde du corps tout en vidant un verre de sang. Sa chambre du Venetian offrait une vue exceptionnelle sur le Strip de Las Vegas, mais il regardait sans en profiter. L'idée des mains d'un autre homme sur sa femme le mettait en rage, même s'il savait que Carrick ne lui avait dit cela que pour essayer de l'énerver. Gwenna n'avait pas de petit ami. Elle n'en avait jamais eu. Depuis trois cents ans qu'ils avaient divorcé, Donatelli ne comptait plus les femmes avec lesquelles il avait couché. En revanche, il était sûr et certain que Gwenna ne s'était donnée à aucun homme.

Parce qu'elle l'aimait toujours et qu'ils étaient faits l'un pour l'autre.

— Suis Gwenna et dis-moi si tu la vois avec un autre homme, ordonna-t-il. Je veux que tu la surveilles pendant les quarante-huit heures à venir et que tu me rapportes tous ses faits et gestes.

Williams hocha la tête et sortit.

Donatelli soupira. Gwenna était devenue trop têtue, c'était très agaçant. C'était manifestement un trait de caractère commun aux Carrick et qui lui déplaisait souverainement.

Il allait le lui faire passer, cela dût-il lui prendre l'éternité.

Nate s'autorisa une sieste de deux heures avant de retourner au poste de police voir si le rapport d'autopsie du corps d'Andrew était arrivé. Ce n'était pas le cas. En revanche, il avait reçu le courriel promis par Gwenna, et la liste des membres du forum avec leur vrai nom et leur adresse électronique.

Génial. Cela allait bien les aider et surtout leur faire gagner beaucoup de temps. Il pouvait commencer par éliminer de la liste les gens qui n'étaient pas à Vegas ou qui avaient un alibi solide. Le meurtrier faisait partie des membres, c'était certain. Il suffisait de procéder méthodiquement pour découvrir de qui il s'agissait.

Mais sa bonne humeur se volatilisa quand il lut le corps du message de Gwenna. Elle allait rencontrer Slash. Le principal suspect. À un concert de faux vampires.

— Mon Dieu...

Elle n'avait vraiment aucun instinct de conservation.

— Qu'est-ce qu'il y a ? demanda Jim Connors, son coéquipier, en levant le nez de son bureau couvert de papiers.

Nate lui expliqua la situation.

— Qu'est-ce qui lui prend de faire une chose pareille ? Autant se jeter sous un bus...

Cette naïveté, cette innocence de Gwenna le séduisaient autant qu'elles généraient chez lui une intense frustration.

— Pourtant, à en juger par ce tableur, elle n'est pas idiote, fit valoir Jim à qui Nate venait de transmettre le document.

— Non. N'empêche que je vais devoir aller à ce foutu concert surveiller ce qui se passe. De faux vampires, marmonna-t-il les tempes palpitantes. Les gens sont fous, ou quoi ? Ils ne peuvent pas vivre un peu dans la réalité ?

— Ce n'est pas drôle, la réalité, fit valoir Jim en s'appuyant sur le dossier de son siège à roulettes qui grinça sous son poids. Les gens ont besoin de s'en évader de temps à autre. Il s'agit d'un divertissement inoffensif. Tu veux que j'aille au concert ? Je pars du bureau, de toute façon.

La logique aurait voulu qu'il saisisse au vol la proposition de Jim. Sauf que Nate se sentait tout, sauf logique. Il manquait de sommeil et ses émotions menaçaient de le submerger. Par ailleurs, il était dévoré par le besoin brûlant de protéger lui-même Gwenna Carrick. Ce n'était pas à la police de veiller sur elle mais à lui, l'homme, Nate Thomas.

— Non, dit-il, c'est bon. Je m'en charge.

Il croyait avoir parlé d'un ton détaché mais Jim éclata de rire.

— Ah c'est donc ça, l'histoire ? Elle est mignonne, j'avoue. Un peu délicate pour mon goût, cela dit : je l'écraserais, ajouta Jim en tapant sur son gros ventre. Je préfère les femmes un peu plus solides.

— Tu ne lui plairais pas, de toute façon, répliqua Nate en éteignant son ordinateur.

— Eh ! Merci bien, protesta son coéquipier en lui jetant un stylo.

Nate l'attrapa au vol et le posa sur son bureau.

— C'est la vérité. Elle craque pour moi; tu n'aurais aucune chance.

Il en rajoutait pour détourner les soupçons de Jim. Mais en se rappelant la façon dont Gwenna avait réagi à ses caresses, il songea que c'était vrai. Elle craquait pour lui. Et il craquait pour elle. Cela n'avait aucun sens, mais c'était un fait. Et un fait incroyablement intense.

Ce qui expliquait sans doute pourquoi il se rendait au concert d'un groupe de faux vampires, bien décidé à emmener Gwenna loin de là et à lui faire entendre raison à force de baisers.

— Je ne suis pas très à l'aise, confia Gwenna à Alexia.

C'était sa façon anglaise de dire qu'elle aurait voulu que la terre s'ouvre sous ses pieds pour l'engloutir et les faire disparaître, elle et sa robe minuscule.

— Pourquoi ? demanda sa belle-sœur en regardant autour d'elle. Tu es superbe. Détends-toi.

C'était facile à dire, pour elle qui portait un jean. Alors que Gwenna se sentait grotesque. Elle n'arrêtait pas d'essayer de remonter son décolleté hyper plongeant. Mais, chaque fois, Kelsey lui donnait une tape sur la main et tirait dessus pour l'ouvrir encore davantage.

Elle choisit donc de rester le plus près possible d'Alexia et de tenir sa petite pochette devant sa poitrine. Quelle erreur, vraiment… Surtout que le public était si nombreux qu'elle n'avait aucune chance de trouver Slash. Tout ce qu'elle savait, c'est que c'était un homme d'une vingtaine d'années. Cela devait réduire le nombre de candidats potentiels à un bon millier – dont la plupart arboraient tatouages, piercings et autres chaînes fixées à leurs vêtements ou à des parties de leur corps. Beaucoup de gens ouvraient la bouche pour exhiber de faux crocs, ce qu'elle trouvait extrêmement dérangeant.

Pourquoi voulaient-ils se faire passer pour des vampires ? Qu'est-ce qui les attirait ? L'immortalité, sans doute. Et le pouvoir. L'ironie de la situation, c'était que Gwenna n'avait jamais souhaité devenir vampire. Elle avait été transformée par Ethan au moment de mourir d'une hémorragie en donnant naissance à Isabel. Mais combien de fois n'avait-elle pas rêvé de renoncer à ce don de l'immortalité ?

Aujourd'hui, cependant, ce n'était plus le cas. Elle avait trouvé un sens à sa vie : débusquer les chasseurs de vampires et prévenir une attaque. Il fallait aussi qu'elle aide Nate à trouver l'assassin d'Andrew. C'était son loisir, son jeu de rôles qui le poussait, comme tous ces gens ce soir, à faire semblant d'être un vampire qui avait causé sa mort. Bizarrement, elle s'en sentait un peu responsable.

— Salut, dit en lui souriant un type au crâne rasé qui portait un T-shirt sur lequel il était écrit : « Va te faire empaler, tu sais que tu en as envie. »

Beurk. C'était une façon de flirter avec elle ? Elle n'était vraiment pas prête à cela, d'autant qu'il était très grand et un peu effrayant. Gwenna aurait voulu prendre le bras d'Alexia et faire semblant d'être en couple avec elle, mais elle se l'interdit. C'était une technique d'évitement. Or elle avait résolu de devenir plus forte, plus sûre d'elle, de regarder les difficultés en face et de les surmonter seule.

— Salut, répondit-elle.

Hm. Voilà qui était courageux.

D'accord, mais… euh, c'était peut-être Slash. Il fallait donc qu'elle parle avec lui suffisamment longtemps pour en avoir le cœur net.

L'inconnu dut hausser le ton car la première partie était sur scène et, aux oreilles de Gwenna, faisait un vacarme de tous les diables.

— Tu as déjà vu un concert des Empaleurs ? lui cria-t-il à l'oreille.

Son souffle lui chatouillait la joue. Elle recula un peu et secoua la tête en se forçant à sourire.

— Non, répondit-elle, c'est une première.

— Une vierge, commenta-t-il en souriant. Tu vas adorer : ils sont super.

Elle sourit à son tour en cherchant quelque chose à dire pour flirter elle aussi – ou au moins faire la conversation.

— Je… euh…

Rien. Zéro. Nada. Elle ne parvenait même pas à finir une phrase tant son esprit était vide de mots. Lui souriait déjà moins, comme s'il avait l'impression d'avoir affaire à une idiote. Ce qui était peut-être le cas.

Kelsey vint à son secours en se glissant entre eux et en s'appuyant sur l'épaule de Gwenna.

— Alors, comment tu t'appelles, beau gosse ? demanda-t-elle à ce garçon si grand et si tatoué qu'il était à l'exact opposé de l'idée que Gwenna se faisait d'un beau gosse.

— Jason. Et toi ?

— Kelsey. Et voilà…

— Je m'appelle Queenie, la coupa Gwenna au moment où elle allait la présenter. Ravie de faire votre connaissance.

Alexia s'étrangla de rire mais Kelsey s'extasia.

— Ouah, cool. J'aime bien.

Comme si elles ne se connaissaient pas… Enfin Gwenna pouvait s'estimer heureuse qu'elle n'ait pas carrément balancé la vérité. Le type avait l'air sceptique.

— Queenie ? répéta-t-il.

— Oui. Mes parents étaient anglais. Ma mère avait comme des envies de royauté.

Plus un mensonge était gros, mieux il passait. C'était quand même bizarre.

— Vous vous appelez vraiment Jason ? s'enquit-elle.

— Euh… oui. Bon, eh bien bonne soirée, hein. À plus.

Sur quoi il disparut dans la foule.

— Merde, je crois que tu lui as fait peur, Gwenna. Il était mignon, pourtant, commenta Kelsey en le regardant s'éloigner les sourcils froncés.

— Tu crois que je lui ai fait peur ? Sûrement pas. Je suis tout, sauf impressionnante.

Elle le regrettait, d'ailleurs. Enfin, si cet imbécile se laissait déstabiliser par un prénom inhabituel, il ne méritait pas qu'elle s'intéresse à lui. Du reste, elle ne s'intéressait pas du tout à lui. N'empêche qu'il était un peu vexant de découvrir que sa petite personne était si bizarre ou si peu intéressante qu'il avait éprouvé le besoin de détaler aussi vite. La poule mouillée.

Enfin, cette rencontre avait au moins servi à une chose. Ses recherches se limitaient désormais à neuf cent quatre-vingt-dix-neuf Slash potentiels puisque Jason n'avait pas réagi du tout au pseudonyme qu'elle utilisait sur le forum.

— Qu'est-ce que c'est que cette histoire de Queenie ? intervint Alexia. Quitte à choisir un faux nom – ce que j'approuve totalement – tu n'aurais pas pu trouver mieux ? Tiens, moi, je me dis que, ce soir, je vais m'appeler Mackenzie. J'ai toujours adoré ce prénom; il fait super puissant.

— Ouiiiii ! Des faux noms ! O.K., moi, ce sera Winnie, annonça Kelsey.

D'où sortait-elle cette idée ? se demanda Gwenna. C'était pire encore que Queenie, ce qui n'était pas peu dire.

— Winnie, répéta-t-elle. En voilà un drôle de nom. D'où ça vient ?

— J'ai toujours adoré les histoires de *Winnie l'ourson*. Rick me les lisait, ajouta-t-elle d'une voix tremblante.

Cet aperçu de la vie conjugale de Kelsey était quelque peu déroutant. Son mari héroïnomane et tueur à gages lui lisait des histoires de *Winnie l'ourson ?*

— Oh, c'est trop mignon, Kelsey.

C'était aussi franchement bizarre, mais de quel droit jugeait-elle ?

— Il me faut un verre, déclara Alexia. Mackenzie va au bar. Peut-elle laisser Winnie et Queenie toutes les deux toutes seules sans qu'elles fassent de trop grosses bêtises ?

— Pourquoi ferions-nous des bêtises ? s'étonna Kelsey. Ça va très bien se passer.

— D'accord. Mais restez ensemble, compris ? insista Alexia en agitant l'index.

Gwenna hocha la tête.

— Ça va très bien se passer, confirma-t-elle.

À force de vivre avec Ethan, songea-t-elle, Alexia devenait presque aussi protectrice que lui.

— Je vous rapporte quelque chose ? leur proposa-t-elle.

— Non, merci.

Contrairement à certains vampires, Gwenna n'aimait pas boire autre chose que du sang. Oui, mais elle était censée s'ouvrir à de nouvelles expériences et profiter de la vie.

— En fait, se ravisa-t-elle, je vais prendre la même chose que toi.

— Et moi un martini. Enfin, un truc aromatisé, dit Kelsey.

— O.K. À tout à l'heure.

Alexia se dirigea vers le bar. Aussitôt, Kelsey saisit la main de Gwenna.

— Je suis complètement déprimée, lui confia-t-elle. Il faut qu'on drague : ça me remonte toujours le moral.

Sur quoi elle l'entraîna vers un groupe de quatre hommes qui les reluquèrent avec un intérêt manifeste – ce qui n'était guère étonnant vue la façon dont elles étaient habillées – ou déshabillées. Gwenna se sentit piquer un fard mais se rappela qu'il faisait sombre, que le public n'était éclairé que par des lumières stroboscopiques rouges et que personne ne ferait attention à la couleur de ses pommettes. Du reste, elle était là pour chercher Slash. Faire preuve d'initiative faisait partie de ses bonnes résolutions. Rester à attendre qu'il vienne la chercher, c'était tellement siècle dernier…

— Alors, lequel d'entre vous a le plus gros pénis ? s'enquit Kelsey.

Neuf

Gwenna en resta comme deux ronds de flan. *Quoi ?* c'était comme cela que Kelsey draguait ?

Évidemment, sa question aussi indiscrète qu'inattendue fit réagir les quatre hommes. Ils n'étaient pas du genre tatoués. Plutôt du genre fils de bonne famille égarés entre l'université et le golf. Ils jurèrent tous les quatre qu'ils avaient le plus gros membre qu'elles aient jamais vu et se vantèrent tant que Gwenna les imagina pourvus d'un véritable anaconda.

— Je ne plaisante pas, affirma l'un deux à Kelsey qui l'accusait de mentir. C'est la vérité. Je suis énorme.

— Fais voir, le défia Kelsey.

Oh, non…

— Pas la peine, intervint Gwenna. Nous vous croyons sur parole.

— Pas moi, insista Kelsey. Je parie que tu n'as rien du tout.

Elle agita la main d'un air méprisant et fit mine de tourner les talons.

Le plus vantard des quatre la retint par le bras et déclara :

— Si tu veux la voir, je vais te la montrer.

Kelsey lui fit un sourire d'une gentillesse infinie et Gwenna fut étonnée de découvrir combien elle pouvait être manipulatrice derrière ses airs d'écervelée.

— Cool. Alors à trois, vous la sortez tous.

Voilà comment Gwenna se trouva confrontée à quatre sexes, soit deux fois plus qu'elle n'en avait vu de toute sa vie.

C'était fou ce qu'ils pouvaient être semblables et différents à la fois. Le vantard avait en effet de quoi se vanter. Il était beaucoup plus imposant que ses camarades. Gwenna les observait plus attentivement quand un videur du club intervint.

— Eh ! Rangez-moi ça ! On n'est pas dans un club de striptease.

Elle fut légèrement déçue de les voir obtempérer instantanément et refermer leurs braguettes en regardant autour d'eux comme s'ils ne savaient plus où ils se trouvaient. Non parce qu'elle s'intéressait à eux sexuellement, mais par simple curiosité. Cette partie de l'anatomie des hommes leur faisait faire tant de choses qu'elle finissait par se demander ce qu'elle avait de tellement extraordinaire. Ce rapide aperçu n'avait pas répondu à sa question, loin de là.

— C'était super, leur dit Kelsey. Merci.

Sur quoi elle prit Gwenna par le bras et l'entraîna un peu plus loin en chuchotant :

— Il faut savoir s'éclipser à temps, avant qu'ils se mettent des idées perverses en tête.

Hm. Ce ne serait pas plutôt la demande de voir leur pénis qui pourrait leur donner ce genre d'idée ? Quoi qu'il en soit, Gwenna était tout à fait d'accord pour s'éloigner.

— Qu'est-ce que vous faisiez ? demanda Alexia qui les attendait là où elle les avait quittées, l'air fâché, trois verres dans les mains.

— Rien du tout, assura Kelsey en gloussant et en lui prenant son verre de martini.

— On a seulement vu le sexe de ces types, avoua Gwenna.

— Oh, mon Dieu…

Alexia leva les yeux au ciel et avala la moitié de son cocktail avant de lui tendre le sien.

— Oh, regardez ! Je crois que le groupe arrive.

La première partie était terminée et il y avait de l'activité sur la scène. Gwenna ne voyait pas très bien ce qui se passait parce qu'elle était petite et que le concert avait lieu dans une boîte de nuit où il n'y avait que des places debout. Entre les têtes des autres spectateurs, elle apercevait tout juste la batterie derrière laquelle un homme aux cheveux noirs s'affairait à quelques réglages. Le reste de l'espace lui semblait encombré d'instruments, de micros et d'amplis. Distraitement, elle but une bonne gorgée de son verre et se haussa sur la pointe des pieds.

Houlà, le cocktail que lui avait apporté Alexia était fort. Elle sentit les larmes lui monter aux yeux, ce qui pouvait être dangereux vu sa propension à pleurer du sang. Elle s'essuya les yeux et toussa un peu.

Quelqu'un lui poussa le coude en disant :

— Salut.

C'était un homme. Encore un type au crâne rasé vêtu d'un jean et d'un T-shirt noir avec un collier « tête de mort et tibias croisés ».

— Salut, répondit-elle. Tu t'appelles Slash ?

À quoi bon essayer d'être subtile ?

— Non, fit-il en haussant un sourcil étonné. Sauf si tu as envie de m'appeler comme ça.

— Non, pas du tout. Je déteste ce nom. Si tu m'avais dit oui, je t'aurais craché dessus.

— D'aaaaccoooord.

Il tourna les talons et s'enfuit aussi vite que le lui permettait la foule.

Gwenna n'en revenait pas d'avoir été aussi audacieuse. Elle éclata de rire.

— Je perds la tête, annonça-t-elle à Alexia.

— Au contraire, ma belle, tu es en train de devenir une femme de tête. Vas-y. Fonce.

Ce n'était peut-être pas faux. Elle était en train de prendre sa vie en main, et c'était extrêmement libérateur. Elle avait couché avec un flic super sexy sur une table de massage, et, maintenant, elle se grisait au martini à un concert de rock, vêtue d'une robe pas plus grande qu'une serviette de table. C'était nettement mieux que de passer son temps enfermée dans un château, à York, à faire de la broderie.

— Eh ! fit-elle en attrapant le bras d'un jeune homme d'une vingtaine d'années qui passait devant elle. C'est toi, Slash ?

— Non, répondit-il en la regardant droit dans le décolleté.

— Bon. Alors tu peux passer ton chemin.

— Et si je n'en ai pas envie ?

— Tu n'as pas le choix.

— Pourquoi ?

— Parce que je te le dis.

— Ah…

Il s'en alla d'un air déçu.

Était-ce le pouvoir ou ce martini, qui lui faisait l'effet d'être de l'alcool pur aromatisé à la pomme, qui l'enivrait ainsi ? Elle avait l'impression que la salle se réchauffait et que le bout de ses doigts s'engourdissait. Le temps que le groupe monte sur scène et commence à jouer, elle avait avalé deux cocktails supplémentaires, parlé à une cinquantaine de types, dont beaucoup lui avaient fait des avances, et vu trois autres sexes, ce qui lui avait confirmé que tous les hommes ne naissaient pas égaux. Elle s'était aussi fait peloter le derrière, elle ne savait absolument pas par qui. Mais elle n'avait toujours pas trouvé Slash.

Il commençait à l'agacer.

Et elle était ivre, cela ne faisait plus aucun doute.

— Qui c'est, ce Slash ? lui cria Alexia à l'oreille.

Les Empaleurs hurlaient une chanson que Gwenna avait vaguement l'impression de reconnaître. Mais n'était-ce pas simplement parce que le mot *baby* figurait dans tant de morceaux ?

— Je ne sais pas, répondit-elle.

C'était bien le plus énervant, dans cette histoire.

— Quoi ? Mais alors pourquoi demandes-tu à tous ces mecs s'ils s'appellent Slash ?

C'était pourtant évident…

— Mais pour savoir si c'est eux, Slash, ou non.

Alexia fronça les sourcils.

— Là, fit-elle, je ne te suis plus. Tu es bourrée, au fait.

— Je sais. Ce n'est pas désagréable.

Elle flottait dans une douce chaleur. Et elle avait envie de sexe.

— Ton frère va me tuer.

— Il va avoir du mal, objecta Gwenna en vidant son quatrième martini qu'elle n'était pas peu fière d'être allée chercher seule au bar. Tu es immortelle, je te rappelle. Et puis il faut qu'il arrête de me traiter comme une gamine. Je suis majeure et capable de faire mes choix moi-même.

Pour ce qui était de parler, c'était une autre histoire. Elle se rendait compte qu'elle avait la voix plutôt pâteuse.

— Je te soutiens totalement, si tu fais les bons choix.

— Ne sois pas si critique, Alexia. Ça me fait de la peine.

— Désolée. Mais tu veux bien mollir un peu sur le martini et arrêter d'aborder des inconnus ?

Cela n'avait pas l'air très drôle mais elle n'avait pas envie de discuter, alors elle hocha la tête.

— Eh ! On essaie de monter sur scène ? proposa Kelsey qui ondulait des hanches au rythme de la musique.

— O.K.

Gwenna passa son verre à Alexia. De la scène, elle pourrait chercher Slash dans le public. Même si elle ne savait pas à quoi il ressemblait. Dans son cerveau embrumé par l'alcool, cela ne faisait aucun doute.

— Non ! protesta sa belle-sœur. Mauvais choix. Très, très mauvais choix. Vous allez vous faire virer.

— Nan, répondit Kelsey. Je connais la moitié des membres du groupe. Et j'ai couché avec le bassiste dans les années soixante. C'est cool.

— Tu vois ? renchérit Gwenna, à qui tout cela semblait très encourageant. Kelsey connaît les musiciens.

Elle la suivit donc vers le devant de la salle en souriant, en dansant avec les spectateurs. Elles n'eurent aucun mal à passer le barrage des videurs qui étaient des mortels. Elles n'eurent qu'à passer entre eux à vitesse vampire et à sauter sur scène.

Ouaouh ! Il faisait chaud, là-haut. Et il y avait beaucoup de lumière. Et de bruit.

Kelsey tira Gwenna derrière le guitariste et se tourna de côté en dansant et en faisant des « oh, yeah, oh, houuu, yeah » au rythme de la musique.

Choristes d'un groupe de rock. Génial.

Gwenna l'imita. C'était plutôt amusant. Le guitariste se retourna et les dévisagea d'un air amusé.

Les videurs se montrèrent nettement moins bienveillants. Gwenna se sentit ceinturée et se demandait si elle allait faire usage de sa force pour se dégager quand un coup d'œil de côté lui révéla un visage des plus familiers.

— Nate ! s'exclama-t-elle en lui faisant signe alors que le videur la soulevait de terre. Quel bon vent t'amène ?

Il ne l'entendait sans doute pas mais elle était ravie de le voir, de voir son si beau visage.

Il n'avait pas l'air de très bonne humeur, pourtant.

Mais pourquoi, enfin ?

Nate se doutait qu'il ne s'éclaterait pas au concert des Empaleurs et qu'il détesterait Slash d'emblée, simplement parce qu'il passait du temps avec Gwenna. Lui aussi voulait passer du temps avec Gwenna. Parce qu'il la voulait. Et qu'il ne voulait pas qu'elle traîne avec d'autres hommes. C'était aussi simple que cela.

Il s'inquiétait également de son imprudence. Elle se trouvait au cœur d'une enquête concernant un homicide et ne semblait même pas s'en rendre compte. À l'évidence, elle ne mentait pas quand elle disait avoir mené une existence plutôt protégée.

C'était pourtant assez difficile à croire quand on la voyait danser et chanter sur scène dans une petite robe de rien du tout.

Il crut d'abord qu'elle faisait vraiment partie des choristes. C'était la seule explication. Sauf quand un videur la saisit pour la faire sortir de scène. Elle y était donc montée sans y être invitée…

Bon sang, mais où avait-elle la tête ?

C'est alors qu'elle le repéra et qu'elle lui fit un grand sourire et un signe de main.

— Nate ! s'exclama-t-elle.

Si elle ajouta autre chose, cela se perdit dans le T-shirt noir du malabar qui n'avait pas perdu de temps pour la balancer sur son épaule et sauter de la scène. Comme il s'apprêtait manifestement à la jeter dehors, Nate intervint.

— Eh, fit-il. Désolé. Elle est avec moi.

Le type le fixa en se demandant visiblement si cela changeait quelque chose.

— Il faut la surveiller un peu mieux, lâcha-t-il en la posant et en la poussant vers lui. Elle est complètement bourrée.

Elle chancela et serait tombée s'il ne l'avait pas rattrapée par le bras. Elle se tordit tout de même le pied, perdit sa chaussure et poussa un cri de douleur qui le contraria.

— Ça ne va pas ? demanda-t-il au videur, à bout de patience. Vous êtes peut-être un gros bras, mais, moi, je suis flic – et vous venez de bousculer ma copine.

— Eh ! Je ne fais que mon boulot. Elle est montée sur scène et je l'en ai fait descendre. Il n'y a pas mort d'homme, protesta-t-il en ouvrant les mains. Si elle reste à sa place, je ne la toucherai pas.

Ce n'étaient pas vraiment des excuses mais le videur ne semblait pas chercher la bagarre, contrairement à lui, alors Nate inspira à fond et hocha la tête.

— Très bien.

Puis il prit la main de Gwenna, qui essayait sans succès de se pencher pour se rechausser sans se casser la figure.

— Allez, viens, ma belle. Tu n'auras qu'à remettre ta chaussure dans la voiture.

— Et Kelsey ? demanda Gwenna en se retournant pour désigner son amie dont il avait fait la connaissance plus tôt dans la soirée et qui se faisait sortir de scène tout comme elle par un autre videur.

— Pff..., qu'est-ce que vous fichiez là-haut, toutes les deux ?

Il ne savait pas trop pourquoi cela le choquait, mais Gwenna était manifestement ivre. Elle avait le regard vague et avançait dans un équilibre plus que précaire.

— Kelsey connaît le groupe, dit-elle comme si cela suffisait à tout expliquer.

— Ne bouge pas.

Il se rapprocha de la scène et procéda comme avec le premier videur, montrant même sa plaque pour que Kelsey ne se fasse pas mettre à la porte de la salle.

Deux minutes plus tard, il avait en face de lui les deux filles à qui il faisait les gros yeux.

— Ne recommencez pas, les réprimanda-t-il.

Aussitôt, il se sentit idiot. Il n'était pas leur père. Et, pour dire la vérité, elles n'avaient l'air ni contrit, ni reconnaissant.

— Ce n'était pas si grave, se défendit Gwenna en articulant exagérément.

— Tu as bu ? lui demanda-t-il alors qu'il connaissait fort bien la réponse.

— Chuis complètement bourrée, confirma-t-elle.

Alexia apparut sur ces entrefaites.

— Oh ! Voilà les deux tiers des Supremes, lança-t-elle. Vous aviez fière allure, là-haut.

— Vous les avez encouragées à monter sur scène ? s'indigna-t-il.

Elle se contenta de hausser les épaules.

— Je ne les ai pas encouragées, corrigea-t-elle, mais je ne pouvais pas non plus les en empêcher. Elles sont adultes.

— Où est Slash ? demanda Nate à Gwenna en forçant la voix pour se faire entendre.

— Il m'a encore posé un lapin, le connard.

Elle avait l'air fâché, mais Nate se sentit plutôt soulagé. Rien ne prouvait que Slash soit coupable du meurtre d'Andrew, mais rien ne prouvait non plus qu'il soit innocent. Et, par principe, Nate n'aimait pas les types qui prenaient l'habitude de donner des rendez-vous à Gwenna.

— Il faut que je te parle. Allons dans un endroit plus tranquille.

— On pourra s'envoyer en l'air, quand on y sera ?

Nate, qui allait lui prendre la main, se figea. Ça, pour être bourrée, elle était bourrée. Mon Dieu ! Derrière lui, Alexia s'étrangla de rire. Nate examina Gwenna. Elle était un peu décoiffée et son rouge à lèvres débordait de sa lèvre inférieure. Cette robe bleue qui révélait son nombril avait remonté sur ses cuisses et glissé de son épaule droite. Les joues rouges, les yeux vitreux, ivre morte, avec déjà une vraie tête de lendemain de fête, elle n'était pas franchement au mieux de sa beauté. Pourtant, quand elle le regarda en battant des paupières, les yeux écarquillés, les lèvres humides et entrouvertes, un peu haletante, les joues et le cou rosis par le désir, il la trouva magnifique.

Elle avait envie de lui, cela se voyait.

Et lui… oh, qu'il avait envie d'elle !

Il avait beau être épuisé au point de se sentir prêt à s'écrouler, certaine partie de son anatomie n'avait aucune difficulté à rester debout devant elle.

— Dès que nous aurons parlé, je suis certain que tu n'auras aucun mal à m'en convaincre, promit-il. Et quand nous aurons fini de nous envoyer en l'air à l'anglaise, nous pourrons baiser à l'américaine.

Ses lèvres roses formèrent un « O » parfait et ses yeux s'agrandirent encore sous l'effet du choc.

Nate n'attendit ni sa réponse ni la colère d'Alexia, qui semblait écœurée et prête à se lancer dans un couplet sur le féminisme. Il tira Gwenna par la main jusqu'à l'autre bout de la salle, dehors, à une rue du club. Il s'arrêta devant une boutique de vêtements, fermée à cette heure tardive, pour la sermonner sur les dangers d'une rencontre avec un membre d'un forum de chasseurs de vampires sur lequel pesaient quand même de lourds soupçons. Mais elle le poussa pour le faire reculer jusqu'à la vitrine.

— Qu'est-ce que…

Elle se plaqua contre lui et trouva facilement son sexe.

— Je ne peux pas attendre une seconde de plus, dit-elle en lui saisissant la tête à deux mains pour lui prodiguer un long baiser brûlant.

Il avait des choses à lui dire. Des choses importantes. Sauf qu'il ne se rappelait pas quoi. En posant les lèvres sur les siennes, elle avait fait voler ses pensées en éclat. Cette façon qu'elle avait de se presser contre lui tout en tenant son érection d'une main ferme et possessive, alors que leurs langues se mêlaient, le faisait respirer de plus en plus fort, envahi qu'il était du besoin douloureux de la prendre.

Lorsqu'elle rompit leur baiser pour lui mordiller la lèvre inférieure, il murmura :

— Gwenna, il faut que nous allions dans un endroit plus tranquille. Chez toi. Mon appartement est trop…

Il s'interrompit quand elle lui mordit la lèvre un peu plus fort et la suça, lui décochant jusque dans le bas-ventre un éclair si violent qu'il dut se soutenir d'une main posée sur son épaule.

— La vache ! Qu'est-ce que tu fais ?

— Je t'ai mordu, expliqua-t-elle d'une petite voix douce et innocente. Tu as très bon goût, Nate.

— Viens, ma chérie. L'hôtel…

L'hôtel était au bout de la rue. Ils pouvaient y aller à pied. Le tout, c'était d'y arriver. Mais, au lieu de bouger, Gwenna lui ouvrait sa braguette pour sortir son sexe. Là. En pleine rue.

Nate regarda autour de lui. Ils étaient à demi cachés dans une alcôve très peu éclairée. Les passants défilaient en flot continu, comme toujours à Las Vegas, mais personne ne faisait attention à eux. Pour l'instant. Il tenta de se raccrocher à sa décision. Mais c'était trop dur, quand elle s'occupait de lui de façon si experte. Elle le tenait par les couilles, littéralement, tout en caressant sa verge, sur toute la longueur, jusqu'au bout, avec des gestes assurés et juste la pression qu'il fallait. C'était incroyable.

N'empêche qu'il la força à arrêter. Et qu'il l'emmena quelques mètres plus loin, derrière un échafaudage bâché installé pour un ravalement de façade. Cela devrait leur permettre d'éviter une arrestation pour exhibitionnisme. La nuit d'avril était fraîche, sans doute, mais Nate s'en rendait à peine compte. Il était en feu. D'ailleurs, bien que sa robe la couvrît à peine, Gwenna non plus n'avait pas la chair de poule.

— Oh, chouette ! Un peu d'intimité, commenta-t-elle avec un sourire coquin.

Songeant qu'il abusait peut-être de son état d'ébriété, il faillit tout arrêter. Sauf qu'elle l'en empêcha, qu'elle l'empêcha de bouger, de parler et même de réfléchir en remontant le devant de sa robe pour lui montrer l'intérieur de ses cuisses. Elle ne portait pas de culotte. Elle prit le sexe de Nate, le passa sur son clitoris et l'introduisit dans sa chaleur humide avant de le faire ressortir pour recommencer à se caresser avec. Oh ! que c'était sexy. Il s'appuya au mur pour se soutenir et se concentra sur sa respiration afin de ne pas éjaculer prématurément. C'était tout ce qu'il pouvait faire pour l'instant.

Gwenna pliait les genoux au rythme du va-et-vient de sa main sur le sexe de Nate. Avec sa robe autour de la taille, elle lui offrait la plus belle des images. Et quand, de sa main libre, elle écarta les boucles blondes de sa toison, il crut défaillir.

Elle l'introduisit en elle et descendit tout du long avec un profond soupir de satisfaction.

— Nom d'un chien, que c'est bon ! fit-elle.

C'était le moins que l'on puisse dire. Nate la prit par la taille et savoura pleinement cet instant.

— Oh oui, ma chérie. C'est mieux que bon. C'est extraordinaire. Tu es extraordinaire.

Puis il donna un coup de reins pour l'emplir totalement, lui tirant un petit gémissement irrésistible. Elle avait rejeté la tête en arrière et il en profita pour caresser du bout de la langue sa poitrine en grande partie découverte. Décidément, cette robe qui découvrait un long ruban de peau de son cou à son nombril lui plaisait énormément.

Gwenna suivait le rythme qu'il imprimait, les mains sur ses épaules, gémissant un peu plus fort à chaque rencontre de leurs deux corps. Ils allaient de plus en plus vite, frénétiques, si glissants, si brûlants qu'elle ne tarda pas à jouir, enfonçant les ongles dans sa chair, se resserrant autour de lui sous l'effet des spasmes du plaisir. Alors il fit un dernier mouvement pour la rejoindre, les dents serrées, et explosa en elle.

Elle se tut et se laissa aller contre lui tandis que les dernières vagues de l'extase roulaient en lui. Puis ils restèrent un moment agrippés l'un à l'autre, en nage, haletants, le visage de Gwenna contre son cœur qui battait à se rompre. Il lui déposa un baiser sur la tempe et desserra son étreinte autour de sa taille. Elle soupira et se blottit un peu plus étroitement contre lui, sans rien faire pour disjoindre leurs deux corps. Et sans que lui ne fasse rien non plus.

Ils n'avaient pas bougé, une bonne minute plus tard, quand le téléphone de Nate sonna dans la poche de son pantalon.

— Merde, maugréa-t-il.

Il n'avait pas envie de répondre, mais son côté professionnel prit le dessus. Et si c'était pour lui annoncer que le rapport d'autopsie d'Andrew Fletcher était arrivé ?

Ce fut d'ailleurs Gwenna qui plongea la main dans sa poche pour sortir l'appareil. Il voulut le prendre mais, au lieu de le lui donner, elle décrocha en souriant.

— Bureau de Nate Thomas, dit-elle d'une voix de secrétaire parfaite. Que puis-je faire pour vous ?

Cela le fit sourire, d'autant qu'elle était ivre et qu'il était encore en elle.

— Un instant, je vous prie. Un certain Jim Connors souhaite te parler, annonça-t-elle en lui tendant son portable.

Nate le prit et se retira d'elle avant de tirer sur sa robe pour la remettre en place. Le micro collé contre sa chemise, il l'embrassa tendrement.

— C'est le boulot, expliqua-t-il. J'en ai pour une seconde.

— Pas de problème, assura-t-elle en le rebraguettant avant de se nicher à nouveau contre son torse.

Il l'enlaça d'un bras et porta le téléphone à son oreille.

— Oui ? dit-il. Qu'est-ce qu'il y a ?

— Où es-tu, bordel ?

— Sur le boulevard, à environ une rue du Caesar's.

Derrière un échafaudage bâché, mais Jim n'avait pas besoin de savoir ce détail. Il regarda le plastique noir battre dans la brise et essaya de se concentrer.

— Tu étais censé aller au concert pour chercher Gwenna Carrick et son petit copain de forum.

— Je me trouve avec Gwenna Carrick en ce moment même.

— Mais tu n'es pas au club.

— Non.

Où voulait-il en venir ?

— Il y a un problème ? voulut-il savoir.

— Un peu, oui ! Rapplique en vitesse. Le patron vient de trouver un cadavre dans les coulisses. La victime est un homme blanc d'une vingtaine d'années, plié comme un origami dans un placard. Les scientifiques et le coroner arrivent.

— Merde, grommela Nate en s'écartant du mur. Tu déconnes.

— Pas le moins du monde. On peut se poser des questions sur la jolie petite blonde, pas vrai ? Qu'est-ce que tu crois qu'elle faisait, ce soir, avant que tu la sautes ?

Cette remarque énerva Nate mais il savait que, à la place de Jim, il aurait pensé exactement la même chose.

— Je suis là dans cinq minutes, promit-il.

Il raccrocha et regarda Gwenna. Elle avait passé toute la soirée avec ses amies. Et elle était ivre. Et tellement douce et adorable. Il était impossible qu'elle ait tué un homme – deux hommes – de sang-froid. Il était prêt à parier sa vie là-dessus.

Sauf que les faits l'obligeaient à ne pas l'écarter de la liste des suspects, quoi que lui souffle son instinct. Elle était inscrite sur le forum. Elle était présente sur le lieu des deux crimes. Elle pouvait très bien feindre l'ébriété. Et il y avait tellement de monde au concert qu'elle aurait pu facilement s'éclipser en coulisses pour tuer quelqu'un. On ne savait pas encore comment Andrew était mort, ni comment il avait été vidé de son sang.

Ce que Nate savait, en revanche, c'est que Gwenna était incapable d'avoir fait une telle chose. Il lui suffisait de la regarder dans les yeux pour voir que c'était une femme aimante et pleine de compassion.

Il la soupçonnait en revanche de lui cacher certains secrets. Et d'en savoir un peu plus que ce qu'elle lui disait sur le forum des chasseurs de vampires.

— Que se passe-t-il ? lui demanda-t-elle d'un air inquiet en lui prenant la main.

— Nous avons un autre cadavre.

— Oh, non… fit-elle en pâlissant. Où ça ?

— Dans les coulisses du concert des Empaleurs.

Dix

Alexia avait l'impression d'être une groupie. Comment s'était-elle laissé entraîner par Kelsey dans les coulisses du concert des Empaleurs ?

— Eh ! Davey ! s'exclama cette dernière en se jetant dans les bras du bassiste aux cheveux noirs. Ça fait un bout de temps !

— Quoi de neuf, Summer ? Tu as l'air en forme, remarqua-t-il avec un grand sourire chaleureux.

Summer ? Alexia avait oublié que, dans les années soixante, Kelsey avait choisi de se faire appeler Summer plutôt que Nancy, son prénom de naissance. Et qu'elle n'était passée à Kelsey que dans les années quatre-vingt.

— Je m'appelle Kelsey, maintenant, tu te souviens ? lui rappela-t-elle.

— Oui, je sais. Mais je n'arrive pas à m'y faire. J'ai aussi entendu une folle rumeur selon laquelle tu te serais mariée…

Qu'est-ce que c'est que cette histoire ?

— Une erreur, avoua-t-elle avec une grimace.

Alexia commençait à s'impatienter un peu, plantée là alors que Kelsey et Davey, le bassiste, s'étaient installés dans un canapé et se donnaient des nouvelles. Elle faisait la moue et semblait au bord des larmes tandis qu'il lui tapotait le genou pour la réconforter. Au moins, elle n'avait pas exagéré en disant qu'ils étaient amis, contrairement à son habitude. Elle croyait que tout un chacun était son meilleur copain – jusqu'à ce qu'il l'ignore ou lui plante un couteau dans le dos. Davey, lui, semblait sincèrement ravi de la voir.

Alexia jeta un coup d'œil à la pièce, qui n'avait vraiment rien d'extraordinaire puisqu'elle n'était meublée que d'un canapé et de quelques fauteuils en similicuir. Puis elle se retint de tousser quand la fumée de la cigarette du guitariste flotta jusqu'à elle. Deux types jouaient aux fléchettes en bavardant. Un autre – le batteur, croyait-elle – était assis dans un fauteuil avec sur les genoux une femme qui portait un caleçon noir orné de petites chauves-souris argentées. Tous les musiciens s'étaient présentés, mais elle avait aussitôt oublié leur nom. Elle n'avait pas non plus particulièrement envie de flirter avec eux, comme le lui avait suggéré Kelsey au moment de passer en coulisses. Elle était donc devenue une femme mariée complètement plan-plan. C'était à peine croyable.

— Vous allez croire que je vous drague, mais… je ne vous ai pas déjà vue quelque part ? lui demanda l'homme à sa gauche.

C'était celui qui avait le crâne presque entièrement rasé, à l'exception d'une longue queue-de-cheval qui partait de tout en haut de son crâne. Il avait aussi un piercing à la lèvre.

Il était grand, ce qui l'irritait, par principe, elle qui était toute petite, parce qu'elle devait pencher la tête en arrière pour le regarder dans les yeux. Mais elle découvrit qu'il avait un très beau regard, bleu clair, sympathique sans être mielleux.

— Il me semble que je me souviendrais de vous si nous nous étions rencontrés, repartit-elle avec un sourire narquois. Mais j'assiste à beaucoup de réceptions politiques, donc il se peut que nous nous soyons croisés quelque part.

Il lui tendait la main.

— Drake, se présenta-t-il.

— Alexia Baldizzi-Carrick, répondit-elle avec une poignée de main énergique.

C'est alors qu'il comprit. Elle le vit sur son visage.

— Oh, merde. Je sais qui vous êtes, maintenant. Vous êtes la femme du président Carrick. Pas étonnant que j'aie eu l'impression de vous connaître. Nous avons joué lors d'un gala destiné à récolter des fonds pour le président avant votre mariage. Mais je suis pratiquement certain que vous étiez là.

— Une petite blonde qui avait l'air de s'ennuyer ? Oui, c'était sans doute moi.

Il éclata de rire.

— Cela ne vous plaît pas d'être première dame ? C'est vrai que la politique, ce n'est pas pour tout le monde.

— Oh, j'aime la politique. J'adore la politique. J'aime la stratégie, les programmes et leur application. Redresser le système judiciaire de la Nation me passionne. Mais n'être que la femme du président lors de toutes ces cérémonies ? Ça, ça ne me plaît pas du tout.

— Je ne pense pas que j'aimerais non plus être la femme d'un homme politique, concéda Drake.

Ce fut au tour d'Alexia de rire.

— Pourtant, je vous imagine très bien en robe de cocktail.

— À condition qu'elle soit noire, renchérit-il en souriant. Vous voulez boire quelque chose? Nous nous déplaçons avec notre bar privé.

— Avec plaisir.

Elle avait bien besoin d'un peu de sang. Tous ces soucis que lui causaient Gwenna et Kelsey l'épuisaient.

— Au fait, désolée pour mes amies qui sont montées sur scène. Voilà ce qui arrive quand on sème ses gardes du corps...

Elle détestait être suivie en permanence par des agents de protection rapprochée. Il y avait des moments où elle avait besoin d'un peu d'intimité. Alors elle se débarrassait d'eux le plus souvent possible, au grand mécontentement d'Ethan. Mais trouver le moyen de leur fausser compagnie était devenu une sorte de jeu.

— Ne vous en faites pas, dit-il en haussant les épaules. Cela nous arrive tout le temps. En général, les videurs se chargent des fans qui montent sur scène. En plus, je savais que Davey connaissait Kelsey. Mais l'autre fille, qui était-ce?

— Ma belle-sœur.

Drake appela le régisseur.

— Eh, Pete, qu'est-ce qu'on a fait de la glacière?

— Je l'ai rangée dans un placard; je vais la chercher.

— Merci. Votre belle-sœur? reprit-il en se retournant vers Alexia. La femme de votre frère ou la sœur du président?

— La sœur du président.

Oups. En voyant Gwenna monter sur scène, elle n'avait pas pensé au mauvais effet que sa petite démonstration pourrait avoir sur l'image du président à la veille de l'investiture. Il allait leur en vouloir, à toutes les deux. Zut. Elle ne valait vraiment rien comme femme de politicien.

— Alexia ! l'interpella Kelsey toujours assise sur le canapé. Je viens d'avoir une idée géniale et Davey est d'accord avec moi.

Houlà.

— Quelle idée géniale ? s'enquit-elle.

— Tu sais que j'ai besoin d'un boulot et tout ça maintenant que je vais divorcer de Rick parce que c'est un vrai connard ?

— Oui.

— Eh bien, je vais entrer dans le groupe ! Je sais jouer du tambourin et faire les chœurs.

Alexia se retint de justesse d'éclater de rire.

— Oh ! Voilà une idée… intéressante.

Mais qui ne devait pas plaire énormément aux autres membres du groupe vu la tête qu'ils faisaient.

— On n'a pas besoin d'une choriste, fit valoir Drake avec un regard appuyé à Davey.

Ce dernier haussa simplement les épaules et leur fit une mimique qui signifiait « Pas de panique, laissez faire » dans le dos de Kelsey.

— On pourrait au moins essayer une répétition, non ? insista-t-il.

Kelsey poussa un cri de joie et lui planta un gros baiser sur la joue tandis qu'il la serrait dans ses bras. Une seconde plus tard, ils s'embrassaient – et pas du tout comme de vieux copains. Davey leva les deux pouces à l'adresse de ses copains tandis que Kelsey enroulait une jambe autour d'une des siennes.

Mouais. En voilà un qui avait une idée en tête.

Drake s'étrangla de rire.

— Il ne recule devant rien, commenta-t-il. Il ne recule vraiment devant rien.

Alexia allait observer que Kelsey non plus quand le régisseur revint sans glacière.

— Qu'est-ce qui se passe ? lui demanda Drake.

Le régisseur semblait prêt à s'évanouir. Il avait le teint terreux et des gouttes de sueur au-dessus de la bouche.

— Drake… dans le placard.

— Quoi ?

— Il y a un mort.

Donatelli attendait impatiemment que Williams dise quelque chose.

— Alors, insista-t-il, qu'est-ce que tu as vu, ce soir ? Où était passée Gwenna ?

Il battait un jeu de cartes assez brutalement sur la table de salle à manger de sa suite.

— Elle est allée à un concert avec Alexia Carrick et Kelsey Columbia.

— C'est vrai ?

Tiens, Alexia recommençait à traîner avec Kelsey ? Bizarre. Cela ne devait pas trop plaire à Carrick. Et il ne devait pas trop se réjouir non plus de voir Gwenna fréquenter Kelsey. Cette fille était un franc-tireur, connue pour faire la fête à outrance. Pas la meilleure influence pour Gwenna, autrement dit, qui était une dame au sens le plus profond du terme.

— Quel concert ?

— Les Empaleurs.

— Qu'est-ce que c'est que ça ?

Il s'était attendu à ce que Williams cite Céline Dion, Elton John ou un orchestre symphonique. Pas un groupe dont il n'avait jamais entendu parler.

— Un groupe de rock dont les membres sont des vampires et font semblant d'être des vampires sur scène pour se donner un genre. Les mortels adorent.

— Un groupe de rock ?

Voilà qui ne ressemblait pas à Gwenna. Elle n'avait pas dû se rendre compte de ce dans quoi Kelsey l'entraînait.

— Pauvre Gwenna… Comment a-t-elle fait ? Elle a dû s'ennuyer à mourir.

— Eh bien… en fait, elle a parlé à pas mal de gens.

— Quels gens ?

Donatelli en oublia ses cartes et regarda sèchement son garde du corps, qui se balançait d'un pied sur l'autre, mal à l'aise.

— Des hommes. Elle a parlé à beaucoup d'hommes. Elle… Hm… elle portait une très jolie robe. Elle était très belle et les hommes semblaient avoir envie de lui parler.

— Bien sûr qu'elle était très belle. Elle est toujours belle. Mais ce n'est pas une raison pour qu'elle se laisse aborder par n'importe qui. J'espère qu'elle les a bien envoyés balader.

— Certains, oui. Mais pas tous. Parfois, je crois que c'est elle qui engageait la conversation. Par exemple, les quatre qui ont sorti leur…

Il s'interrompit en désignant son entrejambe.

— … eh bien je suis pratiquement sûr que c'est Kelsey et elle qui leur ont parlé en premier.

Donatelli sentit le sang se retirer de son visage.

— Des inconnus ont montré leur sexe à ma femme ? Dans un lieu public ? Et tu les as laissés faire ?

— Vous m'avez dit de la surveiller et de vous raconter tout ce qu'elle avait fait. Donc je vous raconte. Elle a descendu je ne sais pas combien de martinis. Et elle courait partout. J'avais du mal à la suivre. Elle a fini par monter sur scène avec le groupe.

Donatelli froissa rageusement une carte en s'interdisant d'exploser. Gwenna ne buvait pas. Tout cela n'avait aucun sens. Et jamais au grand jamais elle n'aurait le culot de monter sur scène pendant un concert de rock. Elle ne s'intéressait pas aux musiciens chevelus.

— Tu plaisantes.

Williams avala sa salive.

— Non, monsieur. Je suis désolé de vous dire que je ne plaisante pas. Elle est montée sur scène et a fait semblant d'être une choriste jusqu'à ce que les videurs la fassent descendre. Puis elle est partie avec un mortel qu'elle semblait connaître.

— Où sont-ils allés ?

— Eh bien… Il l'a mise dans un taxi qui l'a ramenée directement à l'Ava, où elle est montée dans sa chambre.

— Très bien.

Voilà qui était plus le genre de Gwenna.

— Mais…

Williams avait l'air au comble de l'angoisse.

— Mais quoi ?

— Avant qu'elle prenne le taxi, ils… hm… vous voyez…

Il joignit les mains, les détacha, les joignit à nouveau.

— Mais qu'est-ce que tu essaies de dire, enfin ?

Ce n'était pas le moment de jouer aux devinettes.

— Ils ont… enfin, vous voyez. Ils… euh… ils ont eu un rapport sexuel.

Écarlate, Williams transpirait abondamment.

Donatelli fut pris d'un accès de rage si violent qu'il lui brouilla la vue.

— Comment le sais-tu ? C'est censé s'être passé où ?

— Je les ai vus, monsieur, avoua Williams en baissant la tête et en se frottant la lèvre supérieure. C'était dans la rue, derrière un échafaudage. Je les suivais en faisant attention à ne pas les perdre. Je me suis demandé pourquoi ils allaient là et j'ai vu...

De nouveau, il joignit les mains.

— ... contre le mur, précisa-t-il. Puis je suis repassé de l'autre côté de la bâche et j'ai attendu qu'ils aient fini parce que je savais que vous ne voudriez pas que je regarde.

Il n'aurait pas voulu que cela arrive, oui. Et encore moins qu'il y ait un témoin, en effet. Mais Donatelli parla en articulant très précautionneusement.

— Tu es donc en train de me dire que ma femme a eu un rapport sexuel avec un inconnu, dehors, debout contre un mur ?

— Oui, monsieur.

Donatelli se leva lentement. Et, dans une explosion de fureur, il renversa la table.

— Tue-le.

— Monsieur ?

— Trouve qui c'est et tue-le. L'homme avec qui elle était. Je veux qu'il soit mort d'ici à soixante-douze heures.

Personne n'avait le droit de toucher à Gwenna. Si elle ne voulait pas de lui, si elle persistait dans cette ridicule idée de divorce, tant pis. Mais il n'était pas question qu'un autre l'ait.

Gwenna avait très vite dessaoulé après le coup de fil qui avait appris à Nate la découverte d'un autre corps. Elle était rentrée en taxi à l'hôtel et s'était aussitôt mise à son ordinateur. L'important, c'était de se concentrer sur la recherche de la véritable identité des autres membres du forum.

C'était ce qu'elle pouvait faire de plus utile pour aider Nate et faire avancer l'enquête. Son but premier n'était pas de se disculper même si elle se doutait qu'elle devait faire partie des suspects. Après tout, elle était présente sur le lieu des deux crimes et elle participait au forum. Et quelque chose lui disait que, quand on découvrirait l'identité de la nouvelle victime, on s'apercevrait qu'elle aussi en faisait partie.

Pendant qu'elle buvait comme un trou au concert des Empaleurs et avait un rapport phénoménal dans la rue avec Nate, la nouvelle de la mort de Buzzdrew avait envahi le forum. Elle remontait le fil de la discussion pour tenter de déterminer qui avait annoncé la nouvelle en premier et qui savait quoi quand son téléphone sonna.

Un coup d'œil à l'écran lui apprit que c'était Roberto. Si elle ne répondait pas, il rappellerait neuf cents fois. Autant en finir tout de suite.

— Allô ? fit-elle distraitement sans quitter des yeux son ordinateur.

Apparemment, ce n'était pas l'un des principaux animateurs du forum qui avait annoncé la nouvelle de la mort de Buzzdrew. C'était un visiteur qui postait très rarement, et dont l'adresse électronique était dumbfuck69@dumbfuck.com. Ce qui témoignait d'une grande maturité…

— Gwenna, c'est Roberto. Comment vas-tu ?

Il parlait d'un ton plus poli que charmeur. Il ne faisait pas référence à leur mariage, ne l'appelait pas sa femme, ni sa chérie, ni sa beauté, ni son amour. Bizarre.

— Très bien, merci. Et toi ?

Inutile d'être désagréable quand il faisait tant d'efforts.

— Bien, merci. Je m'occupe des derniers préparatifs du bal d'investiture de demain. Ton frère et moi nous sommes réunis cet après-midi. Tu as passé une bonne soirée ?

Gwenna fronça les sourcils. Roberto et elle ne bavardaient jamais. Il commençait à la déstabiliser.

— Tu me vois ravie d'apprendre qu'Ethan et toi êtes capables de mettre de côté vos différends personnels pour le bien de la Nation.

— Il nous semble à tous les deux qu'il serait très positif, en ce sens, que tu acceptes de m'accompagner au bal demain soir.

Zut ! C'était donc là qu'il voulait en venir.

— Roberto, je t'assure que ce n'est pas une bonne idée.

Elle avait peine à croire que son frère soit favorable à ce qu'elle donne le bras toute la soirée à son ex-mari, même si cela pouvait sembler habile sur le plan politique.

— Pourquoi ? Carrick et moi estimons que ce serait un signe d'unité entre nous, que cela nous permettrait de présenter l'image d'un gouvernement solide à nos électeurs.

— Et moi, j'estime que cela ne servira qu'à alimenter les cancans.

Et que cela lui ferait passer à elle une soirée épouvantable. Elle n'avait déjà aucune envie d'y aller seule pour faire poliment la conversation, alors elle se voyait encore moins au bras de Roberto, qui l'exhiberait tel un trophée tandis que tout le monde chuchoterait dans leur dos.

— De toute façon, ajouta-t-elle, je n'ai jamais été un atout pour toi. Je reçois très mal – et tu le sais fort bien : tu me l'as suffisamment reproché quand nous étions mariés.

— Jamais de la vie !

Elle ne put réprimer un reniflement ironique.

— Oh, arrête. Tu commences à devenir grotesque. Tu étais exaspéré par ma timidité, par mon incapacité à commander le personnel de maison et à organiser et superviser tes réceptions. Je me souviens notamment d'un après-midi où tu m'as ordonné de sortir mon nez de mon livre et d'aller secouer la gouvernante comme il seyait à une dame de mon rang – et à ta femme.

Des siècles plus tard, cela lui restait toujours sur le cœur. Roberto l'avait épousée en connaissant parfaitement son caractère et sa personnalité, mais en choisissant de passer outre. Il s'était toujours imaginé qu'elle était telle qu'il souhaitait, ou qu'il pourrait la modeler à sa guise, sans tenir compte de l'évidence. Il souhaitait une femme capable de tenir sa maison d'une main de fer : elle était tout le contraire, heureuse surtout quand elle lisait, seule, dans son boudoir.

— Je ne me rappelle pas avoir rien dit de tel.

Sa politesse commençait à s'effriter et son agacement devenait perceptible.

— Et je n'en reviens pas que tu te souviennes des mots précis, enchaîna-t-il. Pourtant, cela ne devrait pas m'étonner. Tu as toujours tenu le compte très précis de mes méfaits, que j'aie juré à table ou oublié ton anniversaire. Une fois. Une seule fois, je l'ai oublié, et j'ai dû supporter tes larmes pendant deux jours. Tout ce que j'ai toujours voulu, c'était que tu profites un peu de notre vie ensemble. Que tu sois un peu fière de toi et de ta situation, que tu ne te laisses pas dominer par nos employés ou par les autres femmes.

Comme autrefois, Gwenna se sentit insultée par sa critique implicite.

— Oui, tu voulais que je sois plus ferme.

— C'est vrai.

— Mais surtout pas avec toi. Maintenant que je ne me laisse plus faire, ça te rend fou, non ? Désolée, Roberto. J'ai mis le temps, mais j'y suis arrivée, et je ne compte plus me laisser faire.

— Si tu crois y être arrivée en sautant sur la scène d'un concert de rock, tu te trompes. Tout ce que tu as fait, c'est te ridiculiser.

Elle en resta bouche bée. Le… le… elle ne trouvait même pas de mot suffisamment dur pour le décrire.

— Si tu savais ce que je te déteste, parfois, Roberto. Dis-moi que tu n'as pas toujours été aussi salaud. Je te jure, j'ai dû être aveugle ou idiote, pour croire que nous parviendrions à coexister à Las Vegas – non pas amicalement, mais, au moins, en paix.

— Ce n'est pas moi qui cherche la dispute, se défendit-il. Je t'ai invitée à venir au bal avec moi ! Cela ne te prouve pas que j'aimerais être ton ami ?

— Eh bien non ! Cela me prouve soit que tu te sers de moi pour montrer ton pouvoir à mon frère, soit que tu cherches à attirer l'attention sur toi plutôt que sur Ethan demain soir, soit que tu as appris que j'étais allée à un concert ce soir, que cela t'a mis en colère et que tu veux me garder auprès de toi demain pour t'assurer que je ne fasse pas d'autre bêtise, soit que tu es dévoré par l'excitation sexuelle. Ou tout cela à la fois. En revanche, conclut-elle en reculant sa chaise de bureau et en se levant, je suis sûre et certaine que ce n'est pas pour que nous soyons amis et que nous sortions boire un verre ensemble.

— Tu ne te mettrais pas dans une telle colère si tu ne m'aimais pas.

Elle n'avait jamais rien entendu d'aussi absurde.

— Tu es impossible, répliqua-t-elle. Il faut que je raccroche avant de t'étrangler par téléphone.

— Sois prête à dix-huit heures. Je passerai te prendre.

Il ne comprenait rien, ou quoi ?

— Je n'irai pas au bal avec toi ! s'exclama-t-elle.

— Mets du bleu, s'il te plaît. Le bleu te va tellement bien…

— Je n'irai pas.

— À tout à l'heure. Au revoir, mon amour.

Gwenna raccrocha et jeta le téléphone sur son bureau. Ce n'était pas possible d'être aussi têtu.

Cependant, si, parmi les sentiments qu'il lui inspirait, la colère et la frustration tenaient une place importante, pour le moment, c'était la résignation qui dominait. Roberto ne s'en irait jamais. Jamais. Il la suivrait dans l'éternité et la harcèlerait jusqu'à ce qu'elle retourne se terrer dans son château à York, ou dans un autre endroit aussi éloigné où il la laisserait tranquille un siècle ou deux.

Ce qui lui avait semblé si prometteur, et possible – une nouvelle vie, son indépendance, un métier, peut-être même une sorte de relation avec Nate – lui apparaissait soudain comme totalement irréaliste. Quoi qu'elle tente de faire, qui que soit celui qu'elle essaie de fréquenter, où qu'elle aille, Roberto serait là, en personne, ou il enverrait quelqu'un la surveiller. Et il lui rappellerait la fille simple et gentille qu'elle avait été, qui aimait sans condition, et qui avait tout perdu. Elle aurait beau essayer d'avancer vers l'avenir, il la tirerait toujours en arrière, vers le passé. C'était totalement déprimant.

Debout au milieu de la pièce, Gwenna glissa ses cheveux derrière ses oreilles et regarda l'écran de son ordinateur.

Elle payait donc encore l'erreur qu'elle avait faite en épousant Roberto. En lui offrant sa virginité, à dix-huit ans, alors qu'elle était tellement naïve et innocente.

Oui, quoi qu'elle fasse, il la tourmenterait. Alors autant profiter de la vie autant qu'elle pouvait et s'amuser en faisant son possible pour l'ignorer. Peut-être finirait-il un jour par se lasser de son absence de réaction ou par trouver qu'elle n'était plus à son goût, qu'elle était devenue trop franche et trop moderne. En tout cas, elle ne le laisserait pas régir son avenir. Elle s'y refusait absolument.

Elle retourna à son ordinateur et cliqua sur le message de Dumbfuck.

Eh, vous avez entendu la nouvelle ? Buzzdrew, qui venait sur ce forum, est mort... Il s'est fait buter à Vegas et il paraît qu'il a été vidé de son sang. Vous vous rendez compte ? Putain, ça craint trop pour lui... DF

Sa sensibilité était touchante, songea-t-elle avec ironie. Et il ne disait pas comment il était au courant de la mort de Buzz. Dans la mesure où la police n'avait identifié Andrew que dans la journée, il était incroyable que DF ait déjà eu vent de l'affaire. L'information paraîtrait sans doute dans les journaux de samedi – qui ne sortiraient pas avant huit heures. Sur les sites d'information, elle ne trouva que l'évocation du meurtre, à la gare, d'un homme de race blanche. Pas de nom. Et encore moins de référence au forum. Et personne ne semblait au courant de la mort de Buzz avant le post de DF.

Ce qui la rendit très soupçonneuse à l'égard de ce dernier.

FoxyKyle exprimait une telle tristesse dans son commentaire que soit c'était une très bonne comédienne, soit elle était réellement touchée. Elle soulignait combien c'était affreux et combien Buzzdrew était drôle et spirituel. Elle proposait même d'envoyer des fleurs à son enterrement, ce qui pouvait être interprété comme adorable ou comme le geste d'une femme particulièrement calculatrice et manipulatrice.

La réponse de Slash était de la même veine que le message de DF. Du genre « C'est terrible, mais la vie continue ». Rien n'indiquait qu'il se rendait compte que le crime avait eu lieu à l'endroit où il avait donné rendez-vous à Queenie. Ni que Queenie et lui avaient communiqué en privé. Ni qu'il se trouvait à Las Vegas.

Gwenna procéda méthodiquement. Elle dressa la liste des membres qui avaient publié un commentaire, dans l'ordre chronologique. Elle tria ceux qui avaient exprimé de la tristesse et ceux qui s'étaient montrés insensibles ou peu concernés et envoya le tout par courriel à Nate. Puis elle publia à son tour un commentaire au sujet de la mort de Buzz, où elle exprimait sa tristesse et son écœurement, ainsi que son espoir de voir le meurtrier bientôt arrêté, ce qui était la stricte vérité. Elle était horrifiée qu'Andrew ait vu sa vie interrompue à un si jeune âge. Sous son identité de Queenie, elle proposa également de participer à la collecte pour les fleurs. Puis, à la toute fin, elle ajouta :

Est-ce que quelqu'un croit que ça a quelque chose à voir avec ce forum ?

Onze

Nate regardait sa mère et priait pour être capable de se retenir de la traiter de garce insensible, alors qu'ils étaient à la veillée mortuaire de sa sœur. Il se mordit la langue et écouta patiemment la litanie de ses plaintes.

— Qu'est-ce qui t'a pris de choisir ce funérarium ? Il est dans un quartier impossible. Je te jure que j'ai vu des graffiti sur le bâtiment d'en face. C'est tout juste si j'ai osé laisser la Mercedes sur le parking.

Il avait fait ce choix parce que c'était près de chez lui et du poste de police. À ses yeux, les funérariums se ressemblaient tous. Et il ne fallait pas exagérer; le quartier n'était pas si mal famé que cela. Évidemment, il ne se composait pas de maisons à deux millions de dollars, comme l'aurait préféré sa mère.

— Et puis il n'y a pas beaucoup de fleurs, non plus. De toute façon, je ne peux pas dire que j'aime beaucoup cette composition de lis et de gypsophiles. Ce n'est pas le bal du lycée.

Nate avait une barre douloureuse derrière les yeux et l'impression qu'on lui donnait des coups de poignard dans le cœur. Comment cette femme avait-elle pu donner naissance à un être aussi merveilleux que Kyra ? Comment une mère pouvait-elle avoir si peu de chagrin à la mort de sa fille ? Elle semblait se soucier davantage des apparences que du fait que cette dernière ait disparu à jamais. Ils n'entendraient plus jamais son rire. Ils n'assisteraient jamais à son mariage. Ils n'auraient jamais la joie de la voir à son tour donner la vie. Elle était partie. Morte.

Pendant ce temps, leur mère continuait de mener une existence inutile dont le seul but était, lui semblait-il, de l'exaspérer. C'était une injustice qu'il ne comprenait pas et qu'il avait le plus grand mal à admettre.

Cela faisait des heures qu'ils étaient debout à accueillir la famille et les amis venus présenter leurs condoléances et que sa mère ne manquait pas une occasion de lui lancer une pique, de le critiquer sournoisement, de ronchonner et de se plaindre. Ses attaques tapaient sur ses nerfs à vif et il n'en pouvait plus. Soit il allait lui ordonner de la fermer, soit il allait quitter la veillée mortuaire de sa sœur. Il avait tenu bon jusqu'à maintenant en faisant appel à toute sa patience, mais il n'allait pas pouvoir supporter ça une seconde de plus.

C'est alors que, relevant la tête, il vit entrer Gwenna Carrick. Elle portait une robe noire toute simple et s'était fait un chignon. Elle balayait la salle du regard. Lorsqu'elle le repéra, elle le regarda avec tant de sympathie et de compréhension qu'il dut se racler la gorge pour se débarrasser de la boule qui s'y était soudain logée.

Elle vint tout droit à lui, prit ses deux mains dans les siennes et l'embrassa sur la joue.

— Tu tiens le coup ? murmura-t-elle.

— J'ai connu des jours meilleurs..., avoua-t-il sincèrement en serrant affectueusement ses mains.

La voir l'aidait énormément, même s'il ne savait pas trop pourquoi. Était-ce parce que sa compassion était sincère, parce qu'il avait senti son propre chagrin encore si présent quand ils avaient parlé de sa fille ? Était-ce parce qu'elle avait pris la peine de chercher où avait lieu la veillée, alors qu'il ne le lui avait pas dit, et de venir alors qu'elle avait promis d'assister à la grande soirée de son frère au casino ?

Était-ce parce qu'il s'attachait à elle d'une façon qu'il ne comprenait pas tout à fait et qui l'inquiétait un peu ? Quoi qu'il en soit, ce qui était certain, c'était que, auprès d'elle, il se sentait mieux.

— Tu ne nous présentes pas ton amie, Nathaniel ? dit sa mère en lui touchant le coude.

Nate soupira et lâcha une main de Gwenna mais garda l'autre dans la sienne en l'attirant à côté de lui.

— Voici Gwenna Carrick, dit-il. Gwenna, ma mère, Sylvia Thomas, et mon père, Art Thomas.

— Bonjour madame, bonjour monsieur. Toutes mes condoléances.

— Merci. Comment connaissez-vous Nathaniel ?

Ce n'était pas très subtil, mais Gwenna ne releva pas.

— Nous nous sommes rencontrés par un ami commun.

C'était une drôle de façon de décrire leur première rencontre, qui avait eu lieu sur une scène de crime. Au fond, elle était assez diplomate. Sachant que sa mère insisterait jusqu'à ce qu'elle ait obtenu ce qu'elle cherchait, Nate donna un petit coup de coude à Gwenna.

— Tu veux bien nous excuser, maman ? Il faut que je parle à Gwenna en privé.

Sa mère semblait sur le point de protester. Son père ne disait rien, comme d'habitude, et se contentait d'afficher un masque sans expression. Nate s'éloigna, entraînant Gwenna avec lui.

— Merci d'être venue, lui dit-il tandis qu'ils s'éloignaient vers le fond de la salle.

— Je t'en prie. Tu sais combien je suis désolée que tu aies perdu ta sœur.

Oui, il le savait. Il le lisait dans son regard.

— Merci. Tu crois que tu peux rester un quart d'heure ? Je ne peux pas partir avant, mais j'aimerais te voir, rien que quelques minutes. Je sais que tu dois aller à ta soirée, mais on peut peut-être boire un café…

Il voulait être un peu avec elle. Il en avait besoin.

— Bien sûr. Absolument. Je vais m'asseoir, là, dans le fond. Tu n'auras qu'à venir me chercher quand tu seras prêt.

— Merci, dit-il encore en l'embrassant sur le front.

Une demi-heure plus tard, Nate était assis dans le patio derrière sa maison, avec Gwenna. Il dépliait les jambes et ôtait sa cravate.

— Je te promets de ne pas te retenir trop longtemps, dit-il. Je sais qu'il faut que tu y ailles. J'ai seulement besoin d'une minute pour décompresser.

— Ne t'en fais pas, répondit-elle en croisant les chevilles sur sa chaise longue. Cette réception va durer toute la soirée. Personne ne fera attention si je ne suis pas là à vingt heures pile.

Il n'avait rien à dire, en fait, mais il ne voulait pas être seul. La présence de Gwenna le réconfortait et l'aidait à se détendre. Il sentait les muscles de son dos se dénouer un à un. Il savait qu'elle n'allait pas bavarder inutilement, ni lui poser de questions, ni débiter des platitudes, ni se concentrer égoïstement sur elle-même.

Il faisait frais, mais sec. Son jardin était calme, malgré les inquiétudes de sa mère concernant le voisinage. C'était un quartier ouvrier très agréable et il avait la chance d'avoir pu acheter cette maison avant l'explosion de l'immobilier à Las Vegas.

— Comme tu as pu le remarquer, fit-il au bout d'un petit moment parce qu'il avait besoin de l'expliquer, ma mère n'est pas vraiment terrassée par le chagrin.

— Chacun réagit de façon différente face à la douleur.

— C'est vrai. Mais elle ne la sent pas vraiment. Je t'assure que c'est un cas. Mon père est plus sensible. C'est un obsédé du travail qui ne croit qu'à la réussite et au sacro-saint dollar, mais il a tout de même un cœur. Alors que ma mère… Franchement, elle se fiche pas mal de Kyra et de moi. Tout ce qui compte, c'est ce que les gens pensent d'elle, son statut social. Mais elle est incapable d'amour. Et c'est une menteuse pathologique.

Nate devinait qu'il devait avoir l'air un peu geignard mais il avait besoin de vider son sac. Peut-être avait-il aussi besoin que quelqu'un le croie, voie ce que lui voyait si clairement.

— Elle est capable de mentir sur n'importe quoi pour obtenir ce qu'elle veut. Tu sais, quand je t'ai dit qu'elle était partie en Australie parce qu'elle croyait Kyra en rémission ?

Gwenna hocha la tête.

— Eh bien, en fait, je pense qu'elle l'a fait exprès. En sachant que Kyra allait mourir. Comme cela, elle n'avait pas besoin d'affronter le moment de sa mort et, en plus, les gens allaient la plaindre de ne pas avoir été là.

— Mais c'est horrible.

Nate but une longue gorgée de sa bière avant de répondre.

— Oui. Bah, ma mère n'est pas une femme très sympathique, voilà. Tu es sûre que tu ne veux pas une bière ?

— Non, merci.

— Tu ne bois et tu ne manges pas assez, remarqua-t-il en voyant combien elle était mince quand elle s'étira.

D'ailleurs, il ne l'avait pas vue avaler quoi que ce soit.

— J'ai bu largement assez hier soir, lui rappela-t-elle d'un air contrit.

— C'est vrai que tu étais un peu pompette, concéda-t-il avec un petit rire. J'espère que tu n'as pas eu l'impression que je profitais de la situation, dans la rue.

— Mais tu *as* profité de la situation, et tu le sais parfaitement.

Là, il sourit.

— Tu as raison.

Mais elle était tellement enthousiaste… Et puis il était incapable de lui résister.

— Tu devrais avoir honte ! plaisanta-t-elle en lui donnant une tape sur le bras. Mais je suis ravie que tu l'aies fait. J'avais trop envie de toi – et c'était super excitant.

— J'aime bien ta franchise, Gwenna. Je déteste les menteurs et les manipulateurs, les gens qui disent une chose et qui en font une autre. Ce n'est pourtant pas bien dur de dire la vérité, si ?

— Tu vois un peu le monde en noir et blanc, on dirait…

— Sans doute…, admit-il en vidant sa bière. Il est facile de commencer à couper les cheveux en quatre, de juger, de se dire que peut-être ceci ou cela est mal à cause de telle ou telle raison – mais ce ne sont que des justifications. Il y a le bien et le mal, et la plupart du temps nous nous mentons quand nous faisons quelque chose de mal, en essayant ensuite de trouver une raison pour laquelle ce n'était pas si mal que ça. Mais le mal reste le mal.

— Je vois ce que tu veux dire. Alors qu'est-ce qui s'est passé, hier soir ? Qui est la personne qui a été trouvée morte au concert ? demanda-t-elle calmement.

Il ne pouvait pas tout lui dire, mais il pouvait tout de même lui révéler certains faits. De toute façon, la presse n'allait pas tarder à s'emparer de l'affaire. Avec deux meurtres similaires, elle allait commencer à parler de tueur en série.

— Il s'appelait Johnny Walker, lui apprit-il. Et j'ai reçu un coup de fil il y a une heure qui me confirmait que l'examen de son ordinateur, récupéré chez ses parents à Sacramento, montrait qu'il était membre du forum des chasseurs de vampires – sous le nom de Death Angel, ou un truc du genre. Désolé, je ne me souviens pas précisément. J'ai le cerveau cuit.

Cuit, recuit et bouilli.

— Oh, quelle horreur… Mais je ne comprends pas le lien. Pourquoi des membres du forum ? Et puis, si Johnny n'était pas de Vegas, que faisait-il là hier ?

— C'est la question à un million de dollars. Ne t'en fais pas, je suis bien décidé à résoudre ce petit puzzle – et quelques autres. Nous allons attraper notre assassin. Il fait partie du forum. Il ne nous reste plus qu'à le trouver. Et, ajouta-t-il en se tournant vers elle, grâce à toi, nous allons y arriver plus vite. Merci de m'avoir fait suivre tous les noms et tes idées.

Elle se mordilla la lèvre.

— Je t'en prie. C'est le moins que je puisse faire. Et, tu sais, Nate, je trouve très bizarre que Slash ait été là les deux fois – ou du moins qu'il ait évoqué les deux endroits – où un corps a été découvert. Je ne le sens pas trop.

— Moi non plus.

Ils restèrent silencieux quelques instants. Nate se demandait s'il était mal de revoir Gwenna. Il en avait envie. Il éprouvait un besoin intense, anxieux, de ne pas la laisser partir sans savoir qu'ils se reverraient – et quand. Non pas en tant qu'enquêteur et témoin, mais en tant qu'homme et femme. Il était en train de tomber raide amoureux d'elle. Étaient-ce les circonstances, sa façon de le regarder avec ses grands yeux bleus débordant de compassion ou l'alchimie exceptionnelle qui les unissait physiquement ? Toujours est-il qu'il était fichu.

Mais était-ce une bonne ou une mauvaise chose ? Mystère.

— Il faut que je te laisse partir, remarqua-t-il.

— Oui, sans doute, confirma-t-elle en soupirant et en faisant un mouvement pour se lever. Tu sais, j'aime beaucoup ta maison et ton jardin. Ils sont parfaits, non ?

Il y avait deux chambres, une salle de bains, un tout petit jardin rectangulaire. L'idéal, pour lui. Si c'était plus grand, il ne pourrait pas suivre au niveau entretien et ménage.

— Ils me conviennent.

— Quand j'étais mariée avec Roberto, nous avions une énorme villa en Italie et une autre maison à Londres. Plus prétentieuses et inconfortables l'une que l'autre. J'aime beaucoup mieux la tienne.

— Merci.

C'était drôle. Elle venait du monde dans lequel sa mère faisait tout pour entrer. Pourtant, Gwenna, elle, semblait n'avoir qu'une envie : s'en éloigner.

— Ton ex te laisse tranquille, ces jours-ci ?

Elle haussa les épaules.

— Non. Il va être à la réception de ce soir. Il n'est pas très content que j'aie refusé d'être sa cavalière.

— Il faut peut-être que tu fasses le nécessaire pour obtenir une injonction.

Ou alors que Nate lui dise deux mots…

— Oh, ce n'est pas nécessaire, assura Gwenna en se levant. Je t'ai déjà dit que Roberto ne me ferait jamais de mal et que je ne gagnerais rien à l'énerver. C'est comme ça.

— Je pourrai te revoir ? lâcha-t-il d'un coup, soudain terrifié à l'idée que ce soit fini. Demain soir, comme prévu.

Mais elle lui sourit.

— Ce serait génial. Et je viendrai aux obsèques. Je ne vais pas te laisser affronter cette épreuve tout seul, tu sais.

Cela le toucha au cœur. Il voulut se lever mais elle l'en empêcha en se penchant sur lui et en saisissant le bout de sa cravate.

— Tu me plais bien, tu sais, dit-elle avant de l'embrasser longuement.

Dieu sait que c'était réciproque.

Il ne fallut pas trois minutes à Roberto pour la repérer quand elle arriva au bal d'investiture. Elle eut à peine le temps d'embrasser son frère sur la joue et de le féliciter publiquement pour sa réélection avant que Roberto fonde sur elle. Il était furieux, elle le savait. Il croyait qu'elle l'attendrait, à dix-huit heures précises, vêtue d'une robe bleue.

Sauf qu'il était vingt et une heures trente, qu'elle était parvenue à lui échapper et qu'elle était en noir. Et force lui était d'avouer que tout cela l'enchantait.

— J'ai deux mots à te dire, murmura-t-il après l'avoir saluée très aimablement pour la galerie. Allons au bar.

— Non, merci. Je n'ai pas soif.

Elle fit un sourire poli à un homme d'âge moyen qu'elle reconnaissait vaguement. Le président de la Commission de conservation des morts-vivants ? Elle n'était pas certaine. Décidément, elle ne suivait pas trop la politique.

Roberto poussa un soupir exaspéré.

— Ne sois pas impertinente.

— Qui, moi ? fit-elle avec un grand sourire en le regardant droit dans les yeux. Mais jamais je ne me permettrais…

— Pourquoi ne m'as-tu pas dit que Brittany avait accouché ?

Ah, c'était donc cela…

— Ce n'était pas à moi de le faire.

— C'est ma fille. Et ce bébé est ma petite-fille.

— La pauvre…

Oups ! Elle avait dit cela tout haut ?

Roberto s'empourpra; cela ne lui allait pas du tout.

— Tu es complètement incontrôlable.

— Et ce n'est pas à toi de me serrer la bride.

Mais il s'était déjà retourné vers la porte.

— Non mais quel culot !

L'irritation dont il faisait preuve à l'égard de Gwenna avait fait place à une haine froide et calculée.

Elle frémit. Elle était habituée à son impatience, à son côté autoritaire, à son exaspération. Mais, là, son visage s'était transformé, durci, et sa colère avait quelque chose d'effrayant.

— Je vais le tuer, dit-il.

— Qui ?

Elle se tourna vers la porte, inquiète de ce changement.

— Rick Columbia. Il a complètement planté la dernière mission que je lui ai confiée, m'a volé pour deux mille dollars d'héroïne, et voilà qu'il a l'audace de se pointer ici ! Il faut que le service de sécurité le fasse sortir. Ensuite, je le tuerai.

Le fait que Roberto ait admis avoir de l'héroïne en sa possession montrait à quel point il était furieux. D'ordinaire, il restait toujours vague sur ses affaires. Du temps où ils étaient mariés, il disait qu'il était dans le commerce sans préciser davantage. Gwenna avait toujours su qu'il faisait de la contrebande mais préférait croire que ce n'était pas vrai. Aujourd'hui, elle en avait honte. Maintenant, à l'évidence, il était passé au trafic de drogue. Ethan était-il au courant ? La politique et les activités illégales ne faisaient pas bon ménage.

Un agent de sécurité s'était déjà approché de Rick, qui avait l'air défoncé et à moitié endormi. Il donnait la main à une femme qui n'était manifestement pas Kelsey. Celle qui l'accompagnait était grande, fascinante, exotique en diable. Le genre qui faisait tourner la tête des hommes et rendait les femmes vertes de jalousie quand elle entrait dans une pièce, chic et distante. Gwenna elle-même devait bien s'avouer un peu irritée par l'assurance de cette femme qui balayait calmement la pièce du regard sans se laisser troubler par les gardes du corps qui grouillaient autour d'eux.

— Qui est cette femme, avec lui ?

Il y avait chez ce couple quelque chose qui lui donnait la chair de poule, à tel point qu'elle saisit le bras de Roberto pour se protéger. C'était dire.

Il se plaça devant elle.

— Va trouver ta belle-sœur, lui conseilla-t-il. Je pense qu'il serait raisonnable que vous vous retiriez aux toilettes un petit moment.

— Pourquoi ?

— C'est Sasha Chechikov, la femme de Gregor.

— Le candidat qu'Ethan a battu ?

— Exactement.

— Que fait sa femme ici avec Rick ? Ce n'est pas une mortelle ?

— Si. Quant à savoir ce qu'elle fait là… voilà une question très intéressante, ma chère, et dont j'ignore la réponse. Allez, va-t'en, Gwenna, conclut-il avec un regard dur et autoritaire.

Si elle n'avait pas été troublée pour des raisons qu'elle ne comprenait pas très bien, elle l'aurait envoyé sur les roses. Sauf que cela n'en valait pas la peine, pour cette fois. Elle n'avait aucune envie de rester, d'ailleurs. Elle avait fait son devoir. Elle s'était montrée et elle avait embrassé son frère. Maintenant, elle n'avait qu'une envie : s'en aller.

En se retournant, elle faillit rentrer dans deux femmes qui regardaient vers la porte en chuchotant.

— Je n'en reviens pas que Kelsey se soit mariée avec lui, disait la brune en secouant la tête et en tripotant son pendentif en diamant.

— Bah, tu sais, depuis qu'elle a été vidée de son sang et laissée pour morte, elle est un peu dingue. Enfin, elle l'était déjà avant, mais, depuis, ça s'est aggravé. Tu sais qu'on raconte que c'est Donatelli qui a fait le coup…

Celle qui avait les cheveux blonds et bouclés se tut en voyant que Gwenna la regardait fixement.

— Ça va ? lui demanda-t-elle. Vous êtes un peu pâle.

— Pardon... J'ai sauté plusieurs repas. Je me sens un peu faible.

— Allez prendre quelque chose au bar, lui conseilla-t-elle. C'est par là.

— Merci.

Gwenna se dépêcha de filer. Roberto ne pouvait pas avoir vidé Kelsey de son sang, tout de même... Non, elle ne pouvait pas le croire aussi cruel. Et puis Ethan lui aurait certainement fait part de ses soupçons. Sauf qu'il semblait la croire incapable d'encaisser les vérités désagréables; c'était pourquoi il la protégeait tant. Au fond il n'était pas impossible que ce soit Roberto qui ait laissé Kelsey pour morte.

Cela mis à part, la conversation suggérait aussi une théorie possible pour les meurtres des membres du forum.

Elle se dirigea vers le balcon en se faufilant entre les vampires jeunes et vieux, en souriant, en faisant des signes de tête, en saluant ceux qu'elle connaissait. Une fois sortie dans la fraîcheur de cette nuit de printemps, elle prit son téléphone dans son sac. Puis elle s'écarta un peu d'un couple très amoureux qui partageait une cigarette et échangeait des regards de braise et composa le numéro de Nate en espérant qu'il ne soit pas déjà au lit.

— Allô ?

— C'est Gwenna. Je peux te poser une question ?

— Bien sûr.

— Comment ces garçons sont-ils morts ? Tu le sais ?

— Strangulation. Puis ils ont été vidés de leur sang, on ne sait pas trop comment. En principe, cela ne se fait pas très proprement.

— Ils n'avaient pas de marques de piqûres à la base du cou, par hasard ?

Nate se tut un instant avant de lâcher simplement :

— C'est possible.

— Oh, mon Dieu…

Gwenna se posa la main sur les yeux et se laissa aller contre le mur.

Il n'y avait qu'une explication à ce qui se passait.

Elle n'était pas le seul vampire membre du forum qui faisait semblant d'être mortel.

Et l'autre était un assassin.

Douze

— À quoi penses-tu, Gwenna ? lui demanda vivement Nate.

Elle ne pouvait pas davantage se résoudre à lui mentir qu'à lui révéler toute la vérité. D'autant qu'ils avaient le même but : attraper le meurtrier.

— Je crois que l'assassin est un membre du forum, chuchota Gwenna pour ne pas être entendue du couple à quelques pas d'elle.

— Oui, c'est pratiquement certain puisque c'est le seul lien entre les deux victimes et qu'elles ont été tuées de la même façon.

— Et je pense qu'il cherche à donner l'impression que c'est un vampire qui les a tués.

— O.K.

Elle entendit un bruit de fond puis le sifflement d'une cannette qu'on ouvrait.

— Nous avons donc affaire à un tueur en série qui joue la comédie, ajouta-t-il.

Il lui manquait des éléments.

— Non. Nous avons affaire à un tueur en série qui se rend compte que tuer les membres d'un forum de chasseurs de vampires en faisant comme si un vampire était l'auteur des meurtres va pousser les chasseurs à l'action et à la vengeance. Donc à tuer un vampire avant – dans leur esprit – qu'un autre chasseur soit tué.

Elle aurait dû le comprendre plus tôt. C'était une stratégie très brillante. Certains des chasseurs militaient pour un passage à l'acte, une attaque à grande échelle contre les vampires. Évidemment, ce genre de fait divers ne pouvait qu'ajouter du crédit à leur doctrine selon laquelle les vampires étaient des êtres dangereux qu'il fallait éliminer tout de suite.

Nate se tut un petit moment. Puis dit :

— Tu rigoles, non ? Les membres du forum… ils ne prennent quand même pas ces conneries au sérieux, si ?

Gwenna fixait le Strip, ce décor artificiel qu'était Las Vegas où tout était fait pour ressembler à autre chose, où tout le monde cherchait à oublier la réalité.

— Pas tous. Mais, certains, si. Ils les prennent même *très* au sérieux.

— Et toi, qu'est-ce que tu fais sur ce forum ? Tu es une fan de Buffy, ou quoi ?

— J'aime observer les gens, expliqua-t-elle.

Elle entendit Nate boire une gorgée.

— Tu ne crois quand même pas vraiment aux vampires, si ?

S'il savait qu'elle assistait au bal d'investiture du président de la Nation vampire, dont un bon millier d'électeurs morts-vivants fêtaient en ce moment même la victoire... Voilà qui viendrait un peu ébranler sa vision manichéenne du monde.

— Ce que je crois n'a pas vraiment d'importance. Ce qui compte, c'est que quelqu'un y croit, ou sait que d'autres y croient.

— À ton avis, pourquoi Slash a-t-il pris contact avec toi et t'a-t-il donné rendez-vous justement là où on a trouvé les deux corps ? Si tu as une idée, n'importe laquelle, j'ai vraiment besoin de savoir.

— Je ne sais absolument pas pourquoi Slash m'a fixé ces rendez-vous. Du reste, c'est moi qui l'ai contacté la première en message privé.

Elle se retourna et vit que la soirée battait son plein. Les gens dansaient, les serveurs passaient des plateaux de flûtes de sang, les rires fusaient. Les vampires savaient pourquoi ils avaient besoin de rester ensemble, unis, organisés pour se protéger et prospérer.

— Non, poursuivit-elle. Je ne vois rien à ajouter. Je t'ai tout dit.

Du moins tout ce qu'elle pouvait. Elle en éprouva soudain une profonde tristesse. Elle avait été intime avec Nate, ils avaient tout partagé – leur corps, son chagrin à lui, sa colère à elle contre Roberto. Pourtant, leur relation serait nécessairement brève, fugace. Nate était mortel alors qu'elle vivrait éternellement. Il ne croirait jamais ce qu'elle était et elle n'avait pas envie d'essayer de le convaincre. Elle n'avait pas envie de voir s'éteindre cette lueur d'admiration et de désir dans son regard.

Or soit il la prendrait pour une folle, soit il la croirait, ce qui serait pire encore. Les mortels avaient toutes sortes de réactions bizarres face aux vampires, y compris une intense obligation morale de les tuer – une vraie prouesse – ou le désir de partager leur don d'immortalité. Gwenna ne voulait rien voir de tout cela chez Nate. Elle voulait que leur relation demeure telle qu'elle était, une amitié grandissante mêlée d'une irrépressible attirance physique.

— Il nous faudra une ordonnance du tribunal pour remonter de l'adresse électronique de Slash à sa véritable identité via son fournisseur d'accès, si nous ne trouvons pas d'autre solution. Il risque de nous falloir des semaines pour trouver qui c'est.

— Et si j'essayais encore de lui donner rendez-vous ?

— Non. C'est bien trop dangereux.

— Je pourrais le rencontrer avec ta protection, suggéra-t-elle.

Elle n'avait pas peur du tout de se faire tuer. Il aurait fallu un mortel d'une force exceptionnelle pour la maîtriser et la décapiter.

— Sauf que, chaque fois que vous avez rendez-vous, il te pose un lapin. Je crois qu'il joue avec toi, Gwenna, et ça ne me plaît pas du tout.

À elle non plus, pour tout dire.

— Ça vaut tout de même la peine d'essayer, insista-t-elle.

— Non.

— Si.

Zut, à la fin. À la télévision, la police envoyait toujours des civils comme appâts. C'était une très bonne idée; pourquoi ne s'en rendait-il pas compte ? Soudain, elle comprit qu'elle s'entêtait par esprit de contradiction, parce que Nate prenait le contrôle de la situation, comme Roberto. Comme Ethan.

Mais il se contenta de soupirer.

— On peut éviter de se disputer à ce sujet, s'il te plaît ? Il faut vraiment que j'essaie de dormir… on pourra parler de tout ça demain ?

Ouille ! Peut-être avait-elle tiré des conclusions un peu rapides. Il n'était pas comme son frère ni comme son ex. Il venait seulement de passer deux jours horribles. Inutile d'ajouter encore à son stress.

— Oui, bien sûr. Passe une bonne nuit. À demain.

— Oui, fit-il dans un soupir. Merci, Gwenna. Bonne nuit.

— Dors bien, Nate.

Elle raccrocha et regarda un moment le téléphone dans sa main, le cœur gonflé d'une chose qu'elle était presque sûre de ne pas devoir s'autoriser.

Elle était en train de tomber amoureuse de lui.

À son âge, elle aurait pourtant dû savoir qu'il ne fallait pas. Mais cela ne semblait pas compter. Elle avait envie d'être auprès de lui, de le consoler, de lui faire un sandwich – ce qui était particulièrement risible car cela faisait bien neuf cents ans qu'elle n'avait pas touché un morceau de viande. De l'aimer.

Elle fourra son téléphone dans son sac et rentra dans la salle. Elle avait besoin d'un verre.

Nate était empli de respect, et de reconnaissance, pour Gwenna Carrick. Cela faisait à peine trois jours qu'ils se connaissaient et elle l'avait bluffé. Elle avait passé toute la journée du dimanche auprès de lui – à la messe d'enterrement, au cimetière, à la réception qui avait suivi. Elle ne l'avait pas quitté, lui apportant un soutien discret mais sans faille.

Pourrait-il un jour lui dire ce que cela représentait pour lui, combien il appréciait qu'elle ait ainsi sacrifié sa journée pour assister à une cérémonie difficile et triste, en mémoire de quelqu'un qu'elle n'avait pas connu ? Combien il lui était reconnaissant du tampon qu'elle avait créé entre lui et sa mère ? Grâce à la présence de Gwenna, il avait pu se tenir droit et s'appliquer à offrir à sa petite sœur le dernier hommage qu'elle méritait, elle qui avait été un être si bon et si aimant.

Maintenant, il était épuisé, vidé mentalement. Mais il avait tenu le coup jusqu'au bout et il allait s'en sortir. Le pire était passé. Il pouvait se ressaisir, faire son deuil, remonter la pente. Cependant, pour commencer, il fallait qu'il trouve comment dire merci à Gwenna.

Ils étaient assis dans sa voiture, devant le funérarium, après la cérémonie, parce qu'elle avait laissé la sienne chez lui. Cela lui faisait bizarre de la voir conduire ce gros SUV Lexus, mais elle lui avait expliqué qu'il appartenait à son frère. Pour le moment, elle attendait manifestement qu'il démarre ou qu'il dise quelque chose, mais il se sentait incapable de prononcer un mot.

Les mains crispées sur le volant, il cherchait comment exprimer ce qu'il ressentait. Sa reconnaissance, le bien que lui faisaient sa présence et son réconfort. Et aussi qu'il était en train de tomber amoureux d'elle. Mais il avait peur que ce ne soit pas réciproque ou qu'elle lui dise que c'était le stress qui provoquait cette attirance, que, dans des circonstances normales, ils ne se seraient même pas regardés.

C'était peut-être vrai, mais qu'est ce que ça pouvait faire ?

Il se tourna vers elle. Elle lui sourit et lui posa la main sur le genou. Au lieu de dire ce qu'il avait vraiment envie de lui dire, il remarqua :

— Tu n'as rien mangé, à la réception, si ?

Elle se rembrunit un peu.

— Si, j'ai pris un sandwich.

— Je ne t'ai pas vue.

Il était près de quatre heures de l'après-midi et il aurait juré qu'elle n'avait rien avalé. Pas étonnant qu'elle soit si pâle et si mince. Pourtant, il ne lui trouvait pas l'air maladif. Elle avait le teint clair et frais, les joues roses, des courbes là où il fallait. N'empêche que ne jamais la voir manger ni boire commençait à intriguer son côté détective.

— Rentrons. On pourra s'arrêter sur le chemin acheter quelque chose à manger si rien de ce qu'il y avait pour déjeuner ne te tentait.

— Nate, j'ai mangé. Tout va bien, crois-moi.

N'empêche qu'elle évitait son regard. C'était très mauvais signe. Souffrait-elle de troubles du comportement alimentaire ? Il n'était pas psy mais il lui semblait que Gwenna pouvait être du genre à enfouir ses sentiments et à les gérer d'une façon qu'il ne comprenait pas. Sa fille, son ex-mari, le fait qu'elle n'ait pas un travail pour lui changer les idées : les raisons qu'elle soit stressée et un peu détraquée ne manquaient pas.

— Qu'est-il arrivé à ta fille ? lui demanda-t-il de but en blanc.

Il manquait de tact, sans doute, mais il était fatigué et soudain inquiet pour elle.

Elle ouvrit de grands yeux.

— Isabel ? Elle est morte.

Elle regarda par la fenêtre côté passager en se mordillant la lèvre.

— Je suis désolé. Je n'aurais pas dû aborder le sujet… mais je me demandais comment c'était arrivé. J'imagine que la journée d'aujourd'hui a dû te rappeler de mauvais souvenirs.

— Cela fait longtemps que ma fille est morte, dit-elle d'une voix basse et triste, les épaules raides.

Elle était trop jeune pour que cela fasse vraiment longtemps, songea-t-il. Mais, à l'évidence, elle n'avait pas envie d'en parler.

— J'imagine que l'on ne se remet jamais vraiment d'une telle perte.

— Non, confirma-t-elle en secouant la tête. En effet.

— Elle était malade ?

Nate ferait mieux de se taire, sans doute, c'était sorti tout seul.

— Non. Elle était même en pleine santé. Elle a eu un accident. Un accident aussi horrible qu'inattendu. C'est arrivé dans notre château en Angleterre. Elle… elle est tombée sur une épée.

— Une *épée ?* Mon Dieu.

Nate se plaqua une main sur la bouche, et, de l'autre, prit celle de Gwenna.

— Oh, je suis désolé. Je n'aurais pas dû en parler.

Il s'en voulait vraiment. Une épée. Seigneur. L'image lui donnait la nausée.

Pourtant, Gwenna lui fit un petit sourire.

— Ça va, Nate, assura-t-elle. En fait, dans l'ensemble, je m'en suis sortie. J'ai fait une sorte de dépression, juste après, et la douleur, le chagrin m'ont fait changer pour toujours. N'empêche que je suis toujours là et que je ne suis pas devenue folle. Je mène une vie normale. J'ai vécu le pire, mais je me suis retrouvée. Pour la première fois depuis une éternité, je contemple l'avenir avec un certain plaisir.

— C'est bien, dit-il en serrant fort sa main. Je suis heureux de l'entendre.

Ce n'était pas un commentaire très profond ni très poétique, sans doute, mais c'était ce qu'il ressentait.

— Alors, tu veux rentrer chez toi et qu'on se retrouve ce soir ou tu veux m'accompagner chez mon amie Brittany ? Elle est rentrée de la maternité avec son bébé et je voulais lui rendre une petite visite, voir si elle avait besoin de quelque chose.

Rentrer seul chez lui ou rester avec Gwenna ? Le choix était vite fait.

— Je serai ravi de t'accompagner, répondit-il en démarrant. Où habite-t-elle ?

Quand il s'agissait de prendre la mauvaise décision, on pouvait toujours compter sur Gwenna. Ou alors, elle n'avait vraiment pas de chance.

Toujours est-il que, par une ironie du sort, elle arriva chez Brittany et Jean-Baptiste pour voir la petite Ava tandis que Roberto était confortablement assis au salon en train de bavarder avec eux.

Brittany l'avait prévenue en lui ouvrant la porte en murmurant :

— Donatelli est là.

Et elle avait jeté un regard interrogateur à Nate.

Cependant, lorsque Gwenna avait proposé de revenir plus tard, Brittany avait écarté sa suggestion d'un geste et Nate avait répondu :

— Ton ex-mari est là ? Oh, mais je serai ravi de le rencontrer. Nate Thomas, ajouta-t-il en serrant la main de Brittany. Je suis ravi de faire votre connaissance. Et toutes mes félicitations; Gwenna me dit que votre petite fille est superbe.

— Oh, merci mille fois ! Brittany Corbin, se présenta-t-elle à son tour avant de sourire à Nate et de leur faire signe d'entrer. D'où arrivez-vous, tous les deux ? Vous êtes bien chics…

— D'un enterrement, répondit Nate.

— Oh, je suis désolée, fit Brittany. Eh bien, je suis heureuse que vous ayez pu passer. Désolée que vous tombiez sur lui. Je ne savais pas… Tu sais comment il est, ajouta-t-elle en faisant un signe de tête en direction du salon. Il n'est pas plus facile à arrêter qu'un train en marche.

— Crois-moi, je le sais mieux que personne, assura Gwenna en croisant les doigts pour que Brittany comprenne que Nate était mortel.

Heureusement, fille de Roberto et d'une mère mortelle, elle avait un instinct assez sûr quand il s'agissait de distinguer les vampires des mortels.

Restait à espérer qu'elle ne fasse pas de gaffe devant Nate. Elle aurait mieux fait d'appeler avant de passer, songea-t-elle, anxieuse, en suivant Brittany. Elle avait été très mal inspirée d'improviser ainsi. Mais elle voulait éviter à Nate de rentrer seul chez lui et l'alternative – aller manger un morceau – était hors de question puisqu'elle n'avalerait rien et qu'il semblait déjà la soupçonner d'anorexie.

Sauf que, maintenant, elle s'apprêtait à se fourrer dans elle ne savait quel guêpier.

— Il vaudrait mieux que nous passions une autre fois, plaida-t-elle.

— Mais nous sommes déjà là, objecta Nate dont le regard étincelait.

Il était visiblement prêt à en découdre avec Roberto.

En théorie, l'idée de deux hommes se battant pour elle avait quelque chose d'assez sexy. Dans la réalité, c'était surtout gênant.

D'autant que Roberto ne fut pas long à ouvrir les hostilités. À peine les présentations faites, il posa un regard méprisant sur Nate et remarqua :

— Ah, c'est vous le dernier gigolo de Gwenna ? Que faites-vous, dans la vie ? Flic ? Pompier ? Ouvrier du bâtiment ? Elle est plutôt du genre maçon, ces derniers temps.

Elle n'aurait pas été plus choquée s'il s'était déculotté pour se mettre à danser nu dans le salon.

— Roberto ! s'indigna-t-elle.

Le plus stupéfiant, c'était qu'elle puisse encore être surprise par ses réactions. S'il voulait l'embarrasser ou détruire sa relation avec Nate, il ne reculerait devant rien pour y arriver. Et c'était un habile stratège. Au lieu de jouer les ex-maris jaloux, ce qu'il était, il la faisait tout simplement passer pour une traînée. L'ordure. Le fumier.

Mais Nate ne sembla pas particulièrement choqué ni écœuré. Il ne s'écarta pas d'elle, ne lui signifia pas qu'il faudrait qu'elle trouve un autre chauffeur pour la ramener récupérer sa voiture chez lui. Il se contenta de regarder Roberto dans les yeux et de répondre :

— Je suis flic, et, en effet, je suis son petit ami. Vous, vous devez être ce connard d'ex-mari dont elle se plaint tant. Celui qui n'a rien de mieux à faire que de se ridiculiser en appelant son ex-femme dix-sept fois par jour.

Aïe. Le visage de Roberto prit la couleur d'une aubergine. Il avait aussi un tic à l'œil gauche, ce qui n'annonçait rien de bon. Gwenna prit le bras de Nate. Il était grand temps de partir.

— Bon, eh bien maintenant que les présentations sont faites…, intervint Brittany avec un grand sourire, qui veut prendre le bébé ?

Jean-Baptiste, lui, semblait exaspéré par tout le monde. Et il n'avait manifestement aucune envie de lâcher sa fille. Il ne fit cependant aucune difficulté quand Nate répondit :

— Moi, j'aimerais beaucoup.

Après lui avoir fait mille recommandations sur la façon de tenir la tête d'Ava et l'attention à apporter à sa fontanelle et à la cicatrice de son cordon ombilical, il le surveilla d'un air méfiant pendant qu'il l'installait dans ses bras. Mais Nate semblait savoir ce qu'il faisait et être tout à fait à l'aise. Il sourit au nouveau-né.

Gwenna ne s'attendait pas au coup que cette image lui porta au cœur. Ni à la vague de désir tout à fait déplacée qu'elle fit monter en elle. Elle ne devrait pas avoir envie de Nate Thomas alors qu'elle se trouvait en présence de son ex-mari et d'un nourrisson. Nate fit une petite mimique à Ava et lui déclara, d'une voix chantonnante :

— Oh oui, tu es jolie. Très très jolie. Tu es tout à fait ravissante.

Et voilà que cela la reprenait. Cet homme était capable d'arrêter des criminels, prenait soin des femmes et des enfants, voulait casser la figure à son ex-mari et, au lit, était une affaire. Comment résister ?

Brittany le considérait avec un amusement satisfait et Jean-Baptiste se détendait. Roberto avait l'air d'avoir avalé tout rond un œuf dur. Mais Nate l'ignorait ostensiblement et semblait sous le charme de la petite Ava. Quant à Gwenna, elle était sous le charme de Nate et se prenait à rêver qu'une météorite frappe Roberto. Ce n'était pas la première fois que cela lui arrivait. En revanche, ce que lui inspirait Nate était si nouveau, si inattendu, si rafraîchissant dans sa morne existence qu'elle ne savait pas comment réagir.

Car elle ne voyait vraiment qu'un seul défaut à Nate : il était mortel. C'était plus qu'un problème – c'était une catastrophe. Et il ne fallait pas qu'elle l'oublie, surtout après l'amour, quand elle se voyait bien passer une décennie ou deux nue avec lui.

— J'aimerais te dire deux mots, Gwenna, dit Roberto en se levant.

Le moment n'était pas pire qu'un autre.

— D'accord.

Elle aurait volontiers refusé mais elle ne voulait pas d'une confrontation entre Nate et lui, et elle ne voulait pas non plus que Roberto efface tous les souvenirs de Nate, ce dont il était bien capable. Ce serait tellement dommage qu'il ne se souvienne pas de leurs ébats sur la table de massage… Du reste, en se donnant un peu de mal, elle parvenait à lire dans les pensées de Roberto. Et, pour le moment, elle le sentait plus blessé qu'en colère de la voir avec un autre homme. Cela la rendit un peu indulgente.

Sans doute n'apprécierait-elle pas non plus de voir Roberto avec une autre femme. Euh… sauf que cela lui était déjà arrivé. Des dizaines de fois. Y compris alors qu'ils étaient encore mariés.

Sa sympathie se volatilisa aussitôt, avec sa patience et sa politesse.

— Tu sais quoi ? En fin de compte, j'ai changé d'avis, Roberto. Je ne suis pas d'humeur à parler avec toi. De toute façon, Nate et moi avons des choses à faire. Il faut que nous partions. Donc, sauf si tu as quelque chose d'essentiel, de vital à dire, il faudra que tu attendes. Ou alors que tu m'envoies un courriel, tiens. Ce serait encore le mieux pour tout le monde.

Sur quoi elle se retourna et embrassa Brittany sur la joue.

— Je reviendrai une autre fois, promit-elle.

— Entendu. Ça m'a fait plaisir de te voir, répondit Brittany en prenant Ava à Nate.

Jean-Baptiste toucha le bras de Gwenna pour attirer son attention.

— Votre frère est passé hier soir après… la réception. Je crois qu'il faudrait que vous lui parliez de l'avenir.

Elle le regarda fixement. Que voulait-il dire ?

— Très bien. Si vous pensez qu'il y a des choses dont il faut que nous parlions…

— Oui, je crois.

Comme il lui jetait des coups d'œil lourds de sens, elle écouta ses pensées, devinant qu'il l'y autorisait.

« Chechikov est mortel, désormais, lui transmit-il. Et il se cache. Vous êtes au courant, n'est-ce pas ? Faites attention à sa femme. Il y a chez elle quelque chose qui ne me plaît pas. Ethan dit qu'elle était au bal hier soir avec Rick. Cela ne fait qu'augmenter mes soupçons à son égard. »

— Entendu.

Gwenna songea soudain qu'il pourrait être utile de parler des meurtres du forum de chasseurs de vampires avec Jean-Baptiste. Il connaissait toutes les parties concernées et se concentrerait sur les faits essentiels sans la harceler avec des consignes de sécurité.

— Nous en discuterons plus tard.

Elle fut forcée de parler tout haut parce que Jean-Baptiste, qui n'était plus vampire, ne pouvait pas lire dans ses pensées. Il s'était servi du vaccin qu'il avait créé pour redevenir mortel et avait infligé le même traitement à Chechikov pour le punir d'avoir enlevé Brittany.

— Avec plaisir, dit-il en hochant la tête.

— Au fait, intervint Roberto, j'ai tout entendu. Si tu donnes accès à l'un de nous, tu nous le donnes à tous. Mais, en l'occurrence, je suis d'accord avec Corbin. Et tout aussi méfiant. Mais je ne vois pas en quoi cela regarde Gwenna.

Génial. C'était bien le genre de Roberto de vouloir à tout prix avoir le dernier mot.

— Entendu quoi ? demanda Nate. De quoi parlez-vous ?

— Mêle-toi de tes oignons, bordel, contra Roberto.

— Eh ! protesta Brittany avec un regard noir en éloignant sa fille de Donatelli. Pas de grossièretés devant la petite.

— Mais ce n'est qu'un bébé !

— Précisément, répliqua-t-elle. Nous étions bien d'accord. J'ai accepté que tu viennes la voir à condition que tu te tiennes à carreau et que tu ne fasses rien qui puisse la corrompre.

Roberto semblait tellement stupéfait que Gwenna se retint de rire. Dans son monde de combines et de trafics en tout genre, de drogues et de vol, jurer faisait figure de péché très véniel.

— Dire un gros mot devant un bébé de trois jours, c'est le corrompre ? J'ai de la peine à croire que ta mère n'ait jamais dit de grossièreté devant toi, et cela ne t'a pas empêchée de devenir quelqu'un de bien.

— Laisse ma mère en dehors de ça, s'exclama Brittany, le feu aux joues.

— Donatelli, parle sur un autre ton à ma femme, renchérit Jean-Baptiste en se levant et en se rapprochant d'elle.

— Quoi ? Tout ce que j'ai dit…

Gwenna lui coupa la parole avec un plaisir insoupçonné.

— Roberto, tu devrais partir avec Nate et moi. Je pense que nous avons assez joué les familles à problèmes pour aujourd'hui et je parie que Brittany a besoin de repos.

— Allez-y, vous. Je veux parler à ma fille.

Brittany leva les yeux au ciel.

Gwenna soupira. Il était décidément incapable de tenir sa langue. À cause de lui, elle allait encore devoir mentir à Nate. Mais autant le faire en privé. Alors, elle fit un petit signe d'adieu à Brittany et à Jean-Baptiste et prit la main de Nate – ce qui n'allait pas manquer de donner des envies de meurtre à Roberto – et se dirigea vers la porte.

— Sa fille ? répéta Nate en se retournant vers la maison au moment de monter dans sa voiture. Mais qui est sa fille ?

Gwenna sauta sur le siège du passager dès qu'il eut déverrouillé les portes. Elle avait décidé de lui dire la vérité, autant que faire se pouvait.

— Brittany est sa fille, répondit-elle. Et Ava sa petite-fille.

— Quoi ? Mais comment est-ce possible ? Il ne doit pas avoir tellement plus de quarante ans. Il est donc et trop jeune pour être le père de Brittany et trop vieux pour être ton ex-mari.

Ce n'était peut-être pas faux. Roberto avait quatorze ans de plus qu'elle, et il n'avait pas bien vieilli. Il faisait bien dix ans de plus que son âge mortel au moment de sa mort. Il avait une bonne trentaine d'années quand elle l'avait connu et il avait profité de sa naïveté, cela ne faisait aucun doute.

— Il a un peu plus de quarante ans…

Beaucoup plus, oui…

— Et il a fait des erreurs de jeunesse. La mère de Brittany était une danseuse exotique avec qui il n'aurait jamais dû avoir une liaison à cet âge.

Que Nate interprète tout cela comme il le voulait…

— Mais enfin, c'est arrivé, ajouta-t-elle, et voilà le résultat. Brittany. Il n'y a que quelques mois qu'un test ADN a prouvé leur lien de parenté. Jusque-là, ils ne savaient ni l'un ni l'autre qu'il était son père.

— Eh bien ! C'est un peu délicat, non ?

— Oui, très. Mais Brittany est une femme très généreuse et elle est prête à lui donner une chance de prendre une place dans sa vie. Espérons pour tous deux qu'il se montre à la hauteur. Je suis désolée, conclut-elle en bouclant sa ceinture de sécurité. Je ne savais pas qu'il serait là.

— Ce n'est pas ta faute. Et puis ça m'est bien égal. Cela ne fait jamais qu'un crétin de plus certain d'avoir raison : j'en vois tous les jours. Alors, où allons-nous, maintenant ? demanda-t-il les deux mains sur le volant.

Gwenna rejeta ses cheveux derrière son épaule. Elle était anxieuse, agitée, elle ne savait pas pourquoi. C'était peut-être tout simplement l'évidence; il fallait qu'elle renonce à Nate. Elle était très égoïste de le mêler à la politique des vampires et aux disputes de son entourage. Elle se sentait coupable de lui mentir, de ne lui donner que des bribes d'informations. Certes, il était impossible d'être totalement honnête, n'empêche que cela la perturbait.

Une petite voix lui disait aussi que Nate était tout de même un homme. Qu'elle était censée entrer dans une nouvelle phase de sa vie, conquérir son indépendance et qu'elle n'y parviendrait pas en ayant une relation avec un homme comme Nate, sûr de lui, protecteur, qui voyait le monde en noir et blanc et qui cherchait tout de même un peu à la contrôler.

Tout cela était vrai, et elle savait qu'elle ne pouvait pas continuer à le voir. Ce n'était pas possible. Ni bon pour son équilibre.

N'empêche qu'il leur restait toujours ce moment, aujourd'hui. Elle en avait envie. Et elle avait envie de lui.

— Allons au casino, proposa-t-elle. J'ai envie de jouer.

Nate lui jeta un regard soupçonneux.

— Tu n'as pas prévu de retrouver Slash, au moins ? Tu sais ce que j'en pense.

Cela ne lui était même pas venu à l'idée. Elle pensait vraiment se libérer de ses inhibitions en quelques coups de dés.

— Non, assura-t-elle. Si c'était le cas, je te le dirais.

Enfin, sans doute…

— Cela dit, ajouta-t-elle, je persiste à penser que ce serait une bonne idée. Autrement, il risque de nous falloir des semaines pour découvrir qui c'est. Je cherche tout ce qui pourrait me conduire à sa véritable identité mais je ne trouve rien, pour l'instant. Il a complètement brouillé les pistes.

— J'apprécie que tu veuilles nous aider, mais laisse-nous faire, mes collègues et moi.

Elle trouva l'attitude de Nate quelque peu condescendante, même s'il ne pouvait pas savoir qu'elle était vampire et que, par conséquent, elle ne courait pas les dangers qu'aurait courus une mortelle. Ce qu'elle ne comprenait pas, c'était pourquoi il n'acceptait pas son aide.

— Mais si quelqu'un d'autre se fait tuer dans l'intervalle ? plaida-t-elle.

Il n'avait manifestement rien à répondre à cela. Il poussa un soupir exaspéré.

— Que veux-tu que je fasse ? Que je t'envoie te faire tuer ? Il n'en est pas question. Est-ce complètement dingue de dire que je tiens à toi ? ajouta-t-il en lui caressant la joue. Que j'ai envie de continuer à te voir.

Gwenna dut fermer les yeux un instant pour maîtriser ses émotions. Elle ne s'attendait pas à ce que Nate en profite pour poser ses lèvres sur les siennes.

— Je suis vraiment bien, avec toi, dit-il d'une voix basse qui la fit frissonner intérieurement.

Elle rouvrit les yeux à temps pour voir son expression ténébreuse et sensuelle, captivante, au moment où il se penchait de nouveau pour lui baiser les coins de la bouche.

— J'ai envie d'être avec toi.

Voilà. C'était le moment de lui dire qu'il n'y avait pas d'avenir possible pour eux, que c'était bien tant que cela durait, mais qu'ils ne pourraient jamais être vraiment ensemble. Il n'y aurait pas de meilleure occasion de régler ce problème, de mettre le holà à une éventuelle relation. C'était assez facile : il suffisait de le dire.

— Moi aussi, j'ai envie d'être avec toi.

Ce n'était pas du tout cela qu'il fallait dire ! Zut. Comment la vérité lui avait-elle échappé ? Elle n'arrêtait pas de lui mentir et, au moment où il aurait été important de le faire, elle n'en était plus capable !

Maintenant, Nate l'embrassait. Elle ne pouvait plus se rétracter. De toute façon elle était trop occupée à lui rendre son baiser.

Quand il se détacha d'elle, il respirait fort, une main encore dans ses cheveux.

— On va jouer au casino ou on monte directement chez toi pour que je puisse te baiser ?

Oh, mon Dieu… Quel dommage qu'il y ait un levier de vitesse entre eux et qu'ils soient toujours garés dans l'allée de la résidence de Brittany et Jean-Baptiste. Attendre, quel supplice… Mais quel plaisir, aussi.

— On va boire quelques verres, perdre une fortune, et ensuite on montera chez moi pour que tu puisses me baiser; ça te va ?

Gwenna était très fière d'elle. Elle avait réussi à prononcer le mot « baiser », à dire un mot cru dans un contexte sexuel. Elle trouvait cela franchement torride, et elle adorait.

Nate aussi, visiblement. Il posa un regard de braise sur sa poitrine et aventura un doigt entre ses cuisses.

— Oh, tu me tues…

Gwenna écartait un peu les jambes pour le laisser passer sous sa jupe quand un petit coup frappé à la vitre la fit sauter au plafond.

— Nom d'un chien, maugréa Nate en retirant sa main et en jetant un coup d'œil furieux à la personne qui se tenait derrière elle. Qu'est-ce qu'il veut ?

Oh, non… En se retournant Gwenna vit Roberto, à quelques centimètres d'elle à peine. Cela n'annonçait rien de bon.

Il avait l'air hors de lui.

Et elle ne parvenait pas à sortir un mot.

Ce n'était pas le cas de Roberto.

— Vous pouvez aller vous peloter ailleurs ? Je suis garé devant vous dans l'allée et je ne peux pas sortir.

— Oh, pardon.

Gwenna s'était sentie devenir écarlate. Elle n'avait aucune raison d'être gênée ni d'avoir honte mais elle se sentait terriblement exposée.

Nate ne se donna pas la peine de parler. Il démarra en marche arrière, plantant au milieu de l'allée un Roberto à l'air enragé.

— Que fait-il, dans la vie, ton ex-mari ? voulut-il savoir.

— Officiellement, il se dit promoteur immobilier. Mais j'imagine que tu dirais qu'il est dans la Mafia.

Nate pila plus brutalement que nécessaire à un stop.

— Quoi ? Ton ex appartient à la *Mafia* ?

— Mais oui, répliqua Gwenna, agacée que, une fois de plus, Roberto vienne polluer un moment agréable. Je ne te l'ai pas dit ?

— Non, je ne crois pas que tu aies évoqué ce détail.

— C'est important ?

— Peut-être. Je ne sais pas. Et tu l'as épousé. Quel âge avais-tu ?

— J'avais dix-huit ans quand nous nous sommes rencontrés. C'était le charme fait homme.

Oh, tous les mots doux et les promesses grandioses… D'ailleurs, pour être honnête, elle devait bien avouer qu'il en avait tenu la plupart. Sauf qu'il ne distinguait jamais tout à fait le bien du mal. Roberto avait des limites morales des plus floues…

— Il a l'air d'un escroc.

— Oui, eh bien j'ai été idiote. Que veux-tu que je te dise ?

— Je n'ai jamais dit que tu étais idiote. Tu étais jeune, il était charmant. Nous faisons tous des erreurs.

— On peut arrêter de parler de lui, s'il te plaît ? J'en ai tellement marre qu'il continue à influencer tout ce que je fais… Il n'a rien à faire entre nous dans cette voiture.

Elle ne savait pas pourquoi elle était en colère à ce point, mais c'était un fait. Elle ne pouvait même pas avoir une petite liaison tranquillement ? Tout le monde y avait droit, pourtant. Tous les mortels, tous les vampires de la terre avaient le droit de s'amuser, d'avoir des aventures sexuelles juste pour le plaisir. Mais pas elle. Il fallait que son ex-mari vienne s'asseoir sur ses genoux alors qu'elle essayait de se lâcher un peu.

Nate se tourna un instant vers elle.

— Oui, dit-il, tu as raison. Je suis désolé. Tu sais que, la première fois que je t'ai vue, j'ai cru que tu étais une blonde évaporée, pour ne pas dire idiote ? avoua-t-il en riant.

Gwenna sursauta. Que trouvait-il de drôle là-dedans ?

— Cela veut dire que tu ne le penses plus ? demanda-t-elle froidement. Eh bien merci beaucoup.

Bizarrement, ce pseudo compliment ne l'emplissait pas de bonheur.

— Maintenant, je pense au contraire que tu es la femme la plus extraordinaire, la plus intelligente, la plus compatissante, la plus belle que j'aie jamais rencontrée.

Ah, voilà qui était nettement mieux.

— Et j'ai l'impression que tu arrives dans ma vie juste au bon moment, comme par miracle, ajouta-t-il.

Il regardait la route, de sorte qu'elle ne voyait pas ses yeux. Mais il parlait d'une voix ferme et assurée.

— Et je ne suis pas assez trouillard pour que ton connard d'ex-mari avec ses relations dans la Mafia puisse me faire assez peur pour que je te quitte.

— Ah non ?

— Non. Alors nous allons voir où ce qu'il y a entre nous nous mène.

Bon, eh bien, s'il avait pris sa décision… Il serait mal élevé de dire non. Tout de même, une petite voix lui soufflait avec insistance qu'il devait exister un moyen de lui dire la vérité. Au fond, peut-être était-il suffisamment ouvert d'esprit pour accepter son vampirisme. Parce que, vraiment, elle aussi avait envie de voir jusqu'où pourrait aller leur relation.

— Bonne idée, Nate.

Elle aussi, elle avait une idée. Dès qu'ils seraient arrivés à l'Ava, elle allait l'emmener dans sa chambre et lui montrer qu'elle ne manquait pas de mordant. Au sens propre.

Treize

Rick considérait Sasha d'un air incrédule.

— Comment ça, non ?

Elle ne pouvait pas se frotter contre lui pour l'exciter et ensuite le planter là. Cela ne marchait pas ainsi.

— *Niet.*

Elle secoua la tête et referma sa braguette qu'il avait ouverte. Mais, dans le même temps, elle se pencha sur lui pour l'embrasser vigoureusement en pressant ses seins contre son torse.

Non, non, non. Cela n'allait pas marcher.

— Eh, dégage, James Bond girl. Tu ne peux pas faire ça. Soit on couche ensemble, soit tu me lâches.

Elle le regarda d'un air d'incompréhension et haussa les épaules en lui chatouillant la nuque tandis qu'elle se plaquait contre lui. Comment disait-on « allumeuse », en russe ? Mon Dieu ! Sasha était magnifique, grande, mince, exotique, avec des yeux perçants et de longues jambes qui semblaient faites pour s'enrouler autour d'un homme. Sauf qu'elle n'en manifestait aucune intention et qu'il perdait patience. Elle voulait l'embrasser, sans plus. Mais il n'était plus au lycée. Cette petite séance de tripotage était loin de le satisfaire. Il voulait quelque chose de plus concret pour apaiser ses frustrations et sa colère, et surtout pour l'aider à oublier que sa gourde de femme lui manquait.

Kelsey, elle, n'était pas une allumeuse. Elle allait toujours au bout de ce qu'elle entreprenait et il respectait cela.

— Écoute, marmonna-t-il. Je sais que tu ne parles pas anglais mais je te dis que ça ne va pas marcher. Il faut enlever nos vêtements.

Il voulut de nouveau ouvrir sa braguette.

Elle lui donna une claque sur la main. Fort.

— Eeeh ! Ça ne va pas ?

Elle leva la main gauche et lui montra le diamant gros comme un bouchon de carafe quelle portait à l'annulaire.

— *Niet,* dit-elle. Gregor.

Ah, elle venait de se rappeler qu'elle était mariée ? Rick la fixa, incrédule. Ils s'embrassaient et ils se pelotaient dans la suite de ce même Gregor, au Bellagio, et cela lui convenait – mais elle refusait la pénétration ? C'était pourtant le meilleur. Bon sang, il ne comprenait rien aux femmes.

Évidemment, il n'était avec elle que parce qu'elle lui donnait un peu d'argent pour qu'il l'emmène à des événements réservés aux vampires, comme le bal d'investiture hier soir. Il ignorait pourquoi elle tenait tant à y assister. Surtout qu'elle n'avait fait que jeter un coup d'œil et était repartie sans une protestation quand les agents de sécurité étaient venus dire à Rick qu'il n'était pas le bienvenu – et elle non plus dans la mesure où elle était mariée avec Chechikov, le rival politique de Carrick et de Donatelli. Mais il était prêt à faire un certain nombre de choses pour gagner de l'argent, parce qu'il en devait à Donatelli, à qui il avait volé de l'héroïne, et que sa carrière semblait au point mort. Personne ne cherchait de tueur à gages pour le moment.

Par ailleurs, se montrer avec Sasha n'était pas une mauvaise stratégie puisqu'elle était très belle et qu'il espérait rendre sa femme jalouse. Kelsey lui manquait et il lui en voulait de l'avoir abandonné. Jusque-là, elle l'avait toujours soutenu. Alors, même si c'était nul, son départ lui avait fait mal.

— Qu'est-ce qu'on en a à faire ? répliqua-t-il en lui ôtant son alliance et en la posant sur la table basse. Voilà, tu n'es plus mariée.

Il s'attendait à ce qu'elle se fâche, ce qui ne l'aurait pas dérangé parce qu'il en avait assez d'elle. Au lieu de cela, elle se contenta de hausser un sourcil étonné et de lui faire un sourire qui tenait plus du rictus. Elle dit deux ou trois mots en russe et sortit quelque chose de sa poche. Si ce n'était pas un préservatif, il allait partir.

Mieux encore, découvrit-il, c'était un paquet d'héroïne sous forme de poudre. Rick était à plus de vingt-quatre heures de sa dernière dose et les effets du manque commençaient à se faire sentir. Il devenait anxieux, impatient, irritable. La vue du petit sachet dans sa main lui fit naître un tic à la jambe. Tout son corps le brûlait. Soudain, il avait la bouche sèche, la langue pâteuse.

Il tendit la main. Mais elle se retourna et vida le contenu dans un verre posé sur la table basse. Un verre sale, avec du sang séché sur le bord et un fond rougeâtre en train de coaguler. Rick se pencha pour le lui prendre sans se soucier de sa saleté.

Il allait simplement ajouter du sang frais avant de boire le tout. Du sang de Sasha, tiens, pourquoi pas. Elle était mortelle, après tout.

En lui souriant, elle s'esquiva et alla jusqu'au mini-bar derrière le canapé. Elle sortit une poche de sang dont elle versa une rasade dans le verre qu'elle agita pour mélanger le tout. Ah, très bien… Un bon verre de sang bien frais avec de la drogue et une fille bien chaude… Voilà ce qu'il lui fallait. Il allait prendre le verre quand, soudain, sans raison, elle vida tout son contenu dans l'évier, d'un petit coup de poignet.

Rick la regarda, incrédule, avant de la bousculer pour ramasser ce qu'il pouvait du liquide en train de disparaître, essuyant ce qui restait dans le fond. Puis il lécha le sang sur sa peau, en proie à une cuisante déception qui lui retournait l'estomac et lui raidissait tous les muscles. Il ne restait presque rien, mais il suça les moindres gouttes et continua d'essuyer le fond de l'évier avec son index qu'il suçait ensuite, encore et encore, jusqu'à ce que tout soit fini.

Puis il releva la tête pour regarder Sasha d'un air furieux.

— Mais pourquoi as-tu fait ça, merde ?

Il lui fallut une seconde pour se rendre compte qu'elle lui avait enfoncé un couteau dans le cœur.

La douleur explosa en lui, se mêlant aux premiers effets de l'héroïne. Il regardait Sasha, sous le choc, incapable de réagir.

— Parce que je voulais que tu sois réveillé quand je te tuerais, murmura-t-elle en tenant d'une main ferme le manche du couteau.

Ça alors ! Cette petite garce parlait anglais.

Rick tomba à genoux.

Coup de poker

— Montons directement, suggéra Gwenna quand ils se furent garés dans le parking de l'Ava.

Elle était pressée de se retrouver seule avec Nate, comme s'il était terriblement important qu'elle lui dise tout de suite la vérité.

Il la regarda en souriant.

— Je croyais que tu voulais me faire boire avant d'abuser de moi, fit-il valoir.

— Oui, mais, d'un coup, j'ai peur que tu tombes ivre mort avant qu'on ait le temps d'arriver au meilleur moment.

En riant, il descendit de voiture et fit le tour pour venir lui ouvrir la portière.

— Comme tu voudras. Je suis partant.

C'était bien simple : il était adorable, songea-t-elle en se penchant pour l'embrasser.

— Merci d'être aussi accommodant.

— Tu n'imagines pas à quel point je peux l'être…

Voilà qui était très prometteur.

Gwenna sortit une jambe de la voiture et, en souriant, prit la main que Nate lui tendait. Il souriait aussi. Il portait toujours le costume qu'il avait mis pour l'enterrement et qui commençait à être un peu froissé. Il ne portait pas ce genre de vêtement avec beaucoup d'aisance. Manifestement, il était plus jean, bottes, T-shirt et sweat-shirt. Elle allait décocher une repartie spirituelle en rapport avec ses prouesses sexuelles quand elle sentit une odeur de vampire flotter dans l'air.

Son étonnement dut se lire sur son visage car Nate lui demanda :

— Qu'est-ce qu'il y a ?

C'est alors qu'ils entendirent un petit bruit sec. Nate réagit avant elle. Il la repoussa à l'intérieur de la voiture et, la main sur son épaule, essaya de monter à son tour à l'intérieur.

— Baisse-toi, chuchota-t-il en essayant de lui appuyer la tête contre son ventre pour la protéger du tireur.

Il avait renoncé à monter dans la voiture et s'était relevé.

Il voulait s'interposer entre elle et le danger, mais, de cette façon, elle ne pourrait pas l'aider. Or elle savait qu'elle n'avait rien à craindre d'une balle. Alors elle résista pour rester droite.

Mais il était trop tard. Un second claquement retentit et Gwenna vit avec horreur le visage de Nate se figer tandis qu'il basculait en avant et que le sang maculait le devant immaculé de sa chemise.

— Nate !

Les yeux révulsés, il chancela. Gwenna le saisit par les pans de sa veste et le tira à l'intérieur de la voiture avec plus de vitesse que de précautions. Il était de côté, les jambes bizarrement repliées et en partie coincées, mais elle se pencha au-dessus de lui pour refermer la porte, les doigts tremblants.

C'est alors qu'elle vit qui avait tiré sur Nate. Smith. Le garde du corps de Roberto. Il se tenait au milieu de la rangée dans laquelle ils s'étaient garés, un revolver à la main, un sourire satisfait sur ses grosses lèvres.

Oh, mon Dieu… Gwenna crut qu'elle allait vomir en comprenant que c'était Roberto qui lui avait donné l'ordre de le faire. De tuer Nate à cause de sa relation avec elle. L'espace d'un instant, tout se brouilla tant le choc était violent. Mais elle avala sa salive et parvint à réprimer la nausée qui la menaçait et à se glisser à la place du conducteur. L'hôpital était au bout de la rue.

Les médecins allaient sauver Nate. Il arrivait régulièrement que des mortels ayant reçu une balle survivent. La médecine moderne faisait des miracles. Elle ne le laisserait pas mourir à cause d'elle.

Mais, en ralentissant pour laisser le temps à la barrière de se lever afin de pouvoir sortir du parking, elle le regarda. Et comprit que personne n'allait pouvoir le sauver. Il était trop tard. Il était déjà mort, les yeux grands ouverts et sans expression.

— Non !

La vue troublée par les larmes, elle appuya sur l'accélérateur et fonça dans la rue sans trop savoir où elle allait. Elle accrocha une voiture garée avant d'avoir la présence d'esprit de se garer à son tour sans cesser de trembler ni de pleurer.

— Merde, merde, merde ! C'est trop injuste, sanglota-t-elle.

Elle toucha Nate. Il s'affaissa contre elle, il était mou et ne réagissait pas.

— Merde ! dit-elle encore.

Les doigts tremblants, elle chercha son pouls en sachant qu'elle ne le trouverait pas.

Il était mort, cela se voyait. En tirant sur sa veste, elle vit que la balle lui avait traversé le cœur. Elle le prit dans ses bras en luttant contre la panique qui menaçait de l'envahir et de la paralyser. Que faire ? Mais que faire ? Allons, il n'y avait rien à faire. Il était mort. Nate était mort à cause d'elle.

Il était mort et elle vivrait éternellement, et Roberto la contrôlait toujours d'une main de fer.

Soudain, elle se redressa. Et si elle se servait de son propre sang ? Si elle le donnait à Nate ? Si elle faisait de lui un vampire ?

Elle n'avait jamais fait cela. Elle ne s'était jamais servie de son pouvoir. Elle n'en avait jamais eu besoin et elle n'avait jamais voulu de cette responsabilité. Le seul être qu'elle aurait voulu transformer était Isabel, et sa fille avait refusé ce don. Elle s'était même assurée que ni sa mère ni son oncle ne pourraient jamais la transformer en se suicidant. Elle s'était fixée au sol avec une épée pour ne pas bouger malgré elle et s'était décapitée.

Que sa fille ait tenu à ce point à mourir avait failli détruire Gwenna.

Aujourd'hui, savoir qu'elle était responsable de la mort de Nate pourrait tout aussi bien la détruire.

Gwenna se remit au volant, la tête de Nate sur les genoux. Elle lui caressa les cheveux et redémarra. Non, il n'était pas question qu'elle le laisse partir. Sa maison n'était qu'à quelques minutes de là. Elle y serait tranquille pour le vider de son sang et lui donner le sien.

Roberto croyait qu'elle allait s'effondrer et laisser mourir Nate ? C'était bien mal connaître Gwenna Carrick. Sous ses airs calmes et discrets, elle était également têtue et très logique.

Or la logique lui soufflait que la plupart des gens préféreraient la vie de vampire à la mort.

C'était donc ce qu'elle allait offrir à Nate.

— Il est bien mort ? Tu en es sûr ? demanda Donatelli en fixant Smith.

Ses hommes de main n'étaient pas des lumières et il se révélait essentiel de vérifier certains petits détails importants avec eux.

— Je pense, oui. Je lui ai tiré une balle dans le cœur.

L'air satisfait et fier de Smith céda soudain la place à une certaine perplexité. Puis à l'inquiétude.

— Il devrait être mort, non ? ajouta-t-il avec moins d'assurance.

— Tu n'as pas vérifié son pouls ?

Si ce foutu flic n'était que blessé, ce serait le bouquet ! Gwenna le soignerait et le résultat serait l'opposé de celui qu'il recherchait : faire sortir Nate Thomas de la vie de Gwenna. Définitivement.

— Non, avoua Smith, je n'ai pas pu. Elle l'a tiré dans la voiture et elle est partie. Mais il avait vraiment l'air mort.

Roberto arrêta de faire les cent pas et ferma les yeux. Il voyait rouge, littéralement.

— *Pardon ?* hurla-t-il. Qui est parti ?

— Madame Carrick.

Smith se mordillait la lèvre, comme s'il ne comprenait pas bien en quoi il avait mal agi.

— Tu es vraiment le dernier des abrutis, fit Donatelli, qui s'étranglait de rage. Tu étais censé tuer Thomas quand il était seul, pas avec Gwenna !

— Pourquoi ?

— Parce que…

Il serra les poings en cherchant quel châtiment serait assez cruel pour Smith et sa stupidité.

— Parce que Gwenna aime ce type, pauvre crétin. Si elle le croit mourant, elle va le transformer en vampire. Du coup, je le verrai baver devant elle pendant je ne sais combien de temps au lieu d'un an ou deux ! Seigneur !

Il prit ce qui lui tombait sous la main – une lampe, qu'il balança au travers de la pièce.

Elle explosa à grand fracas contre le mur.

— Désolé, dit Smith. Je n'avais pas pensé à ça.

Hm. Manifestement.

Gwenna n'avait pas grand-chose à faire de ce que pensaient les voisins, mais elle ne voulait pas non plus éveiller les soupçons ni qu'on vienne lui poser des questions. Alors elle ouvrit le portillon d'un coup de pied, brisant la serrure, et traîna Nate dans le jardin. Puis elle donna un coup de poing à la baie vitrée coulissante et passa la main à l'intérieur pour ouvrir le verrou. Nate était lourd, même pour elle. Elle atteignit tout juste le canapé du salon avant de le lâcher. Déséquilibrée, elle tomba sur lui, à bout de souffle, le cœur au bord des lèvres, les yeux brûlant de larmes. Cela faisait au moins cinq minutes que le cœur de Nate avait cessé de battre; elle ne pouvait pas attendre une minute de plus. Elle ouvrit sa chemise pour accéder à son cou, ferma les yeux et perça sa peau avec ses crocs.

C'était la première fois qu'elle buvait son sang, si l'on ne comptait pas la fois où elle l'avait seulement goûté pendant qu'ils faisaient l'amour, songea-t-elle tristement. Cela n'aurait pas dû se faire ainsi. Elle aurait dû lui dire la vérité et lui donner le choix de rester ou de s'en aller. Elle n'aurait pas dû attendre.

Il lui fallut plusieurs minutes pour le vider complètement. Quand elle eut fini, elle avait la nausée et elle se sentait au bord de la panique. Depuis l'existence des poches de sang, elle ne mordait pour ainsi dire plus jamais de mortels. Cependant, quand elle le faisait pour se nourrir, autrefois, tout un flux de pensées et d'émotions de vie humaine lui parvenait avec le sang qu'elle buvait.

Là, avec Nate, il n'y avait rien. Rien qu'un silence absolu qui la terrifiait.

— Ça va s'arranger, Nate, je te le promets.

Faute de savoir comment procéder, elle s'ouvrit les veines du poignet avec les dents et fit couler du sang de sa blessure dans la bouche de Nate. Le liquide rouge et chaud resta sur ses dents et le bout de sa langue avant de lui dégouliner sur le menton et dans le cou.

— Zut !

Elle lui ferma la bouche afin de forcer le mécanisme de déglutition, s'il était encore vivant. Peut-être était-il trop tard. Peut-être fallait-il qu'un mortel soit encore en vie, fût-ce de très peu, pour le transformer. Si ses organes ne fonctionnaient absolument plus, cela ne marcherait peut-être pas.

Pourtant, quand elle lui rouvrit la bouche, elle vit que le sang avait disparu. Alors elle pressa fort sur son poignet et fit couler encore du sang dans la bouche de Nate, jusqu'à la remplir. Puis elle la referma, la tint un moment ainsi, la rouvrit et recommença.

À la quatrième fois, il la mordit. Faiblement, certes, mais il lui saisit le bout du doigt avec les dents quand elle lui écarta les lèvres.

Elle sursauta et poussa un soupir de soulagement.

— Oh, Nate… Oh, je t'en supplie, accroche-toi !

Elle lui posa de nouveau le poignet sur la bouche et, cette fois, il le mordit et le suça de lui-même. Elle se glissa contre lui pour trouver une position plus confortable et posa la tête dans le creux de son bras. Il lui fallait un peu de temps pour réfléchir. Comment lui expliquer la situation ? Comment se défaire de la peur, de la panique qui l'avaient saisie ? Elle se força à respirer lentement, calmement, et à se détendre, réconfortée par la succion énergique de Nate sur son poignet. Il prenait des forces, elle le sentait. Il avalait de plus en plus de sang.

Et cela marchait. Il commençait à remuer contre elle, à être agité de petits spasmes, de sursauts. À l'inverse, elle était de plus en plus faible en raison du sang qu'elle avait perdu. Elle se détacha donc, estimant qu'elle pourrait lui donner une poche de sang s'il lui en fallait davantage. Cependant, elle ne parvenait pas à s'écarter de lui. La main sur son torse, elle fut rassurée de sentir ses côtes se soulever et s'abaisser au rythme de sa respiration. Alors, elle laissa librement couler ses larmes.

Quatre jours, ce n'était pas très long pour une relation. Surtout comparé à la durée de la vie de Gwenna. D'un autre côté, ces neuf siècles lui avaient appris à jauger très vite les êtres et elle savait que Nate était quelqu'un de bien. La façon dont il avait pris soin de sa sœur, son chagrin à sa mort le prouvaient.

Elle s'était menti toute sa vie au sujet de Roberto. Malgré ses qualités, il était pourri jusqu'à l'os. Elle n'avait jamais voulu l'admettre et s'était dit que les êtres étaient complexes, que personne n'était parfait. Elle était toujours restée attachée à Roberto parce que, à une époque, elle l'avait follement aimé, parce qu'ils avaient vécu ensemble, parce qu'ils avaient été mariés, même si ces années-là avaient été quelque peu chaotiques. Elle passait sur ses défauts à cause de son propre sentiment de culpabilité. Ils avaient eu une fille, ensemble, le lien le plus évident et le plus durable qu'il puisse jamais y avoir entre un homme et une femme, et elle ne le lui avait jamais dit. Alors comment lui jeter la pierre quand elle-même était loin d'être irréprochable ?

Pourtant, le moment était venu de dire à Roberto la vérité au sujet d'Isabel. Et d'admettre qu'un homme capable d'ordonner à ses sbires de tuer Nate, de faire vider Kelsey de son sang et qui gagnait sa vie grâce au trafic de drogue ne méritait pas qu'elle se raccroche sentimentalement à leur passé commun.

Coup de poker

Parce qu'elle l'avait fait, trop longtemps, Nate Thomas avait reçu une balle dans le cœur. Elle en était malade et elle ne lui en voudrait pas de la haïr quand il se réveillerait et apprendrait qu'il était devenu vampire. Elle en serait profondément déçue, elle aurait le cœur brisé, sans doute, parce qu'elle tenait sincèrement à lui, mais elle comprendrait sa réaction.

— Gwenna ?

Elle s'assit et le regarda. Il n'avait pas encore ouvert les yeux mais elle avait distinctement entendu sa voix, basse et un peu tremblante, mais bien nette. Il était vivant !

— Oui, je suis là.

— Oh, ce que je me sens mal…, murmura-t-il le souffle court en ouvrant un instant les yeux avant de les refermer. J'ai rêvé qu'on m'avait tiré dessus.

— Rendors-toi, Nate. Tu te sentiras mieux après quelques heures de sommeil, je t'assure.

Manifestement, le processus de guérison avait déjà commencé. Elle posa la main sur son front moite; il était brûlant. Elle passa le doigt sur le trou qu'avait fait la balle. Il l'avait reçue en plein cœur. Si elle était entrée dans son dos, songea-t-elle soudain, et ressortie par sa poitrine, elle devait s'être fichée quelque part dans la voiture de Nate. Car elle ne l'avait pas touchée, elle en était certaine.

Elle se leva et se pencha sur lui pour lui ôter sa veste et sa chemise. Il ne se réveilla pas. Elle fit une boule de ses vêtements tâchés de sang et la jeta dans la buanderie, sur le lave-linge, avant de sortir un drap léger du placard à linge. Elle ignorait combien de temps il allait dormir. Quelques heures au moins, sans doute. Elle déploya le drap sur lui et regarda l'heure sur l'horloge du micro-ondes. Il n'était que dix-sept heures. Il ne devrait pas se réveiller avant minuit, au moins. À ce moment-là, il aurait besoin de se nourrir à nouveau. Il faudrait qu'elle fasse un saut chez elle pour prendre des poches de sang pour eux deux. Mais n'était-il pas un peu tôt pour le laisser seul ?

Elle fit le tour du salon aux meubles des années cinquante et aux murs ornés d'affiches de rock anciennes encadrées. Ce décor épuré correspondait bien à Nate, et à la maison. Tout était simple, sans le moindre chichi. Un coup d'œil à la cuisine lui révéla que ce ne devait pas être un cordon bleu. En revanche, il était visiblement amateur de café. Il avait trois cafetières différentes, dont une à piston, un moulin et trois kilos de café en grains de variétés et de torréfactions différentes.

Tout était bien rangé et propre. Elle était déjà venue chez lui et avait eu la même impression. Maintenant qu'elle visitait, qu'elle regardait tout, il lui apparaissait clairement que Nate aimait l'ordre. En passant la tête dans sa chambre, elle vit qu'il avait fait son lit, que la couette couleur rouille était bien tendue et tirée sur les oreillers blancs et beiges appuyés à la tête de lit en bois. Le placard était tout de même ouvert et deux cravates avaient été abandonnées sur un fauteuil devant la commode. Elle l'imaginait, ce matin, en train de se préparer, méthodique, déterminé, même s'il était déchiré par le chagrin que lui causait la mort de sa sœur.

La seconde chambre lui fit un choc. Elle n'avait pas compris que Kyra habitait chez lui. Elle le découvrit en voyant le lit d'hôpital, ses effets personnels, les livres, les magazines, le tableau d'affichage couvert de photos. Les vêtements féminins pendus dans le placard entrouvert.

Le cœur gros, elle entra dans la chambre, passa une main sur le numéro de *Cosmopolitan* posé sur la table de nuit et qui n'avait pas été lu. Elle contempla les photos sur lesquelles une jolie jeune femme aux mêmes cheveux châtain lumineux et aux mêmes yeux bruns que Nate, bronzée, en pleine forme, posait avec ses amies. Celles où elle était représentée avec Nate, en train de rire ou de faire des grimaces. Puis les dernières, sans doute, autour de l'arbre de Noël, où elle avait perdu ses cheveux, où elle avait les joues creuses et les yeux cernés. Elle souriait toujours, cependant, et son regard était empreint de paix et d'acceptation.

Nate se tenait à côté d'elle, un bras protecteur autour de ses épaules, tandis qu'elle s'appuyait contre lui. En voyant comme il la soutenait, Gwenna comprit, sans l'ombre d'un doute, qu'elle était amoureuse de Nate Thomas. Elle aimait ses certitudes, sa ténacité, son courage. Il savait qui il était et tenait fermement à ses convictions, à ses vérités, à son amour. Il émanait de lui une force qu'elle appréciait et qu'elle enviait. En un mot, elle l'aimait.

Restait à espérer que, quand il se réveillerait et qu'elle lui dirait la vérité, aussi incroyable soit-elle, toute la vérité, il ne consacrerait pas cette énergie, cette volonté, à se détourner d'elle et à sortir de sa vie.

Quatorze

— Où est mon mari ? demanda Sasha.

Rick recula d'un pas, une main sur le couteau qu'elle lui avait enfoncé dans le cœur. Il n'allait pas en mourir mais cela faisait un mal de chien et il voulait le retirer. Avant de s'en servir pour poignarder cette garce hystérique.

— Je ne sais pas où est ton mari. Ce n'est pas mon problème si tu l'as perdu.

Le manche du couteau était couvert de sang et glissant, de sorte qu'il n'avait pas suffisamment de prise pour tirer dessus et le sortir.

Ah, c'étaient bien les femmes, tiens. Elles voulaient toujours faire les malignes. Si cette cruche pensait qu'il allait mourir d'un petit coup de poignard, elle allait avoir une surprise. Certes, il perdait du sang, ce qui n'était pas très agréable – mais il pouvait la démolir en une demi-seconde puisqu'elle était mortelle et lui vampire.

— Il a disparu depuis hier et tu sais forcément où il est. Tu fais partie du forum, non ?

C'était dingue ce qu'elle parlait bien anglais. Dire qu'elle avait fait semblant pendant des mois de ne pas comprendre un mot… Rick secoua la tête, un peu contrarié de ne pas arriver à sortir le couteau.

— Je ne vois pas de quoi tu parles.

— Je te promets que nous pourrons trouver un arrangement, tous les deux. Mais il faut que tu me dises où il est. Et que tu m'aides à atteindre la sœur de Carrick.

— La sœur de Carrick ?

Mais qu'est-ce qu'elle racontait ?

— Qu'est-ce que Gwenna a à voir là-dedans ? s'étonna-t-il. Désolé, mais je ne te suis plus du tout. D'ailleurs, je n'en ai rien à faire de tout ça.

Il lâchait l'affaire. Cela ne valait pas la peine de se compliquer autant la vie pour un peu d'argent et de sexe. Et puis il ne se sentait pas si bien que cela. Il avait envie de rentrer chez lui et de boire du sang, avec ce qu'il lui restait d'héroïne. Cela le remettrait d'aplomb parce que là, vraiment, il n'était pas à la fête. La douleur à la poitrine devenait insupportable, il avait la nausée et la pièce tournait un peu autour de lui.

Il bouscula Sasha en se dirigeant vers la porte d'entrée.

Elle courut se mettre en travers de son passage pour l'empêcher de sortir, haletante, l'air fou.

— Non ! Tu ne peux pas partir.

— Qui va m'en empêcher ?

Elle était mariée avec un vampire; elle devait savoir qu'il pouvait la briser comme une paille. Enfin, maintenant, tout dansait vraiment devant ses yeux. Il y avait des taches… tout s'assombrissait…

— Tu es en train de mourir, tu sais, dit-elle.

— Je ne crois pas, non.

Cependant, une espèce de peur panique le gagna et il redoubla d'efforts pour retirer le couteau.

— Oh, que si.

Son visage vacilla devant lui mais il vit tout de même sa détermination et son dégoût.

— La lame de ce couteau est munie d'une pointe en bois. Tu ne peux pas la retirer toi-même. Il faut quelqu'un d'autre pour retirer du bois du cœur d'un vampire – et ne compte pas sur moi.

Voilà qui lui gâchait bien la journée.

C'est alors qu'on frappa à la porte derrière Sasha. Rick sut tout de suite que c'était sa femme qui se tenait de l'autre côté. Il sentait son parfum de vanille, il percevait son angoisse. Au lieu d'ouvrir, Sasha se jeta sur lui et saisit le couteau pour l'enfoncer plus profondément.

La douleur lui fit comme une explosion dans la poitrine et lui arracha un hurlement. Quand il voulut repousser Sasha, il se rendit compte qu'il avait perdu l'usage de ses bras. Il était cloué au sol, aveuglé, étourdi par la souffrance. Il usait ses dernières forces à chercher un moyen de se sauver, en vain.

Mais la porte s'ouvrit à grand fracas et il entendit la voix de Kelsey.

— Lâche mon homme, sale pétasse russe !

Sasha recula, disparut complètement, et il vit apparaître la tête de Kelsey penchée sur lui.

— Salut, poupée, fit-il dans un souffle en essayant de sourire, envahi par un profond soulagement. Tu ne peux pas savoir comme je suis content de te voir.

D'un geste net et efficace, elle retira le couteau et appuya sur la plaie avec le tissu de son T-shirt. Elle se mordait la lèvre, les larmes aux yeux.

— Merde, Rick, pourquoi as-tu fait ça ?

Quoi ? Elle croyait qu'il s'était poignardé tout seul ? Maintenant que la lame était sortie, il se sentait beaucoup mieux même s'il était encore engourdi et désorienté. Il avala sa salive avec difficulté et lui passa le doigt sur la lèvre inférieure.

— Je ne l'ai pas fait exprès, Kels. Je ne savais pas que cette garce était cinglée.

Elle soupira et lui caressa la joue. Il adorait la douceur avec laquelle elle le touchait.

— Tu me manques, ajouta-t-il. Reviens à la maison.

— Nous avons de gros problèmes à résoudre, dit-elle sévèrement avant de l'embrasser.

— Quels problèmes ? Le seul problème, c'est que tu m'aies quitté.

Il lui en voulait toujours.

Mais Kelsey s'écarta. Alors, Rick vit son frère Kyle qui se tenait derrière elle.

Seigneur ! Il souleva la main pour toucher Kyle, qui remuait les lèvres comme s'il parlait mais n'émettait aucun son. Il avait les deux mains sur les épaules de Kelsey.

Lorsque Rick s'assit et passa une main hésitante là où il voyait son frère, il ne toucha que de l'air. Kyle avait disparu.

Kelsey ne semblait se rendre compte de rien. Elle prit la main levée de Rick et la serra dans la sienne.

— Il va falloir que tu arrêtes la drogue – et que tu restes clean.

Pour le moment, l'héroïne était le cadet des soucis de Rick. Il tendit le cou pour regarder autour de lui.

— Où est Sasha ?

— Par terre. Je l'ai assommée accidentellement.

Hm. Il avait peine à croire que ce soit accidentel. Mais sa femme était intervenue juste au bon moment.

— Comment as-tu su que j'étais là ? voulut-il savoir.

— C'est Kyle qui me l'a dit.

Gwenna alluma l'ordinateur dans le coin du salon de Nate. Il dormait encore à poings fermés. Elle avait le temps de se connecter et de relever ses messages en gardant un œil sur lui. Elle ne s'étonna pas de trouver un courriel de Slash.

Je ne t'ai pas vue au concert. Tu y étais ?

Il commençait à l'agacer. Elle répondit sans s'en cacher.

Oui, mais je suis partie tôt. De toute façon, comment aurais-tu fait pour me trouver ? Tu ne sais même pas à quoi je ressemble. Je commence à me demander si tu es vraiment à Vegas.

Pas très aimable, peut-être, mais elle en avait assez de Slash et de ses messages plus vagues les uns que les autres. C'était peut-être un tueur en série psychopathe ? Très bien, qu'il montre son vrai visage, alors. Elle cliqua sur le message suivant, qui lui signalait que FoxyKyle avait posté sur le forum.

Elle ne disait rien d'important, seulement qu'elle n'allait pas se connecter avant plusieurs jours. Cela dit, à bien y réfléchir, cela pouvait paraître bizarre. Foxy était pour ainsi dire tout le temps en ligne. Il se passait rarement un jour sans qu'elle publie quelque chose.

Gwenna décida soudain de découvrir qui était FoxyKyle. Elle commença par taper son pseudonyme sur Google. Puis son adresse électronique seule. Une demi-heure et des dizaines de pages plus tard, elle trouva une liste d'étudiants datant de 2005. L'adresse de FoxyKyle y figurait en face du nom d'un certain Kyle Martin. Elle fit des recherches sur ce nom et découvrit que Kyle Martin avait été tué par un cambrioleur, en Californie, alors qu'il rendait visite à son frère. Son frère qui s'appelait Rick Columbia.

Nom d'un chien ! Gwenna repoussa sa chaise et se leva en continuant de lire ce qui était affiché sur l'écran. Le frère avait servi dans les Marines. Il n'y avait rien de plus. Rien n'indiquait qu'il se fût agi d'autre chose que d'un terrible accident, même si le cambrioleur n'avait jamais été appréhendé. Tiens, mais pourquoi se rappelait-elle soudain qu'il arrivait à Kelsey d'appeler Rick Kyle ? Ce petit nom qu'elle lui donnait était donc en réalité le prénom de son frère mort ? Quelle horreur !

Elle s'appuya au bureau, ferma les yeux et respira profondément. Si Kyle était mort, il était logique que ce soit son frère qui ait accès à son compte de messagerie. Andrew et Johnny avaient tous deux été vidés de leur sang et leurs corps cachés dans un coin. Rick Columbia était un vampire et un tueur. Il savait tuer et le faisait facilement, sans remords.

Mais aurait-il agi seul ?

Ou obéissait-il aux ordres de quelqu'un ?

Gwenna éteignit l'ordinateur sans fermer correctement les fenêtres. Elle appuya simplement sur le bouton, puis vérifia que Nate était bien installé et sortit par la porte de derrière en ayant soin d'enjamber le verre brisé.

Il fallait qu'elle parle à certaines personnes et cela ne pouvait pas attendre.

Nate fut réveillé par la sonnerie de son téléphone portable. Il roula sur le côté, bien décidé à l'ignorer. Il se sentait abattu, fiévreux, la bouche sèche et les muscles raides. Pourquoi était-il couché sur le canapé et non dans son lit ? La ligne fixe se mit à sonner à son tour. Puis à nouveau son portable.

Il s'assit au prix d'un effort considérable. Si c'était sa mère, décida-t-il, il allait renier ses parents. Mais était-ce seulement possible ?

Il chercha son portable du regard et le trouva sur la table basse. Il ne put retenir un gémissement en se penchant pour le prendre. Il avait mal partout.

— Oui ? gronda-t-il.

— Salut, c'est Jim. Ramène-toi, on a un autre corps.

Nate se frotta la tête. Il avait l'esprit complètement embrumé. Ce devait être le résultat du stress des obsèques et du manque de sommeil.

— Merde. Tu déconnes. Où ça ?

Tiens, d'ailleurs, où était passée Gwenna ? Il ne voyait pas trace d'elle dans le salon. Il ne se rappelait pas non plus l'avoir ramenée chez lui. La dernière chose dont il se souvenait précisément, c'était d'être allé au casino. Ensuite, il avait dormi, et rêvé qu'on lui tirait dessus.

Mon Dieu. Ils avaient dû boire comme des trous, au casino.

— Notre assassin s'enhardit. Celui-ci a été retrouvé dehors, dans une chaise longue au bord de la piscine de l'Ava.

Nate se réveilla d'un coup, terrifié.

— La victime est un homme ou une femme ?

— Un homme. Un peu plus vieux que les autres. Il doit avoir la quarantaine. Et c'est un costaud. Il n'a pas dû être facile de le surprendre, de le descendre et de le déposer au bord de la piscine.

Ce n'était pas Gwenna. Nate n'avait pas vraiment écouté le reste. Il inspira à fond et se leva. Il avait des brûlures d'estomac. Il était vraiment dans un triste état.

— Je suis là dans vingt minutes, promit-il.

Il lui fallait un bon litre de café, d'abord.

— Quelle heure est-il, au fait ? demanda-t-il.

— Hm… vingt-trois heures.

— Hein ? C'est vrai ?

Comment avait-il pu avoir le temps de se bourrer la gueule au casino et de se retrouver chez lui, endormi, à onze heures du soir ? C'était pathétique.

— Pour ton information, ajouta-t-il, Gwenna Carrick et moi étions ensemble au casino à dix-sept heures aujourd'hui. C'est là qu'elle habite. L'Ava appartient à son frère.

— Tiens, comment se fait-il que je ne sois pas plus étonné que ça ? commenta Jim narquois. Ta poulette apparaît partout où on trouve des corps, Thomas. Tu ferais peut-être mieux de garder tes distances le temps qu'on trouve ce qui se passe.

En effet, c'était ce que commandait la logique, reconnut Nate *in petto* en se grattant le torse. Il avait une drôle de démangeaison sur le pectoral gauche. Et comment se faisait-il qu'il soit torse nu ? C'était vraiment contrariant de ne se souvenir de rien. Surtout maintenant que son côté flic lui soufflait qu'il avait peut-être été drogué.

Mais l'amour n'obéissait pas à la logique. Or il était quasi certain d'être amoureux de Gwenna Carrick.

— Oui, je t'entends.

Cette réponse conciliante ne l'engageait à rien. Même s'il convenait qu'il ferait mieux de ne pas voir Gwenna, il n'était pas certain d'être capable de couper les ponts avec elle.

— Autre chose. La dernière victime avait son portefeuille dans la poche. À en croire ses papiers, il s'agit de Gregor Chechikov. En une petite demi-heure de recherches préliminaires, nous avons déjà trouvé une condamnation au casier de Chechikov. Il semble qu'il ait des liens avec la Mafia russe et qu'il se soit fait prendre dans une rafle, il y a dix ans, à New York. Mais il n'a pas été condamné. Il a négocié et est reparti chez lui.

— Ce mec appartient à la Mafia ? Merde.

Nate se leva, agita ses jambes endolories et se rendit à petits pas dans la cuisine pour se faire du café.

— Je peux te demander de faire une recherche sur un dénommé Roberto Donatelli et de voir ce qui sort ?

— Bien sûr. Qui est-ce ?

— L'ex-mari de Gwenna Carrick.

— Monsieur Carrick, nous avons un petit problème.

Ethan se détourna de l'écran de son ordinateur de bureau et accorda toute son attention à Sam, le responsable de la sécurité de l'hôtel.

— Quoi, encore ?

Les flics passaient déjà l'hôtel au peigne fin après que l'employé chargé de la fermeture de la piscine à vingt et une heures avait trouvé un mort dans une chaise longue.

Un corps qu'Ethan avait aussitôt reconnu comme étant celui de Gregor Chechikov, même s'il avait joué les innocents. Rien, dans le monde des mortels, ne pouvait le relier à lui. S'il admettait connaître la victime, cela ne ferait que compliquer l'enquête. Cela dit, il y avait peu de chances qu'ils parviennent à élucider ce crime.

Il s'agissait d'une affaire interne au monde des vampires. Et c'était un énorme problème. Quelqu'un savait que Chechikov n'était plus un vampire mais avait été rendu mortel par le vaccin de Corbin. Quelqu'un était au courant et l'avait tué. À moins que l'assassin n'ait pas su pourquoi mais se soit rendu compte qu'il était devenu mortel et en ait profité. Dans les deux cas, quelqu'un s'en était pris à une figure majeure de la culture vampire.

Sa mort allait déclencher la colère d'un grand nombre de vampires. Ce n'était pas l'idéal au début d'un nouveau mandat présidentiel. Et puis il était furieux que, malgré les récentes mesures qu'il avait prises en matière de sécurité, quelqu'un ait réussi à déposer un cadavre chez lui.

— Quand la police aura-t-elle fini, à la piscine ? voulut-il savoir.

— Il y en a sans doute pour toute la nuit. Et nous devrons aussi la laisser fermée demain ?

— Génial.

Il avait déjà appelé sa secrétaire afin qu'elle organise de toute urgence une réunion du Cabinet pour discuter de la situation.

— Bon, pardon. Quel est le nouveau problème ?

Sam lui tendit un DVD.

— Mettez ça dans votre ordinateur et regardez. C'est l'enregistrement de la caméra du parking cet après-midi.

Ethan obtempéra. Un instant plus tard, il regardait un plan fixe du parking. Une Toyota entrait.

— Qu'est-ce que je dois voir ? demanda Ethan.

— Je peux ? demanda Sam en se penchant et en prenant la souris pour déplacer le curseur et faire avancer la vidéo. Regardez le Ford Explorer.

Un homme sortait du véhicule en question et faisait le tour pour aller ouvrir la portière côté passager. On aurait pu croire qu'il voulait faire descendre une femme ou prendre quelque chose, mais on voyait bien dans la voiture, et il n'y avait rien. Par ailleurs, ce type lui disait quelque chose…

— Je le connais, non ? Il me semble que je l'ai déjà vu, dit-il.

— C'est… euh… un ami de Mme Carrick.

Ah, voilà. Le petit ami mortel de Gwenna.

— Donc, vous supposez qu'il est en train de raccompagner Gwenna, c'est ça ?

Il n'y avait pas de quoi fouetter un chat.

— Oui, mais regardez.

C'est alors qu'Ethan vit l'ami de Gwenna recevoir une balle dans le dos, s'écrouler et être tiré à l'intérieur de la voiture par des mains invisibles.

— Bon sang ! Et Gwenna l'emmène, c'est ça ? Qui lui a tiré dessus ?

— Un vampire. On ne le voit pas à l'image. En revanche, le guichetier se souvient bien d'avoir vu partir Mme Carrick, qui conduisait dangereusement. Et puis, tout de suite après, un grand type, qu'il a pu décrire en détail parce qu'ils ont échangé quelques mots sur les femmes au volant quand elle a heurté un trottoir.

— D'après la description, c'est quelqu'un qu'on connaît ?

— On dirait vraiment un des hommes de main de M. Donatelli. Enfin c'est l'idée que je m'en fais. Je ne l'ai pas vu.

Ethan arrêta la vidéo.

— Merde. C'est bien le genre de Donatelli, de tuer le petit ami de Gwenna, non ?

Cela allait faire de la peine à Gwenna, ce qui le mettait en colère. Il allait falloir que Donatelli lui fiche la paix une bonne fois pour toutes.

Sam hocha la tête.

— M. Donatelli perd la tête quand il s'agit de Mme Carrick.

— Où pensez-vous qu'elle soit allée ?

— Aucune idée.

Ethan prit son téléphone pour appeler sa femme.

— Salut, c'est moi. Tu as parlé à Gwenna, aujourd'hui ?

— Non, mais je sais qu'elle devait aller à un enterrement avec ce Nate Thomas, son canon de petit ami mortel.

— C'est comme ça qu'il s'appelle ?

— Oui. Pourquoi ? Tu as besoin de lui parler ? Si je la vois, je lui dirai de t'appeler.

— Merci, chérie. À tout à l'heure. Je t'aime.

Ethan raccrocha sans même attendre les mots doux d'Alexia. Cela lui vaudrait des ennuis, sans aucun doute, mais il s'inquiétait soudain beaucoup pour Gwenna. Pourvu qu'elle n'ait pas fait une énorme bêtise… Il se leva.

— Trouvez Donatelli. Il faut que je lui parle.

— Entendu.

— Au fait, vous ne m'avez pas dit que les policiers chargés de l'enquête s'appelaient Connors et Thomas ?

Sam sortit son téléphone et appuya sur quelques boutons.

— Si. Les inspecteurs James Connors et Nathaniel Thomas. J'ai rencontré Connors. Un grand costaud. Il m'a dit que son coéquipier arrivait.

Merde, merde, merde. Ethan se massa les tempes.

— Eh bien, devinez comment s'appelle le petit ami mortel de Gwenna... Vous savez, celui qu'on vient de voir recevoir une balle dans le cœur.

Sam ouvrit de grands yeux stupéfaits.

— Non ! Vous plaisantez !

— Oh, que non. Alexia vient de me dire son nom. Nate Thomas. Donc, Gwenna vient de le transformer en vampire. Et nous avons un tout jeune vampire en bas, en train d'examiner le corps de Chechikov.

Gwenna retint son souffle jusqu'à ce qu'Alexia ait raccroché le téléphone.

— C'était Ethan, lui dit sa belle-sœur. J'imagine que tu avais deviné. Il te cherche.

— Merci de ne pas lui avoir dit que j'étais là.

— Oui, tu me dois une fière chandelle. Il va être furieux quand il découvrira que je lui ai menti.

En se remettant à faire les cent pas dans l'appartement d'Alexia, Gwenna se rendit compte qu'elle avait mal aux pieds. Elle portait depuis le matin les escarpins qu'elle avait mis pour l'enterrement. Elle avait les orteils écrasés. Et puis, surtout, elle n'avait pas dormi de la journée pour pouvoir assister aux obsèques avec Nate. Cela faisait donc vingt-quatre heures qu'elle était debout. Elle était inquiète, épuisée, stressée. Ses pensées galopaient dans tous les sens.

— Je sais, assura-t-elle. Et j'apprécie que tu fasses ça pour moi. Il est essentiel qu'Ethan reste en dehors de ça. D'abord parce que ce serait pour lui un suicide politique, mais surtout parce que c'est entre Roberto et moi. Nous avons des choses à régler.

— Je pense que c'est une erreur, la prévint Alexia, qui la regardait, assise à sa table de salle à manger, le menton dans le creux de la main. Si cela a un rapport quelconque avec le forum des chasseurs de vampires, il faut prévenir Ethan. Autrement, il va y perdre sa crédibilité de président. Et tu sais comment est Donatelli. Il n'est jamais prudent de l'affronter seul à seul.

Gwenna avait tout raconté à Alexia parce que parler l'aidait à s'y retrouver et aussi parce qu'elle avait besoin d'aide pour se tirer de cette situation. Hélas, sa belle-sœur ne voyait pas tout à fait les choses comme elle.

— Roberto ne me ferait jamais de mal, affirma-t-elle.

— Et si c'était lui qui avait donné l'ordre à Rick de supprimer ces types ?

— Je ne vois pas à quoi cela pourrait lui servir. C'est bien trop risqué et il n'est pas stupide. Il était idéalement placé, au poste de vice-président. Pourquoi prendrait-il le risque de tout perdre ?

Ce n'était pas ainsi que Roberto fonctionnait. Ce qui le motivait, c'était le pouvoir. Toujours plus de pouvoir.

— Mouais. Enfin je ne sais pas ce que Donatelli a dans la tête. Mais il y a un nouveau petit rebondissement dans toute cette affaire, ce soir. On a trouvé un autre corps. Et je te garantis que ça va mettre tous ces meurtres à la une des journaux.

Un frisson courut le long de la colonne vertébrale de Gwenna.

— Pourquoi ? demanda-t-elle.

— Parce que le dernier corps a été trouvé ici, au bord de la piscine de l'Ava. Et que la victime n'est autre que Gregor Chechikov.

— Quoi ?

Gwenna s'arrêta net de marcher et fixa Alexia.

— Gregor ? Oh, merde !

En effet, cela faisait peser de lourds soupçons sur Roberto. Pourquoi ne voulait-elle pas que ce soit lui le coupable ? Elle n'aurait su l'expliquer. Cependant, une autre question plus grave lui venait à l'esprit.

— La police est déjà arrivée ?

— Oh oui ! Il y en a partout. Et je pense que la presse ne va pas tarder. Un meurtre dans un casino, c'est une grosse info.

— Il faut que j'y aille, déclara Gwenna en se déchaussant. Tu aurais des sandales à me prêter ?

— Bien sûr. Dans le placard. Choisis. Mais où vas-tu ? demanda Alexia d'un air un peu soupçonneux. Tu ne devrais pas te rendre seule chez Donatelli. Emmène quelqu'un avec toi.

— Je ne vais pas voir Roberto.

Pas tout de suite, en tout cas, songea-t-elle avant d'expliquer :

— Il faut que je passe voir un ami.

— Tu n'arrives pas de chez Nate ?

— Pas directement.

Et elle avait l'horrible pressentiment qu'il n'était plus sur son canapé mais en bas, au bord de la piscine.

— Je suis d'abord passée chez Brittany et Jean-Baptiste.

— Pourquoi ? Il est arrivé quelque chose à Ava ?

— Non, bien sûr que non. J'avais quelque chose à demander à Jean-Baptiste.

Elle était même allée jusqu'à le supplier – et cela avait marché. Il lui avait donné une dose de son vaccin contre le vampirisme.

Elle avait donc le pouvoir de rendre son statut de mortel à Nate.

Pour commencer, il fallait qu'elle le trouve et qu'elle s'assure qu'il n'était pas dans la nature, jeune vampire totalement inconscient de ce qui lui était arrivé.

Nate ôta ses gants en latex et se massa le front. Dieu ! qu'il avait mal au ventre. Les crampes d'estomac étaient terribles, comme s'il était affamé. Pourtant, il avait pris un café et un bagel en chemin. Résultat, il avait passé vingt minutes à vomir le tout dans le parking de l'hôtel.

— Ça va ? lui demanda Connors en passant à côté de lui avec un policier en uniforme. Je t'ai vu rendre tes boyaux, tout à l'heure.

— Je dois avoir chopé une grippe intestinale ou je ne sais pas quoi.

En tout cas, il l'espérait. Parce que l'autre explication ne lui plaisait pas du tout. Et si Gwenna l'avait drogué ? Allons, si cela lui semblait plausible, cela signifiait qu'il était dans la police depuis trop longtemps. Quoi qu'il en soit, il avait le plus grand mal à se concentrer.

— Oui, eh bien ne me la refile pas, tu veux ? Je n'en veux pas, de ton microbe.

— Merci de ta sympathie, repartit Nate en saisissant le dossier d'un siège quand il fut pris d'un nouveau vertige. La vache, quelle galère !

Il ferma les yeux et respira profondément. Il avait toujours aussi mal à l'estomac.

— D'ici à une demi-heure, tu devrais pouvoir rentrer chez toi, promit Jim. On se fera une bonne petite réunion demain pour passer en revue les rapports d'autopsie de tous nos cadavres –

dont le nombre augmente à vitesse grand V. On mettra au point une stratégie et on commencera par demander des renforts. On ne peut pas s'occuper des trois affaires à nous tout seuls.

Pour l'instant, rester debout était déjà une épreuve pour Nate. Et Jim sentait bizarre. Il avait une drôle d'odeur sure de transpiration qui lui soulevait le cœur. Nate eut tout juste le temps de viser un pot de fleurs pour vomir à nouveau.

— Thomas ! Tu es en train de contaminer une scène de crime. Pff… Rentre chez toi, va.

Jim lui prit le bras et l'éloigna de la piscine. Puis il s'arrêta net.

— Ah, voilà les ennuis, murmura-t-il avant d'ajouter, plus haut : Vous n'avez pas le droit de venir ici. Restez derrière le ruban, mademoiselle.

Nate se força à relever la tête. Il savait que c'était Gwenna. Il sentait son odeur, celle de la lotion parfumée à la fraise qu'elle se mettait sur les mains. Il entendait son cœur qui battait un peu fort et un peu vite, comme si elle était inquiète.

Il entendait battre son cœur ? Il secoua la tête pour chasser ces bruits et ces pensées absurdes. Qu'est-ce qui lui arrivait, enfin ? Pour couronner le tout, il avait mal aux dents de devant.

— Gwenna, ordonna-t-il, remonte chez toi. Je t'appelle tout à l'heure.

Elle tendit le bras au-dessus du ruban qui délimitait la scène de crime et lui posa une main fraîche sur le front.

— Je sors faire une course, mais il faut que je te parle.

Nate s'écarta d'elle.

— Ne me touche pas, ma chérie, j'ai la grippe. Je ne veux pas que tu l'attrapes.

— Tiens, bois ça, dit-elle en lui mettant dans la main un gobelet avec un couvercle dans lequel était plantée une paille. Tu vas te sentir mieux. Quand tu auras fini avec Gregor, appelle-moi que nous puissions bavarder.

— Je crois qu'il vaut mieux que je ne boive rien. Mon estomac ne supporte rien.

Mais le gobelet était frais dans sa main et il dégageait une odeur agréable.

— Qu'est-ce que c'est ? demanda-t-il.

— Un remède miracle anglais. Bois-le.

Elle semblait tellement inquiète pour lui qu'il obéit et tira sur la paille pour avaler une longue gorgée. Le liquide lui coula sur la langue et apaisa aussitôt sa bouche sèche et ses entrailles en feu.

— Eh, ce n'est pas mal, commenta-t-il avant d'en reprendre.

Il se rendit compte qu'il avait avalé tout le contenu du verre en deux secondes.

Il n'avait plus mal au ventre, ni aux dents.

— Merci, dit-il. Ça m'a fait du bien.

Gwenna reprit le gobelet vide et le regarda dans les yeux. Puis elle se pencha par-dessus le ruban et murmura :

— C'est de la folie, c'est déplacé si je te dis que je suis en train de tomber amoureuse de toi ?

Ces mots lui faisaient autant de bien, sinon plus, que son remède miracle anglais.

— Non, assura-t-il en lui serrant tendrement la main. Parce que, moi aussi, je suis en train de tomber amoureux de toi.

Elle l'embrassa sans lui laisser le temps de protester et de la mettre en garde contre les microbes.

— Prends soin de toi, lui enjoignit-elle. À tout à l'heure.

Tout en regardant sa jolie silhouette s'éloigner, Nate se souvint d'une chose qu'il n'avait pas relevée sur le moment tant il avait le cerveau embrumé. Elle avait dit qu'elle sortait faire une course. Où pouvait-elle aller à minuit ?

Et n'avait-elle pas évoqué la victime en l'appelant par son prénom ?

Il serra les poings, essuya son front moite et se mit en quête de Jim. Ils avaient un gros problème.

La femme que, très certainement, il aimait, trempait jusqu'au cou dans des affaires de meurtre sans doute liées à la Mafia.

Il n'y avait pas mieux pour sa carrière.

Quinze

Le garde du corps de Roberto, celui qui avait tiré sur Nate, lui ouvrit la porte de la suite de Roberto.

Gwenna était tellement furieuse qu'elle leva la main pour le gifler à toute volée. De sa vie elle n'avait frappé un autre être humain. Mais, en l'occurrence, c'était fort satisfaisant.

— Aïe ! protesta-t-il en lui jetant un regard noir. Pourquoi faites-vous ça ?

— Parce que vous avez tiré sur mon petit ami de sang-froid.

— Je n'ai fait qu'obéir, se défendit Smith d'un air buté.

— Eh bien, il faudrait peut-être essayer de réfléchir par vous-même une fois de temps en temps.

Smith parut perturbé, comme s'il ne savait pas comment réagir à cela. Il la fixait sans rien dire.

Mais Gwenna avait déjà porté son attention sur Roberto, qui entrait dans la pièce avec, pendue à son bras, une blonde à forte poitrine vêtue d'un jean ultra moulant et d'un débardeur.

— Serais-tu en train de harceler mon personnel ? l'attaqua-t-il.

— Je ne fais que donner mon avis à Smith, répliqua-t-elle. Qui est ta petite amie, Roberto ?

— Oh…, fit-il en se tournant vers la femme comme s'il venait de remarquer sa présence. C'est Katie. Katie, voici mon ex-femme, Gwenna.

— Je ne m'appelle pas Katie, corrigea la blonde en fronçant les sourcils. Moi, c'est Sarah.

Gwenna leva les yeux au ciel, écœurée.

— Tu es sûre ? insista Roberto en dévisageant l'intéressée et en jetant même un coup d'œil à son derrière. J'aurais pourtant juré que tu étais… Enfin peu importe. Sarah ou Katie, ça m'est égal.

— Alors toi tu te permets ça, attaqua Gwenna en désignant Katie-Sarah, et moi je n'ai pas le droit d'avoir un petit ami ? Après toutes ces années ? Alors que je t'ai toujours été totalement fidèle ? Tu peux sauter sur tout ce qui bouge, mais je n'ai pas droit à une minute de bonheur avec un autre ? Tu es un salaud, un égoïste et un sans-cœur.

— Je suis égoïste parce que je veux t'aimer ? Tu sais bien que tu n'aurais qu'un mot à dire pour que je plaque Katie. C'est toi seule que je veux. Nous sommes faits l'un pour l'autre.

Sarah en resta bouche bée.

— Qu'est-ce qui se passe, là ? fit-elle. Il vaut peut-être mieux que je m'en aille. Tu m'avais promis que je m'amuserais bien, et je ne m'amuse pas du tout.

C'était bien le cadet des soucis de Gwenna.

— La porte est là, indiqua-t-elle.

Sarah renifla, prit son sac sur la console et se dirigea vers la sortie. Au passage, elle bouscula Gwenna.

Celle-ci chancela mais se rétablit et jeta un regard noir à la mortelle.

— Eh, faites attention !

— Essaie un peu de m'y obliger.

Voilà une jeune personne qui semblait avoir l'habitude des prises de bec dans des bars. Et qui cherchait manifestement la bagarre. Elle ne se doutait pas qu'elle avait affaire à un vampire, et un vampire très en colère, qui se sentait capable de tout.

— Ne me cherche pas, répliqua-t-elle. Je ne suis vraiment pas d'humeur.

Sarah n'était pas très fine. Alors elle poussa Gwenna.

Mais celle-ci avait atteint les limites de sa patience. Alors, sans laisser à Sarah le temps de dire ouf, elle lui tordit le bras dans le dos et la fit avancer de force jusqu'à la porte, qu'elle ouvrit d'une main avant de jeter la fille dehors de l'autre. Et de claquer la porte.

Roberto réprimait difficilement un sourire quand elle se retourna vers lui.

— Ne te moque pas de moi ! s'énerva-t-elle. Je ne vais te poser la question qu'une fois. Dans quel but as-tu fait tuer ces deux garçons du forum ?

Son sourire se dissipa aussitôt.

— Quel forum ? Je ne sais pas de quoi tu parles.

Sachant que Roberto était généralement trop fier de ses méfaits pour ne pas s'en vanter, elle se demanda pourquoi il niait cette fois-ci. À moins qu'il n'ait pas donné l'ordre à Rick de tuer Andrew, Johnny et Gregor. Sinon, il jouait très bien la comédie, parce qu'il avait vraiment l'air de ne rien comprendre.

— Les garçons du forum de chasseurs de vampires. Et Gregor Chechikov.

— Chechikov est *mort ?* Qui t'a dit ça ?

— Alexia. On a trouvé son corps au bord de la piscine de l'Ava. Tu es en train de me dire en toute franchise que tu n'étais pas au courant ?

— Non, confirma Roberto en pâlissant. Ce doit être pour cela que Carrick a essayé de me joindre trois fois. Je n'ai pas répondu parce que… euh… parce que j'étais occupé.

— Oui, j'imagine, répondit-elle en croisant les bras. Elle n'a pas l'air commode, cette Katie-Sarah.

— Jalouse ?

Dans ses rêves, oui !

— Pas vraiment. Allez, ne me mens pas, Roberto. Tu n'as vraiment rien à voir avec la mort de Gregor ?

— Non, bon sang. C'est toi qui m'as appris la mort de ce fumier. Je n'étais absolument pas au courant.

Elle ne comprenait pas ce qui la poussait à croire le moindre mot sorti de sa bouche. Cependant, depuis neuf cents ans qu'elle le connaissait, qu'elle connaissait son caractère, ses expressions, son langage corporel, elle était certaine qu'il disait la vérité.

— As-tu ordonné à Smith de tuer Nate ?

Cette fois, il enfonça les mains dans ses poches et baissa les yeux.

— Oui, avoua-t-il.

Au moins, il n'avait pas l'air d'en être trop fier. Cela n'empêchait pas Gwenna d'être dégoûtée par son comportement. Et consternée que ce soit Nate qui ait dû payer le prix de sa relation avec Roberto.

— Est-ce toi qui as fait connaître le sang mélangé à de la drogue à Rick Columbia ?

— Je lui ai donné le choix. Il a pris l'héroïne sans aucune incitation de ma part.

— Est-ce toi qui as fait tuer Kelsey l'année dernière ?

— Involontairement. Disons que c'est un dégât collatéral.

Gwenna était écœurée.

— Tu te rends compte que je ne peux que désapprouver tous ces actes.

— Oui, dit-il en relevant le menton.

— Ce qui signifie que nous ne croyons pas du tout aux mêmes choses et que nous avons des règles de vie profondément différentes.

— Sans doute.

— Et qu'il est donc impossible que nous coexistions dans une relation adulte, saine et satisfaisante pour tout le monde.

— Si tu voulais seulement…

— Chut, le coupa-t-elle. Allons, sois honnête. Depuis le début de cette conversation, tu y arrivais très bien.

— Gwenna, fit-il en s'affaissant, soudain découragé. Ne fais pas cela. Reviens-moi. Laisse-moi t'aimer.

Elle prit une profonde inspiration et secoua la tête.

— Tu ne m'aimeras plus du tout quand tu apprendras ce que je t'ai caché.

— Ce que tu m'as caché ? répéta-t-il, tout son dédain retrouvé. Quoi ? Un autre petit ami avant celui-ci ? Cela m'est égal.

— Non.

Gwenna lissa le devant de sa robe et se força à continuer à le regarder dans les yeux. Il fallait que ce soit dit. Elle ne devait pas se dérober. Il avait droit à la vérité tout autant qu'elle.

— Tu te souviens de notre rencontre ? La toute première ?

— Bien sûr. Tu jouais de la harpe quand je suis entré dans le hall du château. Ce jour a changé ma vie, dit-il en souriant.

— La mienne aussi. Après cela... après que nous avons fait l'amour pour la première fois, quand tu m'as quittée...

— Je comptais revenir, assura-t-il d'une voix basse. Il fallait que j'aille en Italie prendre possession d'une propriété. Si Ethan avait été là, je t'aurais épousée avant de partir. Mais je voulais bien faire les choses. Il me fallait la permission de ton frère. Quand je suis revenu, on m'a dit que tu étais morte. Ce n'est que trois siècles plus tard, quand je t'ai revue en Italie, que j'ai appris qu'Ethan t'avait transformée.

— Il y a une autre chose qu'on ne t'a pas dite. Ce n'est pas de la fièvre que je suis morte; je suis morte en couches.

Elle attendit un peu pour lui laisser le temps d'assimiler cette information.

Il en resta interdit.

— Tu veux dire que tu étais enceinte quand je suis parti ? Que tu es morte en donnant le jour à notre enfant ?

— Oui. J'ai beaucoup saigné après la naissance de notre fille. Et Ethan m'a transformée en vampire.

— Je suis désolé. Je l'ignorais. Vraiment.

— Je sais.

— C'était une fille. Elle était mort-née ?

Roberto s'approchait d'elle pour la prendre dans ses bras. Elle se déroba. Elle n'avait pas fini.

— Oui, c'était une fille. Isabel. Et elle n'était pas mort-née. En fait, elle a vécu jusqu'à vingt-cinq ans.

Roberto se décomposa.

— Quoi ? Explique-toi, Gwenna.

C'est ce qu'elle fit. Elle lui dit tout d'Isabel. De sa vie. De sa mort. Comment elle était. Comment elle parlait. Ce qu'elle faisait.

— Si seulement la photographie avait existé, à l'époque...

Je donnerais tout pour avoir une photo d'elle, fit-elle quand elle eut achevé son récit, tandis qu'elle attendait la réaction de Roberto.

Qu'il dise quelque chose. Qu'il crie. Qu'il accuse Gwenna. Qu'il la fasse pleurer.

Il avait l'air profondément affligé. Elle n'aurait jamais pu imaginer ce qui allait suivre.

— Au moins, dit-il d'une voix tremblante, toi, tu l'as connue. Tu sais comment elle était. Même cela, tu me l'as pris.

— Je ne savais pas où te trouver, se défendit-elle.

— Mais tu aurais pu me le dire, plus tard.

— Oui, c'est vrai, concéda-t-elle en croisant étroitement les bras. Donc nous avons tous les deux nos torts.

— Au revoir.

— Quoi ?

Elle le regarda, troublée.

— Au revoir, Gwenna. Je voudrais que tu partes.

Il s'était détourné d'elle et elle comprit que c'était fini. Il avait pris la décision de cesser de la poursuivre de ses assiduités.

Un intense soulagement envahit Gwenna. Il était mêlé de tristesse, bien sûr, pour tout ce qu'ils avaient partagé et pour les erreurs qu'ils avaient commises. Mais, surtout, elle se sentait plus forte de lui avoir dit la vérité, de lui avoir tenu tête, de ne pas avoir craint sa réaction. Elle avait enfin gagné sa liberté.

— Au revoir, répondit-elle en lui touchant le bras.

Puis elle quitta le Venetian. Il fallait qu'elle voie Kelsey Columbia.

Gwenna appela Kelsey en descendant au parking récupérer sa voiture. Il fallait qu'elle la prévienne de se tenir à distance de Rick. Si ce n'était pas Roberto qui lui avait donné l'ordre de supprimer les membres du forum, ce devait être quelqu'un d'autre. À moins qu'il ait agi de son propre chef.

Toutefois, elle n'imaginait pas Rick doté de suffisamment de conviction ou de passion, ni capable d'échafauder le moindre plan. Une seule chose le motivait : gagner de l'argent pour acheter de la drogue. Quoi qu'il en soit, il ne fallait surtout pas que Kelsey renoue avec lui. Il était potentiellement très dangereux.

— Allô ?

Kelsey répondit à la quatrième sonnerie.

— Kelsey, c'est Gwenna.

— Salut, Gwen, ça va ?

— Écoute. Est-ce que tu es seule, ou tu es toujours avec ce Davey Foster ?

Alexia lui avait appris que Kelsey était rentrée avec le bassiste des Empaleurs. Gwenna se rappelait vaguement un sourire charmant quand il les avait vues monter sur scène, mais ils n'avaient pas été présentés officiellement.

— Pourquoi voudrais-tu que je sois avec Davey ? répondit-elle avec un étonnement sincère. Je suis à la maison avec Rick.

— Quoi ? s'exclama Gwenna qui en laissa tomber ses clés de voiture. Mais pourquoi ? Tu l'avais quitté.

— On s'est remis ensemble.

— Mais… mais il a voulu te prostituer pour acheter de la drogue. Du coup tu l'avais quitté et tu devais partir jouer du tambourin avec les Empaleurs.

Zut ! Rick devait être dans la pièce avec Kelsey. Comment pourrait-elle la mettre en garde contre lui s'il écoutait tout ce que disait Kelsey ?

— Oh, ça n'a pas marché. Davey n'a dit oui que pour me sauter.

Décidément, Kelsey ne cessait d'étonner Gwenna. Sous ses airs évaporés, elle était généralement d'une lucidité stupéfiante.

— On peut se retrouver quelque part pour bavarder ?

— Tout de suite ? lui demanda-t-elle sans enthousiasme. On est en train de se réconcilier, avec Rick, Gwen. J'aimerais rester avec lui, si ça ne te dérange pas.

— C'est vraiment très, très important, insista-t-elle. Je n'en ai pas pour plus de dix minutes, je te promets. Tu veux bien me retrouver devant la fontaine devant l'Ava dans un quart d'heure ?

— Bon, d'accord, fit Kelsey d'un air sceptique.

— J'ai besoin de conseils sexuels, mentit Gwenna parce que la fin justifiait les moyens. Je ne suis pas sûre d'arriver à satisfaire Nate.

— Ooooh ! Bien sûr, ma chérie, j'arrive. Et je t'apporte un livre et un DVD que je peux te prêter.

— Génial, s'exclama Gwenna en espérant qu'il ne s'agissait pas d'un film amateur.

Nate se demandait s'il n'allait pas rentrer chez lui et dormir quand il avisa un visage familier de l'autre côté du cordon de sécurité. Génial. La cerise moisie sur le gâteau de cette journée pourrie. C'était l'ex-mari de Gwenna qui s'en prenait au policier chargé de garder la zone. Franchement, c'était tout ce qu'il lui fallait.

Nate, qui n'était toujours pas très en forme, s'approcha de Donatelli et le fixa du regard.

— Qu'est-ce que vous voulez, Donatelli ? lui demanda-t-il.

L'intéressé ouvrit de grands yeux surpris et renifla d'un air ironique.

— Évidemment. J'aurais dû m'en douter. Gwenna n'allait pas laisser faire les choses. Elle s'est crue obligée de vous sauver, pauvre minable, pas vrai ?

— Me sauver de quoi ?

— De la mort. À moins que la balle vous ait manqué ?

— De quoi parlez-vous ?

Comme il n'était pas d'humeur à jouer aux devinettes, il s'éloigna, non sans noter qu'il était un peu curieux que Donatelli parle d'une balle après le drôle de rêve qu'avait fait Nate.

— Restez à l'écart de la scène de crime ou je me ferai un plaisir de vous faire mettre à la porte de cet hôtel.

— J'ai entendu dire que vous aviez besoin de quelqu'un pour identifier la victime. Je crois pouvoir vous aider.

— Ah oui ? Qui vous a dit ça ?

— Ethan Carrick. Un de ses agents de sécurité a entendu votre équipe parler de Gregor Chechikov. Je connais Gregor depuis des années. Je pourrai vous dire de façon certaine si c'est bien lui la victime.

Il était intéressant qu'Ethan Carrick ait communiqué cette information à Donatelli alors qu'il avait prétendu ne connaître la victime ni de nom ni de vue. Nate en vint à douter également de l'honnêteté du frère de Gwenna. D'ailleurs, comment avait-il fait fortune ? Il était en effet probable que Donatelli connaisse Chechikov, cela dit. Ils devaient avoir beaucoup de relations communes dans la Mafia. Ce qui était intéressant, c'était que

Donatelli se soit présenté pour confirmer leurs liens alors que ce n'était pas nécessaire.

— Très bien. Venez jeter un coup d'œil.

La réaction de Donatelli l'intéressait car, d'après la photo du passeport trouvé dans sa poche, il avait la quasi-certitude que le corps était bien celui de Gregor Chechikov.

— Comment est-il mort, au fait ? voulut-il savoir.

— C'est une information que je ne peux pas révéler.

— Quelqu'un a prévenu sa femme ?

— Non. Vous savez qui c'est ? Nous n'avons pas encore identifié ses plus proches parents.

— Elle s'appelle Sasha Chechikov. Elle est très jeune – à peine plus de vingt ans – et très belle. Je suis sûr qu'elle sera bouleversée d'apprendre qu'elle est veuve, précisa-t-il, sarcastique.

— Elle habite à Vegas ?

— Gregor et elle y étaient installés depuis six mois mais je ne pense pas qu'ils comptaient s'y établir définitivement. C'était un déménagement temporaire pour raisons professionnelles. Ils étaient descendus au Bellagio.

— Merci.

Nate conduisit Donatelli jusqu'au colosse russe toujours étendu sur la chaise longue où l'avait laissé le tueur. Tous ces morts qui s'ajoutaient avant même qu'on ait le temps d'analyser les preuves du meurtre précédent… Le tueur ne manquait ni d'arrogance ni de motivation.

Si Gwenna avait raison et que son intention était de réveiller les soi-disant chasseurs de vampires, trois assassinats devraient suffire. Mais risquaient d'en provoquer d'autres. Cependant, Nate avait de la peine à croire qu'un mafieux russe fasse partie d'un forum de chasseurs de vampires.

— Le voilà, dit-il en inspirant à fond.

Il ne se sentait vraiment pas bien. L'odeur de mort qui s'élevait de la victime lui donnait la nausée. Certes, il n'aurait pas dit qu'il était habitué à l'odeur de la mort, mais, de par son métier, il s'était trouvé plus d'une fois exposé à des cadavres en bien plus mauvais état que celui-ci. Pourtant, bizarrement, ce soir, l'odeur lui semblait plus forte, plus pénétrante que jamais et elle lui soulevait le cœur, lui faisait mal aux gencives.

— C'est bien Chechikov, confirma Donatelli en haussant les sourcils. Il a connu des jours meilleurs, mais je confirme que c'est lui. Je me demande qui il a pu fâcher, cette fois-ci…

Manifestement, Donatelli et Chechikov n'étaient pas les meilleurs amis du monde. Du reste, le premier ne semblait absolument pas ému.

— Vous voulez dire qu'il avait beaucoup d'ennemis ?

— Oh oui ! Il s'en est fait pas mal, au fil des siècles.

— Des siècles ? Vous voulez parler de querelles de famille ?

Nate se retint au dossier d'un fauteuil pour ne pas tourner de l'œil.

— Si vous avez besoin de vous nourrir, vous devriez rentrer demander du sang à Carrick.

Nate salivait énormément. Les brûlures d'estomac avaient repris. Il ne comprenait rien à ce que lui disait Donatelli.

— Quoi ?

Ils se regardèrent. Donatelli fronçait les sourcils. Nate était au bord de l'évanouissement.

— Elle ne vous a rien dit, n'est-ce pas ? demanda le premier.

— Qui ne m'a pas dit quoi ?

— Gwenna. Qu'elle vous a transformé en vampire ?

Il fallut une bonne seconde à ses mots pour pénétrer l'esprit embrumé de Nate.

— En vampire… vous êtes cinglé.

— Non. Mais je suis un vampire. Et Gwenna aussi. Et vous aussi, maintenant. J'ai donné l'ordre de vous abattre et un de mes hommes vous a tiré dessus dans le parking de l'Ava. Vous êtes mort. Et Gwenna vous a transformé, ce que je n'avais pas prévu. Maintenant, on dirait qu'elle vous a menti, par-dessus le marché.

Nate restait ébahi, incapable de suivre l'explication tordue de Donatelli. Les vampires n'existaient pas. Pourtant, manifestement, beaucoup de gens y croyaient.

— Vous savez quoi ? Il faut que vous partiez, maintenant.

Il n'avait pas de temps à perdre avec ces imbécillités, même si Donatelli était parvenu à décrire assez précisément son rêve. Ce n'était qu'une coïncidence.

Et il fallait qu'il rentre chez lui avant de tomber dans les pommes.

— Je pars. Mais, avant, retournez-vous et regardez la surface de la piscine. Nous n'avons pas de reflet, ni l'un ni l'autre.

Si Nate avait été dans son état normal, il aurait attrapé Donatelli par le col et l'aurait fichu dehors de force. Mais il était malade comme un chien et pratiquement en état de mort cérébrale. Alors il se retourna machinalement. Il avait la peau moite et un léger bourdonnement d'oreilles. Tout, autour de lui, lui semblait incroyablement net.

Hein ? En effet, il n'avait pas de reflet. C'était vraiment bizarre – d'autant que la mallette qu'il tenait à la main en avait un et le fauteuil derrière lui également.

— C'est une affaire interne au monde des vampires, expliqua Donatelli en désignant Chechikov. La police ne résoudra jamais ce crime. Buvez un peu avant de vous écrouler, ajouta-t-il en lui tendant le gobelet qu'il avait dans la main. Ensuite, je vous conseille d'aller trouver Gwenna et de lui demander pourquoi elle vous a transformé et vous a laissé en plan sans rien vous expliquer ni vous dire comment survivre.

Le gobelet dégageait une odeur extraordinaire. Tellement douce… Il sentait qu'il avait besoin de son contenu. Il n'aurait pas dû y toucher dans la mesure où il lui était offert par un fou, mais il avait tellement soif qu'il ne put se retenir. Il le vida d'un trait. Le liquide avait le même goût et la même consistance que le remède miracle de Gwenna et il eut sur lui le même effet. À peine l'eut-il bu qu'il se sentit mieux.

— Qu'est-ce que c'est ?

Il souleva le couvercle et jeta un coup d'œil à l'intérieur. C'était un liquide rouge, qui collait un peu aux parois et qui sentait…

— Du sang.

C'était bien cela. Nate sentit la panique menacer de l'étouffer.

Il fallait qu'il trouve Gwenna.

Seize

C'est avec les conseils de Kelsey résonnant encore à ses oreilles et un DVD sur les positions sexuelles à la main que Gwenna entra dans le casino, en espérant que Nate n'était pas encore parti. Tout ce que lui avait appris sa conversation avec Kelsey, c'était que Rick n'était certainement pas frustré sexuellement et qu'il ne manquait pas de créativité. Elle s'en serait bien passé. Elle avait eu beau lui laisser entendre que son mari était une grenade dégoupillée, Kelsey semblait n'avoir absolument pas peur de lui. Ni aucune envie de le quitter. La seule chose vaguement rassurante que Gwenna eût apprise, c'était que Rick tuait pour l'argent. Pas par méchanceté. Si c'était lui l'assassin des membres du forum, c'était que quelqu'un l'avait payé pour le faire. Restait à découvrir qui.

Gwenna traversait le hall en sortant son portable pour appeler Nate quand quelqu'un lui toucha le bras.

— Excusez-moi ?

— Oui ?

Elle se retourna et reconnut l'homme qui la suivait. C'était l'un des Empaleurs, Davey Foster. Celui qui avait fait semblant de se frotter à elle quand elle était montée sur scène après avoir abusé des martinis. Un incident qu'elle aimerait autant oublier, même si son étreinte avec Nate sous l'échafaudage juste après avait été des plus agréables.

— Je vous connais, non ?

Il avait un visage aimable et un sourire très sympathique et direct.

Gwenna haussa les épaules, au comble de la gêne.

— Je ne crois pas.

— Vous en êtes sûre ? J'aurais juré… Bon, ajouta-t-il en lui tendant la main. Davey Foster.

— Gwenna Carrick. Ravie de faire votre connaissance.

Son visage s'illumina et il claqua des doigts.

— Ah, voilà d'où je vous connais ! Vous êtes la sœur de Carrick. Enfin, je ne le connais pas personnellement, mais il a l'air cool.

— Merci. Moi aussi, je l'aime bien. Bon, ajouta-t-elle en ôtant la main de la sienne et en lui souriant, pressée de partir à la recherche de Nate, il faut que je file. Mon petit ami n'est pas très bien et il faut que j'aille le voir.

— O.K., pas de problème. J'espère qu'il sera vite sur pied. J'ai été ravi de vous rencontrer.

Il lui fit un petit signe de main et s'éloigna d'un pas.

— Si j'étais vous, ajouta-t-il, je garderais mes distances avec Slash.

Gwenna resta figée sur place, le cœur battant. Qu'avait-il dit ?

— Quoi ? dit-elle.

Mais il était déjà parti, à vitesse de vampire, slalomant entre les mortels si rapidement qu'ils ne sentaient qu'un courant d'air.

Il était au courant, pour Slash. Il savait qu'elle le connaissait. Qu'est-ce que cela pouvait vouloir dire ?

À son tour, elle traversa le hall à vitesse de vampire et se dirigea vers la piscine, manquant de foncer dans Nate qui, lui, rentrait dans l'hôtel.

Il avait repris quelques couleurs mais ne semblait pas très en forme. Il avait toujours l'air au bord de la nausée. Le voile de douleur qui troublait son regard inquiéta Gwenna. Le fait qu'il soit mort avant qu'elle le rende immortel posait-il un problème qu'elle n'avait pas soupçonné ? Il lui semblait pourtant que, dans la plupart des cas, la transformation se passait bien. Mais pas pour lui, manifestement.

— Il faut que je te parle, déclara-t-il.

— Très bien. Montons dans ma suite.

Elle voulut lui prendre la main mais il se dégagea. Elle espérait que c'était seulement parce qu'il était malade.

— On t'a appelé pour le meurtre, j'imagine. Je n'en reviens pas qu'il y en ait déjà eu un autre et que la victime soit Gregor.

Nate, qui marchait à grands pas vers les ascenseurs, s'arrêta net et la regarda.

— C'est fou : vous semblez tous connaître l'identité de la victime alors qu'elle n'a pas encore été révélée. On va monter, et tu vas me donner des réponses, Gwenna.

Il était grand temps, sans doute. Elle hocha la tête.

— Oui, admit-elle, c'est une bonne idée.

Il ne dit pas un mot dans l'ascenseur, gardant les yeux rivés au sol, une main pressée sur la poitrine comme s'il souffrait. Gwenna était consternée, rongée par la culpabilité, horrifiée de ce qu'elle avait fait, de la façon dont elle avait détruit sa vie par son égoïsme, parce qu'elle avait désiré ses attentions, son affection, son côté normal. Elle ne savait par où commencer ni comment s'expliquer.

Mais si ce silence se prolongeait, elle allait hurler, c'était sûr. À peine la porte de sa suite ouverte, elle commença :

— Je voulais te parler du lien que j'ai trouvé entre l'un des membres du forum et un tueur à gages bien connu. Enfin… bien connu dans mon milieu, hélas. Je pense que quelqu'un l'a engagé pour commettre ces meurtres. Gregor a-t-il été tué de la même façon que les autres ?

Nate hocha la tête, l'air méfiant, les mains enfoncées dans les poches arrière de son jean.

— Comment se fait-il que tu connaisses des tueurs à gages ?

— Entre Ethan et Roberto, je connais à peu près tous les gens qui comptent dans notre monde, bons ou mauvais.

Il hocha brièvement la tête et leva l'index.

— Nous y viendrons dans une minute. Mais, d'abord, je voudrais parler d'autre chose avec toi.

— Quoi donc ?

Avait-elle vraiment envie de le savoir ? Il semblait vraiment furieux.

— Viens là.

Il lui fit signe de le rejoindre devant la console sur laquelle elle avait disposé un bouquet de fleurs et des livres sous le miroir qui faisait partie du décor standard de la suite.

Elle obéit automatiquement, sans comprendre où il voulait en venir, mais bien décidée à faire ce qu'il fallait pour que tout se passe au mieux. Si seulement Nate pouvait redevenir lui-même, la considérer avec tendresse et respect… Elle ne comprenait pas son attitude actuelle et elle ne l'aimait pas.

Il lui fourra le vase et les fleurs dans les mains et la fit se retourner.

— Explique-moi ça.

Elle voyait du coin de l'œil qu'il désignait le miroir – mais, bien entendu, son doigt n'apparaissait pas dans la glace. Pas plus que le reste de Nate. Pas plus qu'elle. Il n'y avait que les fleurs, qui semblaient en lévitation.

Il savait.

— Il va falloir que tu entendes ce que je vais te dire avec beaucoup d'ouverture d'esprit.

Elle posa les fleurs et se tourna vers lui. Par où commencer ?

— Tu te souviens, quand tu m'as demandé si je croyais aux vampires ? Eh bien, la réponse est oui, parce que j'en suis moi-même un.

Un tic à la joue, il regardait par-dessus son épaule comme pour éviter ses yeux.

— Et moi aussi, n'est-ce pas ? Tu m'as transformé en vampire, c'est ça ? Mais pourquoi as-tu fait cela ?

Elle voulut lui prendre la main mais il se laissa faire sans serrer la sienne en retour.

— Nate… il faut que tu comprennes. Tu étais mort. Cette balle t'a traversé le cœur et tu es mort pratiquement sur le coup. Et c'était ma faute. J'ai essayé de te donner une deuxième chance. De te donner le choix. Je suis désolée que Roberto ait chargé quelqu'un de te tirer dessus. J'étais à cent lieues de me douter qu'il serait capable d'un tel acte.

— Tu aurais dû me dire que tu étais un vampire. Moi qui croyais que tu souffrais d'un trouble du comportement alimentaire…

Il lâcha un rire incrédule et se passa les deux mains dans les cheveux avant de reprendre :

— Mon Dieu ! C'est n'importe quoi. Des vampires. Ça n'existe pas. Ce sont des créatures inventées. N'empêche que je ne me vois plus dans les miroirs et que j'ai envie de sang. J'en ai bu, j'ai trouvé ça bon et, maintenant, j'en veux davantage. Et je sens quelque chose qui doit être mes crocs… ils sortent chaque fois que je pense à du sang – c'est-à-dire pratiquement tout le temps depuis que je sais ce que j'ai bu.

— Je suis désolée, s'excusa Gwenna. Asseyons-nous sur le canapé et essayons de débrouiller tout ça. Pose-moi toutes les questions que tu veux. Tu vas t'y habituer. Je crois, j'espère, qu'il vaut mieux être vampire qu'être mort. Mais comment voulais-tu que je te dise la vérité d'emblée ? Tu m'aurais fait enfermer.

Gwenna s'assit mais Nate ne manifesta aucune intention de la rejoindre.

— D'accord. Mais pourquoi es-tu partie après m'avoir transformé ? Il a fallu que j'apprenne par Donatelli, ton ex-mari, ce que j'étais devenu.

Oh, non… Gwenna se sentit rougir.

— C'est Roberto qui te l'a dit ?

— Oui. Je crois qu'il a pris son pied. Il n'est pas très content que tu m'aies transformé parce que son but était de me faire sortir de ta vie, mais il s'est bien fait plaisir à m'expliquer pourquoi je ne tenais plus debout. Parce que je manquais de sang.

— Je suis désolée. Je ne voulais pas que tu l'apprennes comme cela. Je pensais que tu allais dormir toute la nuit; je suis donc revenue ici chercher des poches de sang pour te nourrir. Il fallait aussi que j'appelle Kelsey. Quand j'ai compris que son mari était sans doute sur le forum et qu'il pouvait être le tueur, j'ai voulu vérifier qu'elle allait bien et la prévenir.

Gwenna s'interrompit en se rendant compte qu'elle bafouillait. Il fallait qu'elle reprenne le contrôle de ses émotions, qu'elle ralentisse, qu'elle ne s'affole pas. Nate allait comprendre. Il fallait qu'elle soit calme, pas sur la défensive. Elle n'était plus la Gwenna timide et effacée d'autrefois. Et puis elle avait de bonnes raisons d'avoir agi comme elle l'avait fait. C'était parfaitement justifié. Il fallait qu'elle se souvienne qu'elle n'était pas responsable des actes de Roberto. C'était lui qui avait tué Nate. Pas elle.

— Montre-moi tes crocs, lui demanda-t-il toujours debout devant elle.

Elle leva la tête vers lui.

— Ce n'est pas une bonne idée.

— Si. J'ai besoin de voir ce qui se passe.

— Nate…

Elle aurait dû être plus audacieuse et le mordre avant, songea-t-elle en repoussant ses cheveux en arrière. Elle aurait dû lui montrer sa vraie nature dans le plaisir, pas comme cela.

— Montre-moi, Gwenna. Il faut que je voie.

Il avait l'air tellement agité qu'elle comprit qu'il fallait qu'elle le fasse.

— Très bien.

Elle ouvrit la bouche un instant pour le laisser apercevoir ses crocs.

— Tu m'as déjà mordu ?

— Non !

Elle allait se scandaliser quand elle se souvint du petit suçon qu'elle lui avait fait.

— Enfin, si, corrigea-t-elle. Une fois. Mais pas pour boire ton sang. C'était pendant que nous… j'ai voulu te goûter, te sentir totalement.

— Qui es-tu ? lui demanda-t-il d'un air si blessé qu'elle eut envie de pleurer. Au fond, je ne te connais pas.

— Si. Tu ignores les détails mais tu me connais, Nate. Je suis la même que celle que j'étais à tes yeux cet après-midi. La femme dont tu disais être en train de tomber amoureux.

Il était peut-être très mal venu d'évoquer cet aveu maintenant, mais elle ne voulait pas perdre cette occasion de lui rappeler ce qu'il ressentait. Elle ne voulait pas le perdre. Point.

— Sauf que tu es un vampire avec un très long passé. Combien de temps, au juste ?

— Je suis née en Angleterre au XIe siècle. Ethan est mon demi-frère. Il m'a transformée en vampire quand j'ai failli mourir en couches d'une hémorragie.

Nate la fixait d'un air sévère de policier en train de procéder à un interrogatoire. C'était déconcertant, cette capacité qu'il avait de faire abstraction totale de ses émotions. Elle n'arrivait pas à jauger ce qu'il ressentait.

— Donc ta fille qui est tombée par accident sur une épée est née il y a des siècles ?

— Oui. Et, en réalité, ce n'était pas un accident. À vingt-cinq ans, elle s'est donné la mort avec une épée de peur qu'Ethan ou moi la transformions en vampire.

Il était douloureux de le dire tout haut mais Gwenna voulait que Nate comprenne que, si elle lui avait menti, c'était parce qu'il était impossible de lui dire la vérité sans qu'il la prenne pour une folle. Ce n'était pas par méchanceté ni par malhonnêteté, mais par nécessité.

— Autre temps, autres mœurs, expliqua-t-elle. Elle estimait que le vampirisme était une aberration, que nous étions des monstres, Ethan et moi, que nous étions diaboliques.

Cette révélation fissura tout de même un peu le masque de Nate.

— Je suis désolé, Gwenna.

Elle lui fit un petit sourire.

— Oui, moi aussi. J'ai passé bien des années à regretter de ne pas pouvoir changer le passé, à regretter que ma fille ne soit plus auprès de moi, qu'elle ait eu peur de moi à la fin. Mais j'ai appris à vivre avec tout cela. Je ne dirais pas que je suis parfaitement en paix, mais cela va de mieux en mieux. Et j'apprends aussi à être à la fois plus indépendante et plus sociable, moins renfermée.

Nate soupira.

— J'ai envie d'être en colère contre toi. Furieux. Mais quand je te regarde… quand je vois tes yeux… je n'y arrive pas. Je ne peux pas t'en vouloir, même si tu m'as menti, parce que je sais que tu ne fais que ce que tu crois bien. Tu *es* quelqu'un de bien. Tu ne me ferais jamais de mal exprès.

Elle sentit l'espoir renaître dans son cœur.

— Non, confirma-t-elle, jamais. Je… je t'aime, Nate. Et c'est une chose que je n'ai dite à aucun homme depuis mon divorce – il y a trois cents ans.

Nate avait mal à la tête. Il avait le plus grand mal à comprendre et à analyser ce qu'il découvrait. Il entendit bien la déclaration d'amour de Gwenna mais ce fut la fin de sa phrase qui lui tira un rire incrédule.

— Cela fait trois cents ans que tu as divorcé ? C'est dingue. Et ce connard ne te laisse toujours pas tranquille. Franchement, ça ne va pas.

En effet, cela n'allait pas. Et Nate était un vampire. Cela n'allait pas non plus. Cette seule idée lui donnait le vertige. Il savait pourtant que c'était vrai. Il sentait les changements qui s'opéraient en lui, voyait avec une netteté accrue tout ce qui l'entourait, avait l'ouïe d'une finesse nouvelle. Il sentait toutes les nuances des êtres et du monde autour de lui. Il sentait aussi ses crocs. Et il avait besoin de sang.

C'était terrifiant. Mais il savait aussi qu'il n'aurait pas voulu mourir. Il était plus égoïste que Kyra et son besoin de contrôle était plus grand. Sa sœur avait accepté son destin avec une grâce et une dignité que Nate admirait éperdument. Il savait qu'il n'aurait pas pu ne pas se battre de toutes ses forces, d'autant qu'il lui semblait qu'il n'avait pas accompli ce qu'il avait à faire dans sa vie.

Alors il allait accepter son destin de vampire. Et il devrait sans doute finir par remercier Gwenna. Pour l'instant, il était trop occupé à analyser les informations et les sensations qui lui parvenaient pour se rendre compte qu'elle aussi avait besoin d'être rassurée, qu'il fallait qu'il lui dise ce qu'il ressentait. Parce qu'il tenait toujours à elle. Il avait envie d'être avec elle. D'autant plus maintenant qu'il savait depuis combien de temps elle se battait contre son ex-mari et son chagrin pour sa fille.

Mais elle haussa simplement les épaules.

— Roberto est comme il est. Mais je crois que, ce soir, nous avons fini par trouver une solution. Il y a des chances qu'il soit suffisamment en colère pour ne plus jamais me parler.

Elle se leva, s'approcha de lui et glissa la main dans la sienne avant d'ajouter :

— Je regrette seulement d'avoir mis si longtemps à lui tenir tête et à lui dire la vérité. Si je l'avais fait plus tôt, tu serais sans doute toujours mortel.

Elle semblait si triste, si soucieuse que Nate lui caressa la joue. Il ne supportait pas de voir pleurer les femmes et elle semblait sur le point de craquer. Il ne voulait surtout pas qu'elle se sente coupable de ce qui était arrivé.

— Ce n'est pas ta faute, Gwenna. Ne dis jamais cela. Ce n'est pas toi qui m'as fait tirer dessus; c'est Donatelli.

— Mais c'est moi qui t'ai entraîné dans cette histoire.

— Non. Je m'y suis trouvé mêlé parce qu'il y a un meurtrier en circulation. Tu n'es pas responsable non plus de la mort des deux membres du forum. Tu n'as rien fait de mal. Toi et moi, nous avons choisi d'être ensemble, d'avoir une relation parce que nous en avions envie tous les deux. Point final.

Elle le fixait de ses grands yeux bleus, ses longs cils humides.

— Point final ? Nous avons eu une relation et c'est tout ?

Une larme lui roula sur la joue. Une larme rouge. Une larme de sang. La gorge de Nate se serra. Il l'aimait. Oui, il l'aimait. Ce devait être cela, même s'il en doutait, même si une méchante petite voix lui soufflait qu'il se trompait, qu'il voulait qu'elle soit quelqu'un qu'elle n'était pas, qu'il voulait que ce qu'il y avait entre eux soit réel alors que ce n'était pas le cas. Il n'était pas sûr de lui à cent pour cent. Il ne savait pas bien non plus ce que c'était que l'amour. En revanche, il y avait une chose dont il ne douterait jamais. Il voulait protéger Gwenna de tout, et de tous. Y compris de lui-même. Mais, pour l'instant, il avait envie de la prendre dans ses bras, de la serrer contre lui.

— Non, ce n'est pas tout.

Il l'enlaça, l'attira à lui et lui baisa le front, la tempe, la joue.

— Des larmes de sang… On a tous ça ?

— Non, répondit-elle en secouant la tête contre lui, encore raide et hésitante. C'est assez rare. Kelsey et moi pouvons pleurer, mais, à Vegas, je ne connais personne d'autre.

— Tu es donc extraordinaire.

— Pas tant que cela.

Nate lui fit relever le menton pour qu'elle le regarde dans les yeux.

— À mes yeux, si. J'ai envie d'être avec toi, Gwenna. J'ai envie de t'aimer.

Il l'embrassa tendrement, se délectant de la douceur de ses lèvres qui s'ouvraient sous les siennes. Il avait la langue plus sensible; il percevait mieux son goût unique. Elle était délicieuse. Et elle était sienne. Au moment où il commençait à avoir envie de la mordre, elle se détacha de lui.

— Tant mieux, dit-elle. Parce que j'étais déterminée à te convaincre que nous étions faits l'un pour l'autre, mais, la vérité, c'est que nous n'avons pas le temps pour le moment. Nous avons un problème.

Nate faillit éclater de rire mais elle semblait si sérieuse qu'il n'osa pas.

— C'est à propos des meurtres, n'est-ce pas ? Dis-moi tout ce que tu sais. Absolument tout, cette fois.

Une heure plus tard, après avoir emprunté un bloc et un stylo à Gwenna, il essayait de faire le tri de toutes les informations qu'ils possédaient.

— Le monde des vampires est très petit, n'est-ce pas ? On retombe toujours sur les mêmes.

— C'est vrai, confirma-t-elle, assise à côté de lui sur le canapé, son ordinateur portable en équilibre sur les genoux.

— Donc, voilà ce que nous avons. Rick – tueur à gages; a travaillé pour Donatelli; usager de drogues. Ethan – ton frère, président de la Nation vampire.

Nate n'en revenait pas. Il n'avait jamais cru aux vampires, et il était à des années-lumière de les imaginer aussi organisés. De toute façon, tout le stupéfiait. Il était presque soulagé de devoir se concentrer sur les meurtres. Les homicides, au moins, il comprenait.

Il parcourut sa liste et reprit :

— Ethan a un ennemi, Donatelli, qui est désormais vice-président car c'était le seul moyen pour Ethan d'être certain de battre Gregor Chechikov. Ce même Chechikov que l'on est en train d'emporter à la morgue à l'heure où nous parlons.

Nate ajouta un commentaire à côté du nom de Gregor. « Mort. »

— Comment un vampire peut-il mourir ? s'enquit-il.

— Par décapitation. Ou si on lui enfonce un pieu en bois dans le cœur. Ou si on le brûle entièrement. C'est tout. Ah, et puis aussi, en théorie, si on le vide entièrement de son sang et qu'on ne lui en redonne pas. Mais il est très rare qu'un vampire puisse avoir le dessus assez longtemps sur un autre pour y parvenir sans avoir recouru d'abord à une des trois autres méthodes.

— C'est pourtant ce que quelqu'un a fait à Gregor, puisqu'il est bel et bien mort. Je l'ai vu. Et je l'ai senti.

Gwenna cessa de pianoter sur son clavier – elle lui avait dit qu'elle allait voir ce qui se passait sur le forum des chasseurs de vampires – et le regarda.

— Ce qu'il y a, c'est que Gregor était un vampire depuis longtemps mais qu'il était redevenu mortel récemment. Il était donc assez facile de le tuer si on savait qu'il était mortel – ce que presque personne ne savait car il se cachait. En tant que vampire, on distingue immédiatement les vampires des mortels. Gregor s'est donc planqué.

— Pourtant, toi, tu savais qu'il était mortel ?

D'ailleurs, comment un vampire faisait-il pour redevenir mortel ?

— Oui, parce que c'est Jean-Baptiste Corbin, le mari de Brittany, qui l'a rendu à nouveau mortel – contre son gré. Il a fait ça pour le punir d'avoir enlevé Brittany alors qu'elle était enceinte et d'avoir prévu de voler le bébé. Jean-Baptiste a jugé que ce châtiment était mérité pour un homme capable de faire cela à une femme.

— C'est épouvantable, confirma Nate. Et quelqu'un voulait manifestement le voir mort. Mais comment un vampire devient-il mortel ?

— Jean-Baptiste a mis au point un vaccin. Mais c'est un secret et il n'est pas destiné à la population vampire dans son ensemble. Cela pourrait générer une vague de panique et de protestation.

— Ce que ton frère veut éviter, j'imagine.

— Ce que tout le monde veut éviter. Notre sécurité dépend de notre unité et du contrôle de notre population.

— Alors, est-ce une coïncidence si un vampire tue des chasseurs membres du forum, selon toi ?

— Je l'ignore. Mais j'ai un nouveau message de Slash, indiqua-t-elle en montrant son écran. Il me donne rendez-vous ce soir, au Bellagio, devant le club.

Cela ne disait rien qui vaille à Nate. Vraiment rien. Il n'avait pas envie que Gwenna se mouille plus dans cette affaire qu'elle ne l'était déjà.

— Je ne crois pas que ce soit raisonnable, dit-il.

Elle fronça les sourcils.

— Mais il faut bien que l'on découvre qui est Slash, objecta-t-elle. Oh, zut ! s'exclama-t-elle en lui saisissant le bras. J'allais oublier. Tout à l'heure, en venant te chercher à la piscine, je suis tombée sur Davey Foster, le bassiste des Empaleurs. Il m'a dit un truc très bizarre en s'en allant. Il m'a recommandé de ne pas m'approcher de Slash.

— Tu lui avais déjà parlé de lui ? Davey Foster est-il membre du forum ?

— Pas que je sache. En fait, je ne l'avais jamais vu avant le concert. Et même ce soir-là, je ne lui ai pas vraiment parlé.

— Qu'est-ce qui pourrait le pousser à faire tuer des chasseurs de vampires ?

— Aucune idée. Mais ça ne peut pas être lui le meurtrier. Cela n'aurait aucun sens. Personnellement, je pense que c'est Sasha, la femme de Gregor.

— Mais tu dis que c'est une mortelle…

— Et aussi une garce de première. D'après Kelsey, elle a essayé de tuer Rick ce soir, sans aucune raison. Elle lui a planté un pieu dans le cœur, et si Kelsey n'était pas intervenue, il serait mort. Tu ne trouves pas un peu bizarre qu'une femme qui a épousé un vampire essaie de tuer un autre vampire ?

— Qu'a fait Kelsey à Sasha ?

Nate n'avait pas de mal à l'imaginer lui arrachant la tête. Là fois où il l'avait vue, malgré ses airs d'écervelée, il avait senti qu'elle devait être loyale à l'extrême envers ceux qu'elle aimait.

Suffisamment pour tuer pour eux. Du reste, tous ceux qui figuraient sur la liste de Nate devaient être capables de tuer si on leur en donnait une bonne raison.

— Je ne sais pas, répondit Gwenna en haussant les épaules. Je ne le lui ai pas demandé. Mais je pense que Sasha est FoxyKyle et qu'elle a engagé Rick pour tuer ces garçons et son mari.

— Mais pourquoi ?

— Je l'ignore. Et je n'ai aucune preuve de ce que j'avance, Nate. Rien que mon instinct. Il existe une relation entre Rick et Sasha, manifestement, et il est tueur à gages. Si elle est membre du forum, elle a accès à tous les membres qui ont donné leur véritable identité. Je ne sais pas quelle peut être sa motivation, mais c'est sans doute elle l'élément du puzzle qui nous manquait. Que fait-elle parmi les vampires, d'abord ? Il est rare qu'un vampire épouse une mortelle et la fasse entrer dans notre monde.

— Les intuitions sont plus souvent justes que fausses, assura-t-il. Et je n'ai pas suffisamment d'informations pour me faire une idée. De toute façon, j'ai un peu de mal à suivre. Je ne connais pas les parties impliquées aussi bien que toi.

Et il trouvait cela terriblement frustrant.

— Je vais donc te suivre, conclut-il. Mais qui est Slash et pourquoi veut-il te rencontrer ?

— Alors là, aucune idée. Mais cela ne ressemble pas au comportement de Rick. Et je ne pense pas non plus qu'il soit du genre à traîner en ligne. En plus, à en croire Kelsey, il a passé toute la semaine dernière complètement défoncé. Et je ne l'imagine pas ayant assez de suite dans les idées pour me donner tous ces rendez-vous.

— Je ne sais pas, ma chérie. Je ne sais vraiment pas. Enfin, j'imagine que, si nous voulons des réponses, il va falloir aller le retrouver au Bellagio.

— Tu vas m'accompagner ?

— Oui, bien sûr.

— Tu sais qu'il n'est pas facile de me tuer. C'est pour cela que j'étais partante pour rencontrer Slash depuis le début. Je ne suis pas tout à fait la blonde nunuche pour qui tu m'as prise. Je suis plus forte que n'importe quel assassin mortel, ajouta-t-elle avec un petit sourire.

Il n'était pas franchement convaincu.

— Je suis heureux de savoir que tu ne passais pas ton temps à t'exposer au danger avec une force de mortelle et sans arme ni la moindre notion d'autodéfense, mais je ne crois pas que la force et la vitesse des vampires suffisent à te tirer d'un mauvais pas face à un mortel un peu fourbe. Tu te crois sûrement très solide, et tu l'es, moralement, mais tu m'as dit toi-même que tu passais ton temps sur Internet ou à lire ou à jouer de la harpe et du piano. Cela ne te sera pas très utile face à un chasseur de vampires psychotique.

Elle lui jeta un regard noir. Mais enfin, il ne faisait que lui dire la vérité en face. Gwenna n'était pas une dure à cuire. Désolé. Et elle lui plaisait parfaitement comme elle était. Il n'aimerait pas particulièrement qu'elle devienne mauvaise et méchante avec lui.

— Tu sais que j'ai des problèmes de contrôle, non ? Toute ma vie, les hommes – ou plutôt, deux hommes – se sont efforcés de contrôler tous mes faits et gestes. Je ne supporterai pas cela de toi.

Houlà ! Marche arrière.

— Eh, eh, fit-il en levant une main conciliante. Je n'essaie pas de te contrôler, Gwenna. Ce n'est pas comme cela que je fonctionne. Mais tu as déjà remarqué que je voyais la vie en noir et blanc. C'est vrai et je n'y peux rien.

À vrai dire, cela ne lui déplaisait pas. Il était tellement plus simple, ainsi, d'affronter toutes les horreurs auxquelles il était confronté dans son travail…

— Ce que je veux te dire, conclut-il, c'est que tu n'as pas l'habitude d'avoir affaire à des criminels.

— J'ai vécu avec un criminel pendant trois cents ans, lui rappela-t-elle froidement.

Nate fit la grimace. Mon Dieu. Trois cents ans avec Donatelli. À vivre avec lui. À coucher avec lui. Cela ne lui plaisait vraiment pas du tout. Il avait déjà assez de mal à admettre que Gwenna soit un vampire, vieille de neuf siècles, que les vampires n'étaient pas un mythe mais qu'ils existaient vraiment, et qu'elle menait une existence normale et saine. Qu'elle n'était pas un monstre, un zombie buveur de sang, mais une femme aimante et compatissante. Et qu'elle avait vécu si longtemps avec un type que Nate aurait volontiers jeté en prison avant d'avaler la clé. Oui, il avait beaucoup de mal.

Il avait aussi du mal à admettre que son univers ait subi une telle transformation en moins d'une semaine.

— Donc, tu te crois capable d'affronter les méchants à mains nues ?

— Il n'y a pas que cela qui te chiffonne, si ? lui demanda-t-elle en lui caressant la cuisse.

Hm. Peut-être pas. Nate la scruta pour tenter de comprendre la cause de son anxiété.

— Je ne sais pas, avoua-t-il. Tout a tellement changé… C'est incroyable.

Il avait l'impression de rêver – ou, plutôt, d'être complètement saoul. Sa perception de ce qui l'entourait était transformée. Tout allait vite autour de lui. La tête lui tournait. Il ne maîtrisait plus rien.

En guise de réponse, Gwenna lui pressa doucement la cuisse.

Elle était si belle, éthérée... Maintenant, il comprenait mieux l'origine de ce troublant mélange de force et de fragilité. Elle était née à une époque de malnutrition et d'absence de soins médicaux, ce que ses traits reflétaient. Elle était menue et pâle, avec des yeux immenses qui lui mangeaient le visage. Pourtant, malgré son apparence frêle et son maintien calme et posé, elle était d'une solidité inébranlable. Elle avait traversé beaucoup d'épreuves sans jamais se laisser abattre.

Nate ne savait pas comment lui dire ce qu'il avait à faire sans lui causer du chagrin. Mais il perdait le nord. Et il lui semblait injuste de ne pas être parfaitement honnête avec elle.

— Non, ce n'est pas la seule chose qui me chiffonne, confirma-t-il. Tout me chiffonne. C'est de la folie. Ma sœur, mes parents... toi, les vampires... Et si je ne pouvais pas me fier à mes sentiments ? Et si tout cela était une réaction au stress ?

D'accord, cela ne faisait pas très courageux, mais c'était la vérité. Nate n'avait pas confiance en lui. Point. Il était en loques, et assez grand pour l'admettre.

— Tu parles de tes sentiments pour moi, n'est-ce pas ?

Elle parlait d'un ton égal qui contrastait avec la souffrance que trahissait son expression.

Il hocha la tête.

— Entre autres.

Mais surtout de ses sentiments pour elle, en effet. Il croyait l'aimer. Mais comment cet amour pouvait-il être réel ? Ils ne se connaissaient que depuis une semaine à peine et elle lui avait menti. Il s'était engagé dans cette relation en la prenant pour une autre que celle qu'elle était. Alors comment savoir si c'était la vraie Gwenna qu'il aimait ?

— Reconnais que c'est compliqué, plaida-t-il. Nous avons été quelque peu malmenés, tous les deux. Nous devrions prendre le temps de nous assurer que…

Il s'interrompit. Il ne savait même pas ce qu'il disait. Et, vu la tête de Gwenna, elle non plus.

Dix-sept

Gwenna était en train de se faire plaquer. C'était incroyable. Enfin, peut-être pas. Elle s'était attendue à sa colère et à ses reproches parce qu'elle l'avait transformé en vampire. En revanche, elle n'imaginait pas qu'il douterait de ses sentiments pour elle. Comme s'il avait souffert d'un syndrome de sexe post-traumatique qui l'avait fait la désirer, et puis voilà. Rien de plus. Maintenant, il avait repris le dessus. Merci bien.

— Je vois, fit-elle. C'est parfaitement compréhensible.

En fait, pas du tout. C'était offensant, insultant, ridicule – et typiquement masculin. Gwenna se demandait même ce qui la poussait à répondre aussi poliment. Son éducation, sans doute. Elle avait toujours appris à s'incliner devant les hommes; cela dit, franchement, elle ne voyait pas l'intérêt quand ils étaient si bêtes.

— Ce qui ne signifie pas que cela me convienne ou que je le prenne bien, ajouta-t-elle. Il est vrai que mon point de vue est différent du tien puisque j'étais au courant de la situation. Et que j'ai une longue vie d'erreurs derrière moi pour évaluer mes sentiments. Je sais que je tiens profondément à toi et je n'ai pas besoin d'y réfléchir. J'ai envie d'être avec toi. Cependant, si tu as besoin de temps, je respecte ta décision.

Enfin, plus ou moins. Qu'est-ce qui lui prenait ? Elle avait eu l'intention de lui dire de se ressaisir et de se décider, et elle se retrouvait à justifier ce qu'il éprouvait. Elle n'était pas encore tout à fait au point pour le rôle de battante.

— Merci, dit-il. Je te suis reconnaissant de ta patience.

— Alors, qu'est-ce que ça veut dire plus précisément ? Que nous n'allons plus nous voir ? Parce que si tu ne veux plus de contact avec moi, il faut que je te présente à Ethan pour qu'il puisse t'aider dans ton passage de la vie de mortel à celle de vampire.

Elle faisait tout ce qu'elle pouvait pour ne pas paraître trop amère, mais y parvenait-elle ? Rien n'était moins sûr. Elle refusait pourtant d'éprouver la moindre amertume. Et elle ne voulait pas non plus passer pour une malheureuse qui essaierait de se cramponner quand tout était fini.

— Bien sûr que si, je veux te voir, protesta-t-il d'un air ébahi. Je t'ai dit que j'étais en train de tomber amoureux de toi.

Hm. Pour quelqu'un qui voyait le monde en noir et blanc, il maniait beaucoup de nuances de gris.

— Mais tu viens de dire que tu doutais de tes sentiments, fit-elle valoir. Je ne vois pas très bien ce que tu veux que je fasse, du coup.

— Rien. Je voudrais qu'on continue comme avant.

— Donc on se voit, on couche ensemble, on essaie de résoudre ces crimes ensemble et, pendant ce temps, je suis censée te laisser tranquille pour que tu définisses bien tes sentiments ?

Donc, je suis censée investir du temps et de l'énergie, et m'attacher à toi sans vraiment savoir ce que tu ressens ? En sachant que, d'une seconde à l'autre, tu risques de te rendre compte comme par miracle que tu n'étais pas vraiment amoureux de moi et de me quitter ? J'ai bien compris ?

Parce que, si c'était le cas, elle ne jouait pas. Fin de la partie.

— Euh..., bredouilla Nate, qui avait l'air pris au piège. Je ne voulais pas dire... enfin, je ne crois pas...

Gwenna attendit patiemment.

— Pardon ? Je n'ai pas bien saisi...

Alors il eut recours à une stratégie qui, supposait-elle, devait être celle de tous les hommes. Il prononça son prénom d'une voix mi-sensuelle, mi-conciliante.

— Gwenna...

Et peut-être un peu exaspérée, aussi. Puis il se pencha sur elle pour l'embrasser.

Voilà. Attitude masculine classique. En cas de doute, opter pour le sexe. Sauf qu'elle se rendit compte qu'elle se moquait pas mal des raisons pour lesquelles il voulait l'embrasser. Elle avait envie de le sentir, de voir quel goût il avait maintenant qu'il était vampire. Ils allaient pouvoir se rendre compte du lien qui existait entre eux maintenant qu'ils avaient le même sang. Et elle allait lui faire sentir sa sincérité, la réalité de son affection et de son amour pour lui.

Peut-être courait-elle à la catastrophe. Peut-être lui donnait-elle des bâtons pour se faire battre, mais, quand il prit possession de ses lèvres, elle décida de ne plus réfléchir. De se contenter de ressentir. Elle ne voulait plus s'encombrer l'esprit de morts, de meurtres ni des machinations pernicieuses d'êtres cruels. Elle voulait se sentir bien, toucher, être touchée. La mort était tout autour d'eux – celle de Kyra, celle des victimes –, le passé de Gwenna la suivait et ne la laissait pas en paix, elle avait encore dans la gorge la terreur qui l'avait saisie au moment où elle avait cru Nate mort. Il allait lui falloir du temps pour se remettre de ce choc; et il allait leur en falloir à tous les deux pour assimiler sa décision de le transformer.

Alors, certes, Nate avait des doutes, il était perturbé. C'était prévisible. Au fond, elle savait que, s'il décidait finalement de s'éloigner d'elle, elle survivrait à cela aussi. Si elle avait appris une chose, c'était qu'il fallait profiter de la vie, jouir de chaque nuit comme elle se présentait.

Elle ouvrit les lèvres pour lui rendre pleinement son baiser et noua les mains autour de son cou. Elle était autant séduite par son corps si ferme, si fort, si sexy, que par son sens aigu de la justice. Tout comme elle aimait les choses incroyables qu'il faisait avec sa langue dans sa bouche.

— Tu as le même goût, mais un peu différent, murmura-t-il. Plus puissant et plus prononcé, dirait-on.

Elle le saisit par ses cheveux courts pour attirer de nouveau son visage près du sien. Puis elle lui offrit son cou.

— Mords-moi, Nate. Goûte-moi.

Il prit une brusque inspiration.

— Non.

Elle percevait sa curiosité, son désir. Il ouvrit d'ailleurs les lèvres et ses crocs tout neufs descendirent. Elle voulait qu'il connaisse ce plaisir intense pour la première fois avec elle. Elle voulait qu'il lise dans ses pensées, qu'il connaisse ses sentiments.

— Si, insista-t-elle en l'embrassant passionnément avant de lui mordiller la lèvre inférieure tout en frottant la cuisse contre son érection. Si, répéta-t-elle contre sa bouche, le cœur battant, le souffle court et désordonné.

Encore une fois, elle pencha la tête en arrière pour lui offrir son cou.

Cette fois, il accepta. Il lui lécha d'abord un peu la peau avant de lui saisir les épaules et d'enfoncer ses crocs en elle. La légère douleur teintée de plaisir la fit frémir, puis vint le tiraillement de sa succion et, surtout, ce lien entre eux. C'était aussi intime que le sexe et une vague de chaleur l'envahit, déferla à la jonction de ses cuisses, lui arrachant un profond gémissement.

Nate contempla Gwenna, les yeux révulsés par le plaisir, juste avant de perdre le contrôle et de fermer les paupières. C'était incroyable, les sensations que lui procurait le sang chaud de Gwenna en coulant entre ses dents, sur sa langue, et les pensées et les sensations qu'il lui apportait. Il sentait son corps contre le sien, la chaleur de ses jambes, de ses mains, de son cou; dans le même temps, il percevait les battements de son cœur et son plaisir, qu'exprimaient les mots et les bribes de pensées et de sentiments qui lui parvenaient, qui se transmettaient directement de son esprit au sien. C'était extraordinaire, follement excitant de savoir combien elle tenait à lui, de l'entendre aussi nettement, de comprendre à quel point elle le désirait.

Il n'avait jamais senti ce genre de lien avec une femme. Sans doute était-ce de l'amour. Pourvu que ce soit de l'amour… Quoi qu'il en soit, l'intensité de cette union avec elle, le plaisir de pénétrer sa peau avec ses crocs tout neufs, de boire son sang épais et savoureux était plus satisfaisant que tout ce qu'il avait pu vivre jusqu'alors.

Comment croire qu'il était mort aujourd'hui ? Il était mort, et Gwenna lui avait sauvé la vie. Parviendrait-il jamais à lui exprimer sa gratitude ?

— Continue comme avant et nous pourrons nous réjouir tous les deux, ensemble, que tu ne sois pas mort.

Nate se détacha du cou de Gwenna et lécha les gouttes de sang qui lui restaient sur les lèvres.

— Toi aussi, tu captes mes pensées ?

Elle hocha la tête.

— Pendant un échange, nous sommes liés. Pendant un rapport sexuel aussi, sans doute. Nous avons le même sang, maintenant.

Il n'avait pas vu les choses ainsi.

— Cela dit, tout n'est pas forcément aussi tranché, précisa-t-elle. L'état de vampire est fait de beaucoup de mystères et de nuances. Nous sommes tous étrangement uniques.

— Car les vampires restent des êtres humains.

— C'est vrai, concéda-t-elle avec un petit rire, en lui passant l'index sur les lèvres.

— Et il y en a de bons et de mauvais.

Il vit qu'un peu de sang rouge vif coulait, lentement, dans le cou de Gwenna, par les deux petits trous qu'avaient faits ses crocs. Spontanément, il le lécha. C'est alors qu'il eut la surprise de découvrir que son geste avait non seulement effacé le sang, mais refermé les deux plaies.

— Merci, fit-elle en souriant. Oui, il y a des bons et des méchants – et j'aimerais beaucoup qu'on arrête un meurtrier ce soir.

— Je ne peux qu'être d'accord, répondit-il en lui caressant les cheveux et en plongeant dans ses si beaux yeux bleus. Tu es une femme extraordinaire.

— Tu n'es pas trop mal non plus.

On lui avait déjà fait des compliments plus enthousiastes, mais, dans la mesure où elle lui caressait le sexe en même temps, il n'allait pas se plaindre.

— Oh ! s'exclama-t-elle en retirant soudain sa main. Je viens de penser à une chose.

Quelque chose lui disait qu'il ne s'agissait pas d'une position excitante qu'elle voulait qu'ils essaient… Il se retint de soupirer.

— Ah oui ? Quoi donc, ma beauté ?

— Est-ce que Sasha est au courant de la mort de Chechikov ?

— Pas que je sache. J'étais censé aller la prévenir du décès de son mari, mais je me suis laissé distraire en chemin.

Par la découverte de son nouvel état de vampire. Et il voyait parfaitement où Gwenna voulait en venir.

— Allons tout de suite rendre visite à la petite dame.

Il aurait préféré qu'elle continue ce qu'elle avait commencé avec sa main, mais elle avait raison. Il fallait informer Sasha et observer sa réaction.

— Bonne idée.

Elle lui fit un sourire assez satisfait.

— Comme cela tombe bien que Slash m'ait donné rendez-vous au Bellagio ce soir, remarqua Gwenna. C'est justement là que Chechikov vivait avec Sasha.

Cela tombait même un peu trop bien, songea-t-elle en traversant une pelouse humide.

— Tu me parais un peu sarcastique, Gwenna, observa Nate en souriant.

Il semblait déjà se faire à sa transformation, mieux l'accepter. Seule sa force lui posait des problèmes – il avait arraché la portière de la voiture de ses charnières. Mais ses nausées du début s'étaient entièrement dissipées, ce dont elle était profondément soulagée.

Mais il leur fallait rester concentrés. Ils s'apprêtaient à affronter un danger potentiel. Quoi qu'il en soit, affronter un tueur de chasseurs de vampires mortels l'impressionnait moins maintenant qu'elle avait vu Nate se vider de son sang dans son Ford Explorer.

Ils avaient évité le devant du Bellagio et la fontaine pour ne pas risquer de tomber sur Slash, dont ils ignoraient toujours l'identité. Il avait donné rendez-vous à Gwenna dans une demi-heure, mais peut-être rôdait-il déjà dans les parages. Après s'être garés dans le parking, ils étaient donc passés par une porte de côté pour entrer dans l'hôtel.

— J'avoue que je ne suis pas très objective au sujet de Sasha, reconnut Gwenna en se dirigeant vers l'ascenseur. Brittany m'a raconté que, quand Gregor l'avait enlevée – et n'oublie pas qu'elle était enceinte de cinq mois quand c'est arrivé –, Sasha était assise dans la pièce et lisait tranquillement pendant que Gregor frappait Brittany. Cela me rend malade.

— Elle avait peut-être peur de son mari, fit valoir Nate en appuyant sur le bouton. Il n'avait pas l'air particulièrement gentil.

Elle fit la grimace.

— C'est vrai. Il se peut que Sasha soit aussi une victime dans cette histoire, même si mon instinct me dit le contraire.

— Bon. Laisse-moi faire, d'accord ? C'est moi le policier, c'est moi qui ai une plaque. Nous allons commencer par une approche officielle.

— Mais alors, comment expliquer ma présence ?

— Tu ne seras pas avec moi. Tu m'attendras dans le couloir.

Elle lui jeta un coup d'œil au moment où l'ascenseur s'ouvrait et où ils montaient.

— Ah oui ? Je suis bien contente que nous en ayons parlé et que nous ayons pris cette décision ensemble, ironisa-t-elle.

Elle avait un ton un peu hargneux, elle s'en rendait compte, mais il fallait que Nate comprenne qu'il ne devait pas s'attendre à ce qu'elle se conduise en petite amie soumise. Elle avait déjà donné, et il fallait commencer tout de suite sur de bonnes bases.

Il ne sembla d'ailleurs pas s'en offenser le moins du monde. Il lui souriait et s'était mis à lui caresser doucement l'intérieur des cuisses.

— Très bien, dit-il. Discutons-en.

— Super. Bon, dans la mesure où tu es là en mission officielle, il vaut sans doute mieux que je ne me montre pas. Je t'attendrai dans le couloir.

Ce n'était pas l'idée, qui lui déplaisait, c'était la façon dont il l'avait exprimée.

— Parfait.

Il l'attira à lui en glissant ses grandes mains masculines dans la ceinture de son jean. Désormais, avec sa force de vampire, elle ne pouvait plus lui résister. Du reste, elle n'en avait aucune envie. Il avait une façon de la toucher terriblement sexy et absolument pas dominatrice. Il la désirait, mais il voulait qu'elle le désire aussi. Il ne cherchait pas à la contrôler. Il était loyal, protecteur, mais pas autoritaire. Son style, c'était la séduction. Pas l'affirmation de sa puissance. Sa femme aurait bien de la chance.

Et, sa femme, c'était elle, songea Gwenna. Enfin, sa petite amie. Oui, c'était bien ça. Et cela lui faisait drôle. Elle n'avait jamais été la « petite amie » de personne. Quoi qu'il en soit, c'était elle qui bénéficiait de sa loyauté, de sa protection. Et de sa séduction.

— J'ai envie de toi, lui murmura-t-il au creux de l'oreille. Nous aurions dû finir ce que nous avions commencé avant de partir.

— Nous sommes pressés par le temps, souligna-t-elle sérieusement, tout en pressant ses seins contre son torse en faisant le vœu que l'ascenseur tombe en panne et ne soit pas réparé avant une bonne demi-heure. Mais on se rattrapera plus tard.

— Nous avons l'éternité devant nous, n'est-ce pas ? remarqua-t-il alors que son regard s'assombrissait.

Gwenna n'eut pas le temps de songer à sa réponse. Les portes de la cabine s'ouvraient et Nate sortit dans le couloir.

— Par là, indiqua-t-il.

— Je t'attends ici.

Nate s'arrêta et la regarda. Elle crut qu'il allait dire quelque chose, mais il se ravisa.

— Bon, très bien. Je reviens dans cinq minutes.

— Appelle-moi si tu as besoin de moi.

Sur quoi elle lui fit un petit signe et il s'éloigna.

Zut ! Pourquoi y avait-il un petit côté plaintif dans sa dernière phrase ? Elle s'était voulue rassurante, c'est tout, et, à la place, elle avait eu l'air de s'accrocher à lui. Frustrée, elle s'adossa à la console sous le miroir. Décidément, ces histoires de relations amoureuses, ce n'était pas son fort.

En tournant la tête, elle se rendit compte que Nate avait déjà tourné au coin du couloir. Elle ne le voyait plus. Il fallait qu'elle se détende, sinon elle allait le faire fuir et tomber dans les bras de la première « vampirette » venue qui serait plus cool qu'elle. Et qui aurait de plus gros seins.

Gwenna se reprit vivement. Depuis quand se souciait-elle de la taille de sa poitrine ? Elle perdait la tête. Vraiment.

Une sonnerie annonça l'arrêt de l'ascenseur. Elle se redressa, prête à faire semblant d'aller quelque part et non d'attendre bêtement dans le couloir. C'est alors qu'elle reconnut l'homme qui sortait.

— Davey ?

C'était Davey Foster, le guitariste des Empaleurs. Les cheveux encore humides, il avait l'air de sortir de la douche. Il devait être descendu au Bellagio.

— Comment ça va ?

Elle sentit la lame sous sa gorge avant même de se rendre compte qu'il ne lui rendait pas son sourire.

— Suis-moi bien sagement si tu tiens à la vie.

Merde.

Il fallait bien admettre que Sasha Chechikov était séduisante, reconnut Nate intérieurement, avec ses longues jambes fines et ses lèvres pleines. Elle en faisait peut-être un peu trop du côté vestimentaire, cela dit, songea-t-il en avisant son jean moulant et ses cuissardes, ses bagues à tous les doigts, ses chaînes en or au cou et aux poignets, et sa chemise, déchirée certainement par un grand styliste, mais tout de même. L'ensemble était un peu outré pour son goût. Et puis, surtout, ses yeux gâchaient l'harmonie de ses traits. Elle le dévisageait d'un regard froid et calculateur.

Gwenna avait raison; Sasha était une garce.

Elle dit quelque chose en russe et Nate lui montra son insigne de policier.

— Inspecteur Thomas, de la police de Las Vegas. Êtes-vous bien Sasha Chechikov ? Il faut que je vous parle de votre mari.

Nate la soupçonnait de parfaitement comprendre ce qu'elle disait; cependant, elle secoua la tête et se remit à parler russe.

— Voulez-vous que j'aille chercher un traducteur ? demanda-t-il avec une pointe d'irritation.

Elle ne l'avait pas fait entrer et il avait la désagréable impression qu'elle le prenait pour un imbécile.

— J'ai le regret de vous apprendre que votre mari, Gregor Chechikov, est décédé, dit-il tout de même.

Sasha pâlit.

— Décédé ? Gregor est mort ?

Et voilà. C'était bien ce qu'il pensait. Elle avait un léger accent, mais elle parlait très bien anglais.

— Oui, il est mort. Je suis désolé. On l'a trouvé, assassiné, au bord de la piscine de l'hôtel Ava.

Elle se cramponna à la poignée de la porte, le visage crispé, sous le choc.

— Je ne comprends pas… vous êtes sûr que c'est lui ?

— Son identité nous a été confirmée verbalement par Roberto Donatelli. Quand l'avez-vous vu pour la dernière fois, madame.

— Je ne sais pas.

Elle semblait égarée, mais pas particulièrement triste.

— Très tôt ce matin, je pense, ajouta-t-elle.

Nate sentit qu'il ne pourrait pas croire un mot de ce qu'elle disait.

— Vous a-t-il fait part de ses projets pour la journée ?

— Non.

Voilà. C'était tout. Elle s'était fermée, comme il s'y attendait.

Une fois le choc passé, son instinct de conservation avait pris le dessus. Elle fit la moue, les sourcils froncés, les yeux réduits à deux fentes. Il la voyait pratiquement réfléchir aux options qui s'offraient à elle et chercher comment fuir.

Il entra dans la pièce et la força à reculer.

— Qui a tué votre mari, madame Chechikov ?

Elle porta la main à sa gorge, tripotant sa chaîne en or.

— Je ne sais pas. Mais ce n'est pas moi, si c'est ce que vous voulez savoir.

— Non, ce n'est pas ce que je vous demande. Il se peut que vous ayez voulu le tuer, mais vous ne pouvez pas l'avoir fait. Il était grand et gros alors que vous êtes très mince. Et vous avez de petites mains; vous n'auriez pas pu étrangler un costaud comme lui.

— Vous n'êtes pas vraiment policier, si ? lui demanda-t-elle en croisant les bras sur la poitrine.

— Si. Je viens d'être affecté à l'équipe de nuit.

Il vit qu'elle cherchait une arme, mais il se demandait bien ce qu'elle aurait pu cacher dans des vêtements si moulants.

— Je ne ferais pas cela, si j'étais vous, lui conseilla-t-il au moment où elle tirait une dague de son chemisier.

Ah, c'était à cela que servait l'effet « lambeaux » de son haut moulant. Cela lui permettait d'être en même temps à la mode et discrètement armée. Très malin. Il en fut presque impressionné. Ce qui ne l'empêcha pas de lui prendre son poignard avant qu'elle ait même eu le temps de le tourner vers lui.

— Vous êtes un vampire, dit-elle le souffle court, la peur visible sur ses traits exotiques.

— Précisément. Et je veux des réponses. Êtes-vous membre du forum des chasseurs de vampires ?

Elle fit un petit hochement de tête en guise de réponse.

— Savez-vous qui a tué les deux garçons ?

Elle se détourna, les mains dans les poches arrière de son jean, et haussa les épaules.

— Ce n'est pas moi.

— Personne ne dit que c'est vous. Vous êtes mortelle, et, encore une fois, vous êtes un peu maigrichonne. Vous n'auriez pas pu leur faire ce que j'ai constaté. Mais vous savez qui c'est.

Cela, il en était convaincu.

— Protégez-moi de lui, le supplia-t-elle les larmes aux yeux. Il va me tuer.

Elle parvint même à faire trembler ses lèvres, les mains posées sur le torse de Nate.

Elle ne jouait pas trop mal la comédie, mais il n'était pas dupe.

— Dites-moi qui c'est, et bien entendu, je vous protégerai de lui. Je ne vous inculperai même pas de complicité.

Il s'attendait à ce qu'elle se dérobe, à ce qu'elle cherche à gagner du temps. Il fut donc un peu étonné qu'elle le regarde droit dans les yeux et qu'elle déclare :

— C'est Davey Foster qui a tué les deux garçons du forum. Je ne sais pas qui a tué Gregor. C'est peut-être lui aussi.

Ce nom… c'était celui que Gwenna avait cité tout à l'heure. Celui de l'homme qui lui avait conseillé de ne pas rencontrer Slash.

— Ah oui ? Et comment le savez-vous ?

— Parce qu'il me l'a dit. Il me fait des… euh… des avances ?

Elle semblait hésiter sur la justesse du terme qu'elle employait; il la rassura d'un signe de tête.

— Bon. Alors pourquoi les a-t-il tués ? Et pourquoi vous l'a-t-il dit ?

Cela ne lui paraissait pas très valable comme argument de séduction. « Eh, j'ai descendu deux types; on se fait une pizza et un film ? » L'histoire était peu crédible.

Mais elle haussa les épaules.

— Comment voulez-vous que je le sache ? Il est bizarre. Et plus j'y pense, plus je me dis que c'est aussi lui qui a tué Gregor. Pour me libérer, vous comprenez ? Parce qu'il me veut pour lui.

— Oui, je comprends.

Il comprenait surtout que c'était un tissu de mensonges.

— Alors, reprit-il, où puis-je le trouver, ce Davey Foster ?

Elle battit de ses longs cils en le regardant par en dessous, la tête inclinée sur le côté, ses lèvres rouges et brillantes légèrement entrouvertes. Cela aurait peut-être ému un autre homme, mais Nate était bien trop épris de Gwenna – et c'était un policier bien trop chevronné – pour que ses minauderies lui fassent le moindre effet. Il sortit les menottes de sa poche de derrière.

— Si vous préférez, nous pouvons parler de tout cela au commissariat, suggéra-t-il.

Elle arrêta aussitôt de faire la moue.

— Il est au club, en bas. Le groupe donne un concert privé pour une centaine d'amis et de fans vampires et quelques centaines de mortels. Dont cinq sont des chasseurs de vampires qui prévoient d'en profiter pour tuer le plus de vampires possible.

Était-ce vrai ?

— Comment comptent-ils faire cela dans la boîte de nuit d'un casino ? Et puis qu'est-ce que c'est que ça, une fête qui commence à une heure du matin ?

— Une fête de vampires. Tout est prévu. Chacun des chasseurs est prêt à mourir pour purger la Terre de ces créatures diaboliques que sont les vampires.

— Comme les kamikazes qui commettent des attentats suicides ?

— Exactement.

Et elle semblait en être très satisfaite, Nate le voyait. Elle voulait la mort. Pour tous les vampires ou pour un seul en particulier, il n'aurait su le dire. Et il s'en moquait.

— Alors pourquoi me révélez-vous ce petit complot ?

Comme elle n'était pas idiote, elle devait avoir une bonne raison de le faire.

— Pour que vous y alliez, que vous essayiez de faire échouer le plan et que vous soyez tué, vous aussi.

Eh bien, quelle amertume ! Quelle vivacité. Quelle méchanceté. Dommage que Nate n'ait pas l'intention de mourir. Surtout qu'il avait déjà échappé à la mort une fois dans la journée. Et que Gwenna avait pris le risque d'encourir la colère de son frère et de Donatelli pour le sauver.

— Eh bien allons-y, alors, voulez-vous ? suggéra-t-il en désignant la porte.

Elle le frôla au passage en remarquant :

— Il vous intéressera peut-être de savoir que les chasseurs sont déterminés à tuer Gwenna Carrick ce soir. Ils savent qui elle est et quelle est sa place dans le monde politique vampire. Ils savent combien sa mort mettra les vampires en colère.

Nate se figea.

— Personne ne touchera à un cheveu de Gwenna, promit-il.

— Elle doit être en train de retrouver Slash en ce moment même, non ? répliqua Sasha avec un sourire satisfait.

Zut ! Bien sûr. Il n'y avait pas pensé, mais c'était tout à fait le genre de Gwenna de faire cela, pour prouver son indépendance.

Il sortit dans le couloir, entraînant Sasha derrière lui. Il lui serrait le bras si fort qu'elle poussa un petit cri de protestation. Mais il savait qu'il ne lui faisait pas vraiment mal, et il n'était pas d'humeur à se soucier de sa susceptibilité.

Les ascenseurs étaient fermés. Et Gwenna n'était plus devant.

Dix-huit

Gwenna jugeait passablement irritant que Davey Foster, le gentil garçon par excellence, avec son grand sourire et son chewing-gum, puisse être un assassin. Cela défiait l'entendement.

Quelque chose clochait et elle voulait comprendre quoi. Quand Davey la fit sortir de l'ascenseur au deuxième étage, elle lui demanda :

— Pourquoi avez-vous fait cela ?

— Fait quoi ? demanda-t-il en regardant autour de lui avec ce qu'elle supposa être de la nervosité.

— Infiltrer le forum et tuer ces garçons. Ils s'amusaient, ils étaient inoffensifs. Et vous les avez tués.

Elle en restait incroyablement bouleversée. Il était injuste d'impliquer des innocents dans les affaires et la politique des vampires. Or c'était sûrement ce qui s'était passé.

Elle n'espérait pas vraiment de réponse. Pourtant, il s'arrêta, le couteau caché dans sa ceinture. Sans doute pourrait-elle se dégager et s'enfuir en courant, mais il la rattraperait. Ils se trouvaient dans un couloir presque désert, mais avec un couple à quelques mètres, or elle ne voulait surtout pas mêler des mortels à cette affaire. Et puis elle était curieuse de savoir où il l'emmenait.

— Je l'ai fait à contrecœur, mais je n'avais pas le choix.

— Pourquoi ? Ils vous menaçaient ? Ce n'étaient que des mortels, Davey. Ils peuvent se faire leur petit cinéma et se prendre pour des chasseurs de vampires autant qu'ils veulent, il reste très difficile, même pour les plus adroits, de tuer un vampire. Vous le savez fort bien.

Décidément, tout cela n'avait aucun sens.

— Que est le rôle de Sasha dans l'histoire ? voulut-elle savoir.

Et qu'était-elle en train de raconter à Nate, pendant ce temps ?

En entendant le nom de Sasha, Davey s'agita encore un peu plus. La sueur perlait sur son front et il remuait, anxieux.

— Chechikov l'aurait tuée. Et, avant, il l'aurait torturée. Sauf si elle s'attaquait aux chasseurs. Il la frappait déjà… depuis le premier jour de leur mariage. Alors j'ai fait mon possible pour l'aider en me chargeant du sale boulot afin qu'il la laisse tranquille. Aujourd'hui, je l'ai suivi, par curiosité, à l'Ava. Je l'ai vu fureter autour de la piscine et je me suis rendu compte qu'il était mortel. L'occasion était trop belle, vous comprenez ? Alors je l'ai tué, lui aussi. Problème résolu. Sasha est libre et les chasseurs peuvent dormir sur leurs deux oreilles…

Il se pencha vers elle, si près qu'elle distinguait l'ombre de sa barbe et sentait le parfum de cannelle de son chewing-gum.

— Je vais vous emmener au club et vous allez danser, boire et vous amuser, exactement comme au concert des Empaleurs.

Gwenna ignora cette annonce. Elle n'en revenait toujours pas. Davey était Slash, et il était éperdument amoureux de Sasha... Pauvre garçon. Ce ne devait pas être drôle. Et il avait tué pour cette sorcière. Peut-être était-elle injuste avec Sasha, mais elle doutait sérieusement que, au fond d'elle, elle cache un cœur d'or.

— Vous êtes amoureux de Sasha, n'est-ce pas ?

Davey plissa les yeux et laissa échapper un rire bref.

— Je ne vous dirai rien de plus.

— L'amour pousse à faire des folies, n'est-ce pas ? Mais, croyez-moi, certains êtres n'en valent pas la peine. Ils ne font que nous tirer vers le bas jusqu'à leur niveau. Je suis bien placée pour le savoir : j'ai été mariée trois cents ans avec Roberto Donatelli.

— Cette conversation ne m'intéresse pas, déclara-t-il en la prenant par le bras pour l'entraîner dans le couloir.

— Pourquoi tenez-vous à m'emmener au club ?

Qu'avait-elle à voir dans cette histoire, enfin ? C'est alors qu'une idée lui vint.

— Kelsey y est ? s'enquit-elle.

Mais il la considéra d'un air d'incompréhension totale.

— Non, pourquoi voulez-vous qu'elle y soit ?

Gwenna refusa d'avancer. Elle réfléchissait à toute vitesse.

— Les chasseurs sont là, n'est-ce pas ?

Il essuya sa main libre sur le bas de son T-shirt noir et la tira plus fort.

— Si j'étais vous, je ne boirais pas autant que la dernière fois.

Faute de savoir s'il disait cela pour la protéger ou pour la fourvoyer, elle ne répondit pas. Mais il fallait bien qu'il ait une bonne raison de vouloir l'emmener au club. Elle voulait savoir laquelle.

À l'entrée, un videur scannait les papiers d'identité pour vérifier que les gens figuraient sur la liste des invités.

— Tiens, je suis sur la liste, commenta-t-elle bêtement quand son nom apparut.

Mais pourquoi ? Qui pouvait avoir intérêt à ce qu'elle assiste à cette soirée privée ? Une soirée dont elle n'avait d'ailleurs jamais entendu parler.

C'est alors qu'elle comprit. Les chasseurs devaient savoir que la tuer mettrait en colère un certain nombre de vampires. Notamment Ethan, Alexia et Roberto, qui étaient très puissants et avaient beaucoup de gens à leur disposition. Ils ne prendraient pas l'assassinat de Gwenna à la légère. Ils riposteraient. En fait, la tuer revenait à déclarer la guerre.

Il n'était pas agréable de songer que sa bêtise pourrait être cause de la condamnation à mort de toute une espèce et de la mort effective de centaines, si ce n'est de milliers de vampires comme de mortels.

Le videur lui rendit ses papiers.

— Merci, madame Carrick.

Quand il bougea, Gwenna vit qu'il avait un revolver caché sous la chemise qu'il portait ouverte sur un T-shirt. Et qu'il était mortel.

— Merci, répondit-elle avec un sourire poli tout en le soulageant de son arme sans même qu'il se rende compte qu'elle avait bougé.

D'un rapide coup du plat de la main, elle le mit à terre et le paralysa par un charme. Il respirait fort, les yeux fermés.

Elle se retourna vers Davey et pointa le canon du pistolet contre sa poitrine.

— Maintenant, ordonna-t-elle, expliquez-moi ce qui se passe ici.

Il lâcha une bordée de jurons.

— Vous ne pouvez pas me tuer avec ça, observa-t-il.

— Pas plus que vous ne pouvez me tuer avec ce poignard. Mais nous pouvons nous faire mal et nous ralentir mutuellement. Ce qui nous met à égalité.

— Je suis plus fort que vous.

— Et je suis plus intelligente.

— Quelqu'un arrive dans le couloir, annonça-t-il.

Gwenna l'entendait aussi.

— Cachez-vous derrière le comptoir et prenez le videur avec vous.

— Non !

— Si, imbécile. Si des gens nous voient, ils vont appeler la police et cela va empêcher ce que vous avez prévu de faire dans le club.

Cela le poussa à l'action. Il prit le videur par les pieds et le tira derrière le comptoir tout en tirant Gwenna par son T-shirt. Elle le suivit de son plein gré, pour le surveiller. Toute cette situation était d'un ridicule achevé. Elle s'accroupit derrière le comptoir sans lâcher le revolver et regarda Davey accroupi à côté d'elle. Il avait l'air fatigué. Résigné. Le videur bavait, écroulé par terre. Elle se retint de rire.

Au même moment, elle se rendit compte que c'était Nate qui arrivait dans le couloir. Elle entendait sa voix, basse, chargée de colère. Elle sentait son odeur. Son premier mouvement fut de se relever, mais elle s'arrêta et se baissa de nouveau. S'il parlait avec quelqu'un – et il s'agissait sans doute de Sasha – autant savoir d'abord ce qui se passait. Elle jeta un regard sévère à

Davey pour être sûre qu'il se taise. De toute façon, il semblait trop abattu pour dire quoi que ce soit.

— Si vous me mentez, je vais me mettre très, très en colère, la prévint Nate.

Gwenna se réjouit intérieurement de ne pas être responsable de sa mauvaise humeur. Elle n'aurait pas aimé qu'il lui parle sur ce ton.

— Je ne mens pas, répliqua la femme presque aussi froidement que Nate, avec un accent russe qui ne trompait pas.

C'était effectivement Sasha.

Davey ouvrit de grands yeux en s'en rendant compte.

— Davey sera au club et vous pourrez l'arrêter. Il mérite de pourrir en prison pour avoir tué mon mari et m'avoir harcelée.

Davey prit une brusque inspiration et chuchota :

— Quelle…

Quelle garce. C'était exactement ce que pensait Gwenna. En l'occurrence, elle aurait préféré se tromper. Davey semblait prêt à vomir. Il avait l'air désespéré. Brisé.

— Il a tué les autres pour pousser les chasseurs à la violence. Et il n'arrête pas de me suivre, de me courtiser contre mon gré.

Ils ouvrirent la porte et entrèrent dans le club. Gwenna entendit des rires et de la musique. Davey et elle restèrent encore un instant immobiles, puis elle lui tapota le genou. Il avait tué trois hommes en croyant protéger la femme qu'il aimait de son monstre de mari. À vrai dire, elle avait plutôt pitié de lui.

— Je suis désolée. Elle ne le mérite pas, vous savez.

— Ouais, fit-il en se redressant. J'aurais dû me douter qu'une femme comme elle ne s'intéresserait jamais à moi.

— Il ne vaut mieux pas qu'elle s'intéresse à vous, fit-elle valoir. Elle a des problèmes. De gros problèmes.

— Peu importe. Ça va. Au fait, mon pseudo, en ligne, c'est Dumbfuck. N'entrez pas là-dedans, ajouta-t-il en se tournant vers elle. Ils vont vous tuer.

Alors Davey était à la fois Slash et Dumbfuck. C'était plutôt malin.

— Qui sont les chasseurs ?

— Il y en a cinq. Ils portent tous un T-shirt sur lequel il est écrit : « Va te faire empaler, tu sais que tu en as envie ».

Gwenna cligna des yeux et réprima une fois de plus un éclat de rire qui aurait été tout à fait déplacé.

— Très inventif, commenta-t-elle.

Il lui lança un rapide sourire.

— Je crois qu'on appelle ça un jeu de mots...

Elle avait encore une question à lui poser, pour confirmer ce qu'elle pensait, parce qu'elle restait persuadée que Davey n'était pas un mauvais bougre.

— Les garçons du forum... ils ont souffert ?

— Non, murmura-t-il en baissant les yeux. Je me suis servi d'un charme avant de les tuer et de les vider de leur sang. C'est le truc le plus horrible que j'aie jamais fait. C'était atroce. Mais je pensais protéger l'autre de son mari.

— Il faut que vous trouviez un moyen de donner réparation à ces familles, car ce que vous avez fait est mal, même si vous avez agi pour des raisons qui vous semblaient nobles.

Il ne répondit pas. Il se leva et disparut.

Gwenna fronça le nez. Il fallait vraiment qu'elle travaille son côté coriace. Parce que là, à force de se laisser attendrir, elle avait laissé filer un assassin.

Qu'allait-elle bien pouvoir dire à Nate ? Qu'il avait l'air gentil, honnête ?

Bizarrement, elle doutait qu'il le prenne très bien.

Elle se leva et entra dans le club pour aller trouver l'homme qu'elle aimait et tout lui expliquer.

Et pour neutraliser cinq chasseurs de vampires qui affichaient sur leur T-shirt un humour plus que douteux.

Nate se demandait comment il n'y avait pas tous les soirs des gens qui faisaient des attaques à cause de ces infernales lumières stroboscopiques des boîtes de nuit. En principe, il évitait soigneusement ces endroits branchés de Vegas. D'ailleurs, on ne l'y aurait pas laissé entrer. Il n'avait pas des chaussures assez cool. Mais, ce soir, il n'y avait personne à l'entrée et c'était une soirée privée, même si l'on y retrouvait les mêmes filles maigrichonnes à peine vêtues et les mêmes jolis garçons que d'habitude. Les canapés de velours rouge étaient tous occupés, et les tables couvertes de cocktails les plus bizarres. Le DJ faisait hurler une musique dont il ne comprenait pas les paroles.

Sasha ne cessait d'essayer de lui échapper. Du coup, il la tenait par la main comme si c'était sa petite amie – mais d'une poigne de fer.

— Vous ne devinerez jamais qui sont les chasseurs, le nargua-t-elle en cherchant une fois de plus à se libérer.

Son entêtement ne servait à rien. Il se sentait d'une force exceptionnelle maintenant qu'il était immortel.

— C'est pour cela que vous allez me les indiquer. Autrement, vous mourrez avec tout le monde au moment où ils mettront leur plan à exécution.

— Je n'ai pas peur de mourir.

Dieu ! qu'elle était agaçante. Nate la foudroya du regard.

— Bon, alors autant que je vous étrangle, peut-être, pour en finir tout de suite.

Elle renifla et releva le menton d'un air hautain.

Pendant dix longues minutes exaspérantes, il fit le tour de la salle en se demandant ce qu'il faisait et quand un plan génial allait se décider à lui venir à l'esprit. Et puis, soudain, Sasha laissa échapper une petite exclamation. Il se tourna vers elle, soupçonneux.

— Quoi ?

— Rien, assura-t-elle en secouant la tête.

Mais sans pouvoir se retenir de jeter un petit coup d'œil vers la gauche.

Nate suivit la direction de son regard. Les vampires pouvaient-ils faire une crise cardiaque ?

Car il venait de découvrir Gwenna assise sur les épaules d'un type au crâne rasé et au menton orné d'un bouc, ses longs cheveux flottant dans son dos, tandis qu'il sautait dans tous les sens.

Il y avait sûrement une explication à cela, mais il était à peu près certain de ne pas vouloir l'entendre.

— Je n'ai pas envie d'y aller, se plaignit Rick à Kelsey, qui l'entraînait parmi les danseurs d'une boîte de nuit du Bellagio.

Il y avait une soirée vampire et Kelsey n'avait pas arrêté de répéter qu'elle connaissait les musiciens qui jouaient et qu'elle avait envie de leur dire au revoir avant qu'ils quittent Vegas.

Les tempes vrillées par une migraine, Rick commençait déjà à regretter sa décision d'arrêter la drogue – décision qu'il avait prise à peine cinq heures plus tôt. Tout était tellement plus facile quand on était dans le brouillard... Le monde réel était trop bruyant, trop douloureux, trop exigeant.

— Allez, viens, idiot. C'est marrant.

Elle se tortillait au rythme de la musique tandis qu'ils avançaient.

— Oui, eh bien pas pour moi.

— La danse, c'est bien mieux que la drogue.

Elle n'y connaissait rien, ou quoi ?

— Désolé, poupée, mais je ne suis pas d'accord, répliqua-t-il.

Du coup, elle se mit à bouder.

— Allez, mon cœur, essaie de t'amuser, insista-t-elle tout de même.

— Essaie d'être normal, tu veux dire.

Eh bien, il n'était pas normal, voilà ! Il ne savait même pas ce que c'était.

— Je n'ai pas dit ça.

— Mais tu l'as pensé très fort.

Et c'était l'hôpital qui se moquait de la charité. Parce que, franchement, Kelsey n'était pas normale non plus. C'était pour cela qu'ils étaient faits l'un pour l'autre, d'ailleurs.

— Ne me fais pas dire ce que je n'ai pas dit, protesta-t-elle en se lovant contre lui, si près qu'il sentait son souffle sur ses lèvres.

— Il y a bien d'autres choses que j'aimerais te faire..., repartit-il d'un ton suggestif.

— Oh ! Coquin, fit-elle en riant.

— C'est pour ça que tu m'aimes, avoue.

Car elle l'aimait. Et lui aussi l'aimait, autant qu'il en était capable. Il allait l'embrasser mais elle se déroba en gloussant.

Ce petit rire était sans doute ce qu'elle avait de plus craquant, tant il était insouciant et plein de vie. Il voulut la prendre dans ses bras. Elle s'échappa en tourbillonnant sur ses escarpins à hauts talons.

Et percuta Sasha Chechikov.

L'homme qui la tenait par le bras la leur fourra dans les pattes.

— Surveillez-la, leur demanda-t-il. Ne la laissez pas partir. Je reviens tout de suite.

Sur quoi il disparut dans la foule. Rick regarda Sasha en plissant les yeux.

— Tiens, tiens. Qui voilà ?

Sasha fit son possible pour cacher sa peur mais Rick la sentait. Elle tenta de s'enfuir mais il la saisit par la main et la cala entre Kelsey et lui.

— Tu pars déjà ? Non, je ne crois pas. J'ai envie de te parler. Trouvons une table.

Il lui avait paru commode de laisser Drake, le guitariste, la prendre sur ses épaules pour qu'elle puisse mieux voir la salle. Mais elle ne s'était pas attendue à ce qu'il réagisse avec un tel enthousiasme. Maintenant, il galopait dans toute la salle comme un cheval sur la musique de *The Lone Ranger*, menaçant de la désarçonner à chaque virage. Elle n'avait pas le temps de se concentrer assez longtemps sur les T-shirts des spectateurs pour lire ce qui était inscrit dessus.

Et puis les femmes allaient croire qu'elle les draguait si elle fixait trop attentivement leur poitrine.

— Je crois qu'on peut ralentir, suggéra-t-elle.

Drake réagit en poussant un cri de guerre.

— Au bar !

Bon, très bien. Au bar. Pas de problème.

Elle profita de l'arrêt pour glisser à terre. Quand elle eut repris son souffle et écarté ses cheveux de son visage, elle découvrit Nate qui se tenait devant elle.

— Salut, fit-elle en se sentant parfaitement ridicule.

Elle présenta Nate et Drake. Ce dernier eut le bon goût de s'excuser dès qu'il lui eut donné son martini.

— Alors, comment ça se passe ? demanda-t-elle à Nate en posant son verre sur le bar, car il valait mieux pour tout le monde qu'elle ne le boive pas.

Nate se contentait de la fixer de cette façon si déstabilisante qu'il avait. Elle se tortillait, mal à l'aise, en parcourant la salle du regard.

— Je sais comment sont habillés les chass…

— Gwenna, la coupa-t-il.

— Oui ?

Et voilà, c'était parti pour un sermon sur sa conduite inqualifiable, la gravité de la situation etc., etc. Autant qu'elle s'en charge elle-même et lui évite de gaspiller sa salive, tiens.

— Tu te souviens, quand je t'ai dit que je doutais de mes sentiments ? Que je n'étais pas certain d'être amoureux de toi ?

Évidemment, elle s'en souvenait. Elle n'avait pas aimé du tout. Franchement, elle ne tenait pas à revivre ce moment, merci.

— Oh oui, je m'en souviens.

— Eh bien je me trompais. Je suis complètement, totalement amoureux de toi.

Il s'approcha d'elle et la prit par la taille.

— Quand je t'ai vue sur les épaules d'un autre, j'ai compris que j'aimais tout, chez toi, et que je ne voulais pas te perdre.

Jamais. Je voudrais que tu viennes vivre chez moi, ajouta-t-il en lui caressant la joue.

Ça, franchement, elle ne l'avait pas vu venir. Elle devrait monter plus souvent sur le dos d'un homme, si cela lui permettait d'obtenir précisément ce qu'elle voulait. Elle sourit à Nate, le cœur gonflé d'émotion.

— Tu en es sûr ?

— À cent pour cent.

— Dans ce cas, je serai ravie de venir habiter chez toi, assura-t-elle en l'embrassant légèrement sur les lèvres. Je t'aime.

Plus qu'elle ne l'aurait cru possible. Mais elle était prête à aimer totalement, pour toujours, et, cette fois, elle était certaine d'avoir choisi un homme digne d'un tel amour.

— Tu ne comptes pas me sermonner sur ma conduite inqualifiable ? demanda-t-elle en s'écartant un peu pour lui sourire.

— Bien sûr que non. Ce n'est pas à moi de te dire comment te tenir. Tu es adulte.

Bonne réponse.

— D'ailleurs, je pense que j'avais besoin de ce petit accès de jalousie pour clarifier les choses, ajouta-t-il. Tu es une femme extraordinaire et je veux être avec toi, vivre avec toi, t'aimer. Maintenant, attrapons ces chasseurs et fichons le camp d'ici que je puisse te déshabiller et te faire toutes sortes de choses…

Encore meilleure réponse.

— J'aime beaucoup ta façon de penser. Alors, voilà. Davey Foster dit que les chasseurs portent tous un T-shirt sur lequel il est écrit : « Va te faire empaler, tu sais que tu en as envie. »

Nate inclina légèrement la tête.

— Tu es sûre ?

— Oui, pourquoi ?

— Parce que je vois quatre garçons et une fille, à la porte, qui ont justement cette charmante petite phrase sur leur T-shirt.

Gwenna dut prendre sur elle pour rester discrète et ne pas se retourner.

— C'est vrai ? demanda-t-elle.

— Oui. Allons les faire sortir.

— Comment ?

— Ils sont mortels et nous immortels; on ne devrait pas avoir trop de mal. À toi de jouer, mon amour, dit-il en serrant sa main dans la sienne. Je te couvre. Fais-les sortir dans le couloir; ensuite, ça devrait être du gâteau.

Du gâteau. Bien sûr. Il savait se battre; elle savait broder. Elle leva les yeux vers lui pour protester. Mais il la saisit par les épaules et affirma :

— Tu en es capable. Je le sais. Tu es une battante, Gwenna. Et tu vas sauver des centaines de vies.

Eh bien ! Si c'était ce qu'il croyait, il avait sûrement raison. Elle hocha la tête.

— Allons-y, dit-elle en se dirigeant vers la porte, certaine que Nate la suivait.

— Je n'ai rien à dire, déclara Sasha en repoussant le verre que lui avait commandé Rick.

— Tu vas rester assise avec moi tant que tu ne m'auras pas expliqué pourquoi tu as voulu me tuer. J'ai tout mon temps.

Plus qu'il ne voulait, même, car chaque jour était pour lui un combat.

À sa droite, Kelsey sirotait un Cosmopolitan. Elle avait son air évaporé et distrait, le regard perdu sur la piste de danse. Mais

Rick la connaissait bien. Il savait qu'elle surveillait tous leurs faits et gestes et que, s'il avait besoin d'aide, elle serait là. Elle savait fort bien se faire passer pour une idiote et cela tournait toujours à leur avantage. Les gens étaient complètement déstabilisés par ses réactions.

Sasha le fixait sans rien dire.

C'est alors que, sans même se tourner vers eux, Kelsey révéla:

— C'est à cause de Kyle.

Rick sursauta en entendant le prénom de son frère. Il devrait y être habitué, pourtant. Il arrivait souvent à Kelsey de le prononcer. C'était même parfois ainsi qu'elle appelait Rick. Une manie qu'il abhorrait et adorait à la fois. Mais la pointe de douleur qu'il ressentit comme à chaque fois qu'il entendait ce nom ne pesa pas lourd face à la découverte que Sasha, elle aussi, réagissait au prénom de Kyle.

Les larmes lui montèrent aux yeux et ses lèvres se mirent à trembler.

— Ne parlez pas de Kyle. Jamais.

— Tu as connu mon frère? demanda-t-il, horrifié.

Il crut un instant qu'elle n'allait pas répondre, mais elle lissa ses cheveux déjà tirés en arrière et se massa les tempes. Puis elle releva la tête.

— Nous étions fiancés, confia-t-elle. J'avais fait sa connaissance en ligne. Nous étions amoureux. Nous allions nous marier. Et tu l'as tué.

Rick sentit une bile amère lui monter dans la gorge.

— C'est vrai, avoua-t-il. Je l'ai tué. Accidentellement.

C'était arrivé si vite qu'il avait réagi par réflexe. Ancien Marine, tueur à gages, il était entraîné à tuer. Il ne devait pas hésiter, jamais, sinon c'était lui qui se ferait descendre. Quand il vivait en Californie et que Kyle lui avait rendu visite, il n'avait pas baissé la garde. Et le jour où un concurrent était passé devant chez lui en voiture et avait ouvert le feu, il s'était défendu, avec une arme semi-automatique. Il aurait sans doute mieux fait de se coucher par terre et d'attendre que ça passe, mais il ne voulait surtout pas donner l'impression qu'il pouvait se laisser intimider. Il avait riposté pour que ce soit bien clair.

Kyle était un gentil gamin. Un étudiant élevé dans une résidence de banlieue sans les démons auxquels avait été exposé son demi-frère. Il s'était affolé. Et il s'était levé.

Quand le bruit s'était tu, Rick avait ramassé le corps de son frère. Il était évident que les balles l'avaient frappé par derrière et non par devant. C'était son propre frère qui lui avait tiré dans le dos. Et il était mort.

— Je me moque de savoir ce qui s'est passé, répliqua-t-elle. Tout ce qui compte, c'est que Kyle est mort et que c'est toi qui l'as tué. Il valait bien mieux que tu ne vaudras jamais.

Maintenant, elle pleurait à chaudes larmes.

— Je ne comprends pas qu'un homme qui avait un si bel avenir et tant d'amour à donner soit mort, alors que toi, qui es méprisable, paresseux, drogué, qui ne penses qu'à toi, tu sois vivant. Pour l'éternité.

Rick avait les mains et les pieds glacés. Un pénible bourdonnement résonnait à ses oreilles. Il n'avait vraiment pas besoin que cette garce lui rappelle une vérité qu'il se répétait lui-même suffisamment.

— Eh oui, lâcha-t-il. La vie est injuste, hein ?

Soudain, la rage le prit et le rendit vivant, palpitant, déterminé, frénétique, autoritaire.

— Viens avec moi.

Il se leva et la prit par le bras.

Kelsey arrêta de regarder les danseurs.

— Qu'est-ce que tu fais ? demanda-t-elle.

Elle paraissait inquiète, avec juste raison. Il était à bout. Il ne supportait plus de lire sa honte sur le visage de Sasha.

— Pourquoi as-tu épousé Chechikov ? voulut-il savoir.

— Pour accéder aux vampires. Pour les tuer.

— Cela n'a rien à voir avec moi, alors.

— Non.

Rick traversait le club en bousculant les gens sur son passage.

— Donc, tu hais les vampires ?

— De toutes les fibres de mon corps.

Il s'arrêta pour contempler son beau visage. Il n'y lut rien que de la haine. Cette femme avait épousé un homme qu'elle détestait et laissé Rick lui-même la toucher. Elle était prête à tout pour se venger.

— C'est bien dommage, lâcha-t-il, parce que tu vas en devenir un.

Si elle se permettait de le punir, de le poignarder, de le blesser, de le mutiler avec ce regard qui lui criait sa propre culpabilité mais aussi la haine, le dédain, le mépris de Sasha, alors, il avait le droit de la punir en retour. Qu'elle se trouve plongée dans ce dont elle prétendait avoir horreur, qu'elle soit forcée de boire du sang et qu'elle se haïsse d'y prendre du plaisir, qu'elle regarde devant elle et voie un avenir infini et vide d'espoir et d'amour comme de combats à mener.

Alors, elle pourrait le regarder et voir en lui son propre reflet, et elle n'aurait plus le droit de le juger.

Dix-huit

L'amour était une chose extraordinaire. Gwenna aurait dû trembler de peur en courant à vitesse vampire vers le groupe de chasseurs, mais elle était si bien dopée par les encouragements de Nate qu'elle chargea sans hésitation et les envoya voler comme une boule de bowling les quilles.

Deux d'entre eux tombèrent. Deux volèrent en arrière dans le couloir. Et un malheureux s'écroula, assommé, quand sa tête heurta le mur. Gwenna suivit les deux dans le couloir, se servit d'un charme pour les immobiliser et les ligota avec sa ceinture.

Quand elle eut fini, Nate avait fait sortir les deux autres qui avaient l'air étourdi et assez mécontent. Pendant qu'elle les attachait, il retourna chercher le cinquième.

Ce fut fini en moins de temps qu'il n'en fallait à Gwenna pour se brosser les dents. Cinq chasseurs de vampires sur le carreau. Pour la première fois en neuf cents ans de vie, elle sentit le vrai pouvoir de l'immortalité, qui lui procura une bouffée d'adrénaline grisante.

— Et maintenant, demanda-t-elle brusquement, qu'est-ce qu'on en fait ?

Nate les palpait. Sous leurs vêtements, ils portaient tous des explosifs qu'il eut soin de ne pas toucher.

Bon sang ! Ils prenaient leur mission très au sérieux. Heureusement qu'elle l'ignorait quand elle avait foncé dans le tas.

— Maintenant, je vais appeler des renforts et ils vont aller en prison, là où pourrissent les criminels mortels.

— Ah ! Très bien.

Elle n'avait pas envisagé le plan jusqu'à sa conclusion logique. Qui était pourtant d'une justice parfaite. Les vampires ne pouvaient pas punir les mortels, sauf à les tuer, ce qu'elle ne pourrait jamais préconiser. Sans doute à cause de son cœur tendre. Mais, ainsi, justice serait faite et la Nation vampire resterait en dehors de l'affaire.

— Où est passé Davey Foster, au fait ? s'enquit Nate d'un ton neutre en sortant son téléphone de sa poche. Je croyais que tu avais été enlevée et je t'ai retrouvée ici, en train de jouer les cow-girls avec le guitariste.

À l'entendre, cela manquait totalement de dignité.

— Je suis monté sur le dos de Drake pour pouvoir scruter la salle, corrigea-t-elle de son ton le plus hautain.

— Bien sûr, oui, repartit-il avec un sourire narquois avant de reprendre, plus sérieusement : Maintenant, éloigne-toi de ces gens. Il nous faut une équipe d'artificiers pour enlever ces explosifs sans risquer de faire sauter tout l'hôtel. Et tu n'as pas répondu à ma question.

— Davey Foster a filé, dit-elle en reculant.

C'était la vérité, après tout.

— Le pauvre vieux a fait tout ça pour Sasha. Il croyait que Chechikov la torturait et abusait d'elle, alors il s'est chargé des meurtres qu'elle lui a dit être censée commettre. Ensuite, il s'est dit qu'il vaudrait mieux tuer Chechikov que continuer à s'en prendre à des innocents. Il a cru que c'était ce qu'elle voudrait, mais, en réalité, Chechikov ne lui faisait pas de mal, si ?

— Peut-être que si. Mais elle l'a épousé pour une bonne raison. Elle voulait tuer des vampires – ce que je ne sais pas vraiment, c'est pourquoi. Je l'ai laissée avec Kelsey, au fait. J'espère qu'elle n'a pas disparu même si je doute que nous puissions lui soutirer beaucoup plus d'informations. Et elle n'a commis aucun crime. Aucun que l'on puisse prouver, en tout cas.

— Kelsey ne l'aime pas, alors il est possible qu'elle l'ait bien gardée. Mais je trouve tout ça assez bizarre.

Gwenna ne savait pas non plus pourquoi Sasha voulait tuer des vampires. Peut-être ne le sauraient-ils jamais. En attendant, Nate appelait le commissariat. Elle admirait la force qu'il dégageait, sa façon de se tenir, sa conviction, l'assurance et le professionnalisme avec lesquels il parlait. Il semblait déjà avoir parfaitement intégré sa transformation. Comme si les choses étaient ce qu'elles étaient et que, parfois, il fallait simplement les accepter.

Elle lui était infiniment reconnaissante de cette attitude. Elle l'aimait. Et elle avait hâte de voir ce que leur réservait l'avenir. Ils allaient vivre ensemble. Il travaillerait la nuit et elle allait lancer ce service de recherche de gens en ligne. Ce tableau lui semblait des plus plaisants. Quand il raccrocha, elle s'approcha de lui par-derrière, lui passa les bras autour de la taille et appuya la tête contre son dos.

— Tu es quelqu'un de bien, Nate Thomas, lui dit-elle.

Mais elle avait une chose à lui proposer. Même si cela lui faisait terriblement peur, elle devait le faire.

Il se retourna, la prit dans ses bras et lui posa un baiser sur le front.

— Eh, je t'ai déjà dit que je t'aimais ?

— Oui, mais j'espère que tu me le rediras toutes les nuits.

Pour se donner une contenance, elle se mit à jouer avec le T-shirt de Nate, à le lisser sur son torse. Puis elle prit une profonde inspiration.

— Tu sais, je t'ai dit que Jean-Baptiste avait créé le vaccin qui avait permis de rendre Gregor mortel ? Eh bien… il m'en a donné une dose. Je peux te rendre ta mortalité si tu le souhaites. C'est à toi de choisir.

Elle avait besoin que ce soit lui qui fasse ce choix. La perspective de traverser l'éternité en se sentant coupable d'avoir transformé sa vie, de l'avoir rendu immortel contre son gré était terrifiante.

Nate ne répondit pas tout de suite. Puis il lui fit relever le menton pour l'obliger à le regarder en face. Son cœur battait à se rompre. Elle était terrifiée à l'idée que ce soit fini. Qu'ils n'aient eu que cette semaine, puis plus rien.

Nate comprenait pourquoi Gwenna lui avait fait cette proposition. Il cherchait donc les mots justes pour lui expliquer ce qu'il ressentait, qu'il ne renoncerait pour rien au monde à cette chance d'être avec elle. Au fond, il n'avait jamais cru qu'il vivrait un jour un tel amour. Surtout au moment où il venait de perdre sa sœur et où sa vie lui paraissait si vide, où il se sentait si seul.

Leur rencontre n'était pas accidentelle. Ils avaient besoin l'un de l'autre d'une façon qui n'avait rien de triste, de pitoyable ou de désespéré, mais qui était au contraire enrichissante, épanouissante, merveilleuse.

— Gwenna, dit-il, je veux être avec toi pour toujours. Tu comprends cela ?

Du bout des pouces, il essuya ses yeux qui s'emplissaient de larmes.

— Quand je te regarde, poursuivit-il, je sais que je ne me trompe pas. Si j'ai eu des doutes, à un moment, c'est parce que je suis un homme – et un imbécile. Je n'en ai plus aucun, maintenant. Ce que je veux, c'est nous deux, pour l'éternité.

— L'éternité, c'est long, fit-elle valoir.

Elle souriait, même si des filets de sang lui coulaient sur les joues.

— J'y compte bien, assura-t-il.

Et il l'embrassa.